Cintia Marques

Callíope

a escrava de Atenas

CB140547

CIP-BRASIL. CATALOGAÇÃO NA PUBLICAÇÃO
SINDICATO NACIONAL DOS EDITORES DE LIVROS, RJ

M316c
3. ed.

Marques, Cintia
Callíope a escrava de Atenas / Cintia Marques. - 3. ed. - São Paulo [SP] : Letras do Pensamento, 2023.
336 p. ; 23 cm.

Apêndice
Inclui bibliografia
ISBN 9786589344247

1. Civilização grega - Ficção - Até 146 A.C. 2. Romance brasileiro. I. Título.

23-86661 CDD: 869.3
CDU: 82-31(81)

Gabriela Faray Ferreira Lopes - Bibliotecária - CRB-7/6643

17/10/2023 19/10/2023

Cintia Marques

Callíope

a escrava de Atenas

3ª Edição – 2023 – São Paulo - SP

Letras do Pensamento

© Cintia Marques

©Letras Jurídicas Ltda. – EPP

Diagramação e Capa
@armenioalmeidadesigner

Revisão
Cintia de Faria Pimentel Marques

Editor
Cláudio P. Freire

3ª Edição – 2023 – São Paulo-SP

Reservados a propriedade literária desta publicação e todos os direitos para Língua Portuguesa pela
LETRAS JURÍDICAS Editora Ltda. – EPP.

Tradução e reprodução proibidas, total ou parcialmente, conforme a Lei nº 9.610, de 19 de fevereiro de 1998.

LETRAS DO PENSAMENTO
Rua Eduardo Prado, 28, Casa 1 - Vila Bocaina
CEP: 09310-500 - Mauá - SP.
Telefone: (11) 3107-6501 | (11) 9-9352-5354
Site: www.letrasdopensamento.com.br
E-mail: vendas@letrasdopensamento.com.br

Impressão no Brasil

"A história não estuda somente os fatos materiais e as instituições; o seu verdadeiro objeto de estudo é a alma humana; a história deve propor-se ao conhecimento daquilo em que esta alma acreditou, pensou e sentiu nas diversas idades da vida do gênero humano"

Numa Denis FUSTEL DE COULANGES
em "A Cidade Antiga"

"Pois bem, notaste que o rosto daquele que olha os olhos de outrem aparece na parte do olho que está na sua frente, como num espelho.

(...)

Portanto, se uns olhos olham outros olhos e fixam o que neles há de melhor, aquilo que lhes permite ver, podem ver-se a si mesmos ....

Ora, também a alma, se se quiser conhecer a si mesma, terá de fixar uma alma, e sobretudo a parte onde se encontra a virtude da alma, a sapiência, ou qualquer outro objeto que se lhe assemelhe"

SÓCRATES
em "A República", de Platão

OS DOZE DEUSES DO OLIMPO

ZEUS – rei dos deuses e dos homens

HERA – deusa protetora das mulheres e do casamento

POSSEIDON – deus do mar

HEFESTO – deus do fogo, dos artesãos e dos ferreiros

APOLO – deus da poesia, da música, dos esportes, da caça e da arte de curar

ATENA – deusa da sabedoria e da paz

AFRODITE – deusa da beleza e do amor

HERMES – deus do comércio e mensageiro dos deuses

ARES – deus da guerra

ARTEMIS – deusa da floresta e da caça, protetora das meninas

HESTIA – deusa do lar sagrado e da família, protetora da casa

DEMETER – deusa da semeadura e da colheita

APRESENTAÇÃO

Eis aqui a estória de uma família de pessoas comuns na Atenas do século V antes de Cristo – o chamado "século de ouro", o século de Péricles, da democracia, da Guerra do Peloponeso, das grandes artes, dos grandes nomes. Reconheço que foi um gesto ousado ter dado liberdade à inspiração para escrevê-la. Mas uma pesquisa meticulosa embasando o relato, aliada à observação e reflexão sobre os meandros da alma humana, veio me entusiasmar e incentivar, tornando-se tão valiosa que acabou fazendo parte do livro, na forma de um Apêndice numerado.

É possível achar, num primeiro momento, que este romance deveria ter sido escrito obedecendo as regras, forma e linguagem usados nas tragédias e épicos escritos à época que ele descreve, como Eurípides, Homero, e tantos outros. Porém, inexiste aqui a pretensão de se equiparar o presente relato aos grandes clássicos da literatura da antiguidade, seja em sua forma, linguagem, abordagem ou conteúdo. Trata-se, no romance, de uma estória de ficção, uma fantasia, uma deliciosa viagem para a Grécia antiga, buscando cativar, encantar e entreter o leitor, reportando-o à esta época da História que, bem sei, pode perfeitamente prescindir de tais artifícios para ser apreciada, admirada e estudada. A questão da linguagem, no entanto, não restou esquecida.

Deveriam ter sido empregados linguagem e modo de falar semelhantes aos dos mencionados clássicos, visando nesse tocante estreita e estrita fidelidade à época? Poderia ser empregada linguagem atual sem colocar em risco a credibilidade do relato nem roubar o valor da profunda pesquisa sobre a época, seus valores, instituições e fatos, pesquisa esta que conduziu toda a confecção da obra com o objetivo de lhe dar substância e consistência? Tal era minha indagação diante da tela em branco e do cérebro cheio de cenas, episódios e acontecimentos querendo ser transcritos, colocados no papel e, finalmente, lidos.

Aquiesci à urgência da estória em ser contada, e optei por escrevê-la na linguagem atual, aquela com a qual o leitor não acadêmico está mais habituado, de modo a não desestimular sua leitura, levando-o confortavelmente para dentro da casa desta família helênica, a qual, o leitor verá, não distava tanto dos nossos próprios lares e corações. Curiosamente, foi a leitura de Aristófanes – dramaturgo cômico do século V a.C. – que me mostrou haver eu escolhido o caminho mais acertado.

Dividido em 12 capítulos, cada um levando o nome de um dos doze deuses do Olimpo, conforme sejam estes mencionados pelos personagens, o texto traz ainda uma numeração entre parênteses, que remete ao Apêndice – este sim em forma e linguagem didática, trazendo todas as notas de pesquisa, de modo que o romance esteja alinhado com os fatos e personagens históricos, costumes, leis e passagens da época descrita.

Que assim como aconteceu comigo, o leitor encontre nessa viagem ao passado um elo entre o mundo antigo e o século XXI.

A autora.

INTRODUÇÃO

Numa época onde prevalece a imagem, continuo sendo um leitor à moda antiga; no mundo da alta-tecnologia e da TV a cabo, eu ainda prefiro um livro.

Adoro afundar-me confortavelmente em minha poltrona favorita, tomar nas mãos o livro, cheirar-lhe a tinta recente e sentir a textura do papel nas pontas dos dedos. Não há nada que se compare!

E então, abandono-me nas mãos do escritor. Deixo-me ser levado para um mundo totalmente novo para mim: o mundo da fantasia do autor.

E se o autor for talentoso, ele me levará consigo em suas asas, conduzindo-me aos reinos de sua imaginação, e apresentará suas maravilhas aos meus olhos cheios de expectativa, assim prendendo-me à sua estória.

Foi isso exatamente o que aconteceu quando li o romance de Cintia Marques, "Callíope, a Escrava de Atenas".

Embora tenha dedicado toda minha vida ao estudo da Grécia antiga e suas instituições, e embora tenha lido muitos romances históricos cujo enredo se desenrolava na antiguidade Grega, este livro realmente me emocionou. Não conseguia parar de virar suas páginas; era como se uma máquina do tempo tivesse me levado para 2.500 anos atrás, pelas ruas da Atenas do século V a.C. Conseguia ver os monumentos e estátuas que adornavam a cidade, podia ouvir o burburinho da multidão se dirigindo à Pnix para tomar parte da função máxima da Democracia, podia sentir o cheiro da comida cozinhando lentamente nas pequenas casas.

Porque Cintia Marques não está simplesmente contando uma estória, sua visão da época e das pessoas não é fria e indiferente, e seus heróis não são meras caricaturas, ao contrário, são vivos e reais, e rapidamente o leitor simpatiza com eles, e pode sentir e entender as paixões, as necessidades e os desenganos deles.

No entanto, o livro não se limita ao mero entretenimento, ele é ainda educativo, uma vez que a autora descreve não apenas a política, as leis, a filosofia e os costumes daqueles tempos, mas também fala de coisas corriqueiras como a escravidão, os direitos de sucessão e de propriedade, o acesso à cidadania, o casamento, e muito mais.

Sua pesquisa claramente profunda e sua formação acadêmica em Direito (sendo ela própria advogada) ajudaram-na a alcançar a difícil tarefa de nos presentear com uma estória cuidadosamente documentada e, acima de tudo, uma prazerosa leitura.

Bem-vindos a um novo mundo antigo!

Prof. Nikolaos A. Vrissimtzis
Atenas – Grécia

PERSONAGENS PRINCIPAIS

Callíope *filha do cidadão Ganimedes*
Ganimedes *proprietário de terras nos arredores de Atenas*
Theódoros *escravo da família de Ganimedes*
Ifigênia *mãe de Callíope*
Cassandro *marido de Callíope*
Calypso *escrava da família de Ganimedes*
Fócion *cidadão ateniense*

PERSONAGENS ILUSTRES

Alcibíades *general ateniense*
Aristófanes *dramaturgo cômico*
Hipócrates *médico, criador da escola de medicina na ilha de Cós*

PARTICIPAÇÃO ESPECIAL

O Espartano

CAPÍTULO I

HERMES

Deus do comércio, mensageiro dos deuses.

Ganimedes se levanta e, pedindo passagem por entre os outros cidadãos, começa a se dirigir para a porta, sacudindo a cabeça com ar de insatisfação. A *Ekklesía* – Assembleia do Povo (1) – que ele esperara com tanta expectativa, acabou não dando em nada. Viera a Atenas também para fazer várias compras de provisões para sua casa, mas seu objetivo principal era esta Assembleia Ordinária. Achava que vários assuntos do interesse dos proprietários de terras como ele, produtores de grãos, bem como as questões alfandegárias e dos mercadores do porto de Pireu, e outros itens importantes da *prógramma* – a pauta – seriam debatidos para enfim mudarem as leis que apenas prejudicava aos cidadãos e à prosperidade de Atenas. Mas isso não ocorrera: os membros do Conselho sempre encontravam algum assunto "mais importante e urgente" para inscrever na ordem do dia à última hora. Além disso, a enorme quantidade de arruaceiros na assembleia – cidadãos que nada entendiam de um texto de lei, nem muito menos das finanças do Estado, mas que tinham na assembleia seu modo de vida, dado que recebiam um óbolo para participar de cada sessão – a tal ponto tumultuavam as discussões, que parecia que nenhum assunto da pauta seria levado a cabo. Tornavam aquela tarde inútil a todos os presentes, a não ser a eles próprios que, além de se divertirem, ainda eram pagos para tanto. Esqueciam imediatamente as palavras que acabavam de ouvir do sacerdote:

– "Guardai silêncio, silêncio religioso; rogai aos deuses e às deusas – e à Pallas Atena, protetora desta cidade – a fim de que tudo se passe o melhor possível nesta assembleia, para maior honra de Atenas e felicidade de seus cidadãos".

Desde as votações preliminares, para decidir sobre a viabilidade das leis propostas, o tumulto começou, e nem mesmo uma lei havia sido passada à discussão, muito menos submetida à votação. Os oradores ainda não haviam começado a falar – só quando o fizessem haveria silêncio.

– Aonde o senhor vai? O senhor não pode sair antes do término da sessão! – diz o arqueiro a Ganimedes, barrando sua saída.

– Não *posso*? E estes senhores que você vê fazendo esse bulício, tornando impossível até mesmo de se ouvir o arauto chamando os nomes? Eles *podem* fazê-lo?

– Todos são pagos para estarem aqui e participarem da votação!

– Ora, não seja por isso – diz Ganimedes, tirando das dobras de seu *khitón* – a túnica longa – as moedas de dracmas que recebera ao entrar, e entregando-as ao arqueiro.

– Mas, senhor... isto é irregular...

– Meu amigo, em questão de *irregularidades,* nós dois teríamos muito a debater aqui, esta tarde... – responde Ganimedes, saindo enfim, enquanto, na tribuna, mais um cidadão, com a coroa à cabeça, espera terminar o barulho para começar a falar.

Saindo da Pnix, Ganimedes encontra Pã, ao chão, que lhe estende o braço para pedir uma moeda.

– Já terminou a sessão, senhor Ganimedes?

– Para mim, já!

Pã era um mendigo que vivia de esmolas pela cidade, postando-se à porta dos templos e palácios toda vez que havia uma reunião de grande porte, quando então juntava muitos dracmas. Era conhecido por toda a população, e muitos faziam galhofa chamando-o de "o verdadeiro sustentáculo de Atenas", pois ele estava sempre sentado ao pé de uma coluna. Ninguém sabia seu verdadeiro nome: ele ficara conhecido como *"Pã"* por sua falácia ininterrupta, sua falta de modos no vocabulário, e sua alegria constante, embora fosse aleijado da perna e braço esquerdos. As obscenidades que dizia às mulheres que passavam sozinhas arrancavam gargalhadas dos homens ao redor, deixando a passante encolerizada. Sabia de tudo o que se passava na cidade: se alguém quisesse ter alguma notícia, bastava dar umas voltas pela ágora[1] e logo iria encontrá-lo, sempre na mesma coluna, e ele se sentia honrado em passar as novidades a todos que quisessem saber – em troca de alguma gratificação, é claro.

– Você viu minha filha Callíope e a escrava? – pergunta Ganimedes, entregando-lhe uma moeda.

– Vi, sim, aquele pedaço de anca suculenta! – diz ele, caprichando nas sílabas.

– Olha essa boca, Pã! Que ainda chamo o cita para vir te dar uma lição!

– A escrava, seu Ganimedes!

---

[1] Praça pública, local onde o povo se reunia para compras, para se encontrar, e até para reuniões políticas.

Sua filha e a escrava ainda estavam andando pela ágora, misturadas à agitação colorida das pessoas, parando em todas as banquinhas, querendo ver tudo, saber de tudo – e comprar tudo. Haviam combinado com o pai que viriam ao seu encontro ao final da assembleia, e que enquanto isso iriam passear e fazer algumas compras.

Para Callíope, aqueles estavam sendo os dias mais importantes de sua vida – sua longa vida de 14 anos. Viera com o pai e os dois escravos a Atenas e ao Pireu, o que era uma grande novidade para ela, que raramente saía do campo. A última vez havia sido um ano antes, quando Ganimedes, um tanto a contragosto, fora forçado a se refugiar junto com a família dentro dos muros de Atenas por conta da ameaça de ataques espartanos. Alugara uma casa em Melite, bairro a oeste da Acrópole, e não permitia às mulheres e às crianças nem sequer pensar em colocar os pés para fora. Aquelas haviam sido semanas tensas, em que os atenienses não sabiam o que podiam esperar. Os mais velhos lembravam temerosos dos tempos em que viram a cidade ser arrasada pelos persas, cinquenta anos antes. Tempos em que os espartanos, antes de serem rivais, haviam sido aliados, com Leônidas à sua frente, perecendo junto aos seus soldados no desfiladeiro das Termópilas, tentando deter o avanço dos invasores.(2)

No entanto, nada disso se havia gravado na memória de Callíope, para quem aqueles dias sitiados dentro das muralhas não haviam valido. Só agora estava realmente conhecendo a Atenas. Engolia com os olhos e os ouvidos tudo o que passava por ela, encantada com tanta gente junto, tomada pela alegria que enchia o ar da cidade, cujos mais de quatrocentos mil habitantes fervilhavam por todos os lados, indo para cá e para lá, agitados, falantes, cada um com suas atividades, as mais variadas possível.

Nascera no ano em que o general Péricles fora eleito estratego de Atenas pela primeira vez, e estava admirando sorridente, naquela tarde de sol, as ruas, praças, templos e monumentos da *pólis* que o estadista embelezara durante todos aqueles anos que havia sido seguidamente reeleito. Aquele grande político que agora, com quase setenta anos, estava abatido demais para caminhar por sua cidade...

Cansado dos desmandos da política; atacado pelos adversários – sobretudo por sua ligação com Aspásia, mulher de origem estrangeira de reputação duvidosa, porém de elevado grau de cultura e educação, que redigia discursos e conversava com os filósofos, e cuja influência sobre o grande general era o alvo preferido dos antagonistas; mal compreendido por seu povo; exaurido pela guerra contra Esparta, que ele a princípio calculara seria rápida, mas parecia agora desdobrar-se por caminhos imprevistos, Péricles vinha ainda enfrentando seu próprio drama familiar. Havia perdido na peste primeiramente vários amigos, depois a irmã, em seguida seu filho mais velho Xantipo, que sempre fora hostil ao pai, e, por fim, Páralos, seu filho mais novo. Fora suportando cada uma daquelas perdas com a força de que era conhecido, fugindo ao desânimo, nem mesmo tendo ido visitar os túmulos dos entes queridos, mantendo-se firme e inabalável. Mas quando lhe foi levado Páralos, não mais podendo suportar, sucumbiu à dor, como qualquer cidadão em situação semelhante, e o povo então viu aquele grande general, pela primeira vez na vida tomado pela angústia, debruçar-se sobre o corpo do filho morto no momento de lhe colocar à cabeça a coroa de ramos de oliveira, chorando alto, sacudido pelos soluços, entregando-se ao desespero que advém da impotência diante da morte. Somando-se às suas amarguras, vinha ainda enfrentando os magistrados na tentativa de legitimar outros dois filhos – Péricles e Atena – que tivera com Aspásia. O povo ateniense, um tanto arrependido de não havê-lo reeleito da última vez, e compungido diante de tantas desgraças, já cogitava reconduzi-lo ao cargo, do qual, agora viam, ele jamais deveria ter sido destituído.(3)

Mas, dessas coisas, Callíope pouco sabia. Atenas era uma festa.

Os cabelos escuros e ondulados, os olhos amendoados, azuis, como os de sua mãe, Ifigênia, vez por outra se podia ver no olhar de Callíope um raio de contrariedade, pois era cheia de ideias e pensamento próprio – coisa muito rara, pois as moças não eram dadas a momentos de reflexão: fosse porque não eram afeitas, fosse porque não lhes sobrava muito tempo para tanto, uma vez que desde cedo já ajudavam nos afazeres da casa, nas famílias simples assim como nas mais abastadas. Mas Callíope, que não fugia aos deveres domésticos, sempre achava tempo para seus devaneios e elucubrações, e agora teria vasto material para fazê-lo: nas andanças pela cidade, vira muitas novidades em termos de moda feminina: os enfeites de cabelo, as túnicas em cores berrantes, os brincos, colares e pulseiras, as argolas para os tornozelos – os magistrados da cidade enlouqueciam, criando leis que exigiam moderação no vestuário e comportamento das mulheres, os objetos diferentes, as pessoas, os gestos, as palavras, os modos, os comportamentos, as riquezas. Seus olhos de adolescente não viam a pobreza, a desnutrição, a dor. Atenas era uma grande festa. Mas o mais interessante, mesmo, estava no Pireu...

Ela conhecera um rapazinho naquela cidade portuária e os dois se apaixonaram em instantes. Houve juras de amor eterno e promessas de um futuro a dois, cheio liras, danças, véus, fontes de água num pátio central e bebês rechonchudos. Tudo isso nos poucos minutos em que a escrava a deixara só para ir a uma barraca de peixes. Alexis, o rapaz, filho de um fiscal da alfândega, pretendia se tornar marinheiro. Callíope já se imaginava em despedidas cheias de lágrimas toda vez que ele fosse partir para o mar – o que seria frequente, ela logo percebeu.

– Ah, que pena! É o pai, com a charrete, acenando para nós lá em baixo!!

– Será que já é hora de irmos embora? – pergunta a escrava, carregando várias coisas em sua túnica.

Chegando com a charrete, levada pelo escravo pela Rua dos Tripés, Ganimedes chama a filha e a empregada.

– Vamos, meninas, que é hora de nos colocarmos a caminho de casa! O dia é curto, e o sol se põe infalivelmente! E então, Callíope, sobraram algumas moedas ou os biscateiros da cidade levaram tudo o que você tinha nas dobras do khitón?

– Papa! Quando voltaremos a Atenas?

– Mas ainda nem saímos! – diz ele, rindo. – Vamos, crianças! Estão aí todas as sacas? Os legumes e o peixe que Ifigênia pediu, está tudo aí? Olha que você sabe como fica aquela rapariga quando lhe faltam as cebolas e os aipos!

– Sim, senhor! – respondem juntos os dois escravos.

Agricultor nos arredores de Atenas, Ganimedes tinha a seu serviço poucos escravos que ele comprava ocasionalmente, e a quem logo dava a liberdade, conservando em sua casa aqueles que não quisessem arriscar a vida incerta dos escravos libertos.(4) Pagava-lhes como podia, dado que nem sempre obtinha altos rendimentos com a venda dos grãos, e os salários não proporcionavam aos ex-escravos um meio de se sustentarem sozinhos. Mas Ganimedes era bom, e a vida no campo agradava àqueles que estavam com ele. A todos chamava de “crianças”, fosse qual fosse sua idade. Vinha com frequência à cidade para vender sua produção, fechar negócios, comprar instrumentos, sementes, grãos, tecidos, remédios, mantimentos, e também para as assembleias, pois tinha muito interesse nos negócios e nas leis, principalmente aquelas que diziam respeito ao preço das mercadorias e, no geral, ao negócio da lavoura. Trazia sempre um ajudante para o serviço pesado de descarregar sacas, puxar as mulas e arrumar a charrete. Desta vez resolvera trazer Callíope, apesar da esposa e Calypso terem sido contra:

– Uma mocinha de família andando sozinha pela cidade! O que irão dizer? – dissera Ifigênia.

Mas Ganimedes sabia o que estava fazendo. Callíope já tinha quatorze anos, e era tempo de ser vista. De mais a mais, ficaria praticamente todo o tempo ao lado da filha, e ainda trouxera como acompanhante a escrava, que não desgrudou da menina na hora em que ele fora à assembleia. O fato é que não pudera resistir aos apelos da filhinha querida que, manhosamente, o convencera a levá-la à cidade desta vez.

– Callíope, não fale com ninguém, não olhe para ninguém, não olhe para os lados! – dissera Ifigênia.

– Mãe!

– Muito cuidado, meu amor, não coma nem beba nada que lhe ofereçam, e não encoste em ninguém! – lhe diz Calypso, entregando um embrulho com alguns pães, bolos e frutas, e verificando se as ânforas de água já estavam na charrete, quando o pequeno grupo estava saindo.

Ainda assustadas com a peste, as mulheres consideravam uma irresponsabilidade de Ganimedes levar a menina.

– Com os quinhentos da *bulé* (5)!! – esbaforeja Ganimedes, após poucos minutos de estrada. – Caímos de novo!!

Descendo da charrete, bufando, ele vai ver o que houve com a roda de trás da charrete, seguido do escravo.

– Se tivéssemos uma estrada pavimentada como a que vai ao Pireu!

Ganimedes fazia o trajeto entre suas terras e Atenas pelo menos a cada seis ou sete dias. Era penoso por causa da estrada em más condições, mas ele se acostumara aos buracos e calombos, não sem as imprecações de sempre, é claro. Criticava a *bulé* – o Conselho dos Quinhentos – pela demora em tomar providências, embora ele mesmo tivesse sido membro desse órgão, anos antes, quando fora sorteado para ocupar o lugar de prítane por um ano. Então, era todos os dias que enfrentava os buracos, para ir trabalhar como um boi nos assuntos da cidade. Mais do que nunca sofreu na pele – e nos quadris – o mau estado da estrada, mas nem assim conseguiu fazer passarem os projetos que lhe interessavam pessoalmente.

Além disso, esse serviço público lhe tomara o tempo quase que integralmente, sendo obrigado a negligenciar as terras e seus negócios. Por isso, era com alívio que, todo ano, ele via seu nome não ser sorteado ou indicado para nenhum outro ofício de Estado.

Ainda que habituado à agitação da cidade, preferia a vida no campo, que não queria abandonar. Mesmo no ano anterior, quando os camponeses mais simples logo se refugiaram na cidade fechada, com medo de ataques de espartanos, Ganimedes e alguns outros proprietários recusaram-se a fazê-lo até o último minuto, considerando essa medida excessivamente drástica: levar toda a família para Atenas e ficarem mal acomodados, esperando quem sabe o quê, e até quando, as terras abandonadas, parecia-lhe um exagero. Ficou apenas algumas semanas e então voltou ao campo: preferiu arriscar pois, mais do que aos espartanos, Ganimedes temia sim era a peste que arruinava a cidade. Definitivamente, os valores campestres, que herdara dos pais, avós e mais longínquos ancestrais, imperavam em sua forma de viver, ainda que os mais jovens, como seu filho Helios, quisessem convencê-lo da superioridade urbana.

– Vamos ter que descer, crianças. E empurrar a roda para fora do buraco, ou passaremos a noite aqui!

– Eu ajudo, pai!

– Não, filha, nós homens ..... tiramos... *uuuuifff*.... não se... preocupe... – diz ele, empurrando a charrete com muito esforço – *hmmm*... agora! Pronto!

A roda sai e imediatamente rola de volta para dentro do buraco.

– Acho que as mulas não entenderam que era para dar um passo, senhor! – brinca o escravo.

Conseguem, enfim, e todos sobem outra vez.

– Seria bom se tivéssemos uns cavalos, senhor!

– Cavalos? De que adiantariam os cavalos, com a estrada assim? Cairiam nos buracos eles também! Não adianta, meu querido, não adianta. Há anos venho tentando colocar na cabeça daqueles infelizes na assembleia que todo o comércio de Atenas ganharia se as estradas que os liga ao campo fossem melhoradas; mas o que se consegue com os quinhentos da bulé? Quinhentas mulas, isso é que são! Descartam todos os nossos projetos! E dizem que é *estratégia* deixar o caminho assim esburacado: desta forma, o inimigo não consegue passar!

– Se Theo tivesse vindo, teria ajudado vocês dois e seria mais fácil! – diz Callíope.

– Eu não podia deixar sua mãe só no campo, filha. E ele tinha muito a fazer, por lá.

Theódoros[2] era um jovem escravo que Ganimedes havia comprado quando ainda um menino de seis ou sete anos. Não que precisasse do trabalho de uma criança, mas chamou sua atenção

---

[2] Theódoros = "presente de Deus".

quando, na ágora, ao passar no momento em que o mercador de escravos finalizava as vendas do dia, aquele menino de olhar triste sobrou, e iria ter que voltar com o mercador para ser largado em um lugar qualquer até a próxima venda. Não se sabia exatamente qual era sua origem, e ele nada se lembrava de seus pais. Tinha a mesma idade de Callíope, e Ganimedes sentira o coração amolecer quando, ao perguntar o preço dele, viu seus olhinhos se iluminarem cheios de esperança e, ao pagar o mercador, abrir-se um sorriso no rosto do pequeno. De temperamento quieto, porém gentil, afável e obediente, Theo foi crescendo para se mostrar forte, inteligente e trabalhador, chegando a aprender algumas coisas com o escravo professor. Amara Callíope desde o momento que a vira pela primeira vez, quando chegou à casa e foi levado à cozinha pela mão de Ganimedes. Cresceram juntos e se tornaram amigos verdadeiros e inseparáveis. Theo gostava muito da família – a única família que conhecera – e considerava aquele o seu lar.

– Mal posso esperar para contar tudo à mãe e à Lypso! – diz Callíope, olhando as quinquilharias que comprara na ágora.

Ifigênia e Calypso, a escrava que a ajudava na casa, não quiseram ir à cidade. Não contando o ano anterior, tão atípico, já faziam uns bons cinco anos que Ifigênia não ia a Atenas. A última vez tinha sido no festival de inauguração do Parthenon, quando ela tivera tanto medo de perder Callíope na multidão, que apertou a mão da menina até fazer calos. De resto, Callíope e Theo, que havia ido também, nada se lembravam desse festival, pois a multidão era tanta que eles, espremidos entre tanta gente, viam apenas pernas, túnicas, sandálias e restos de frutas no chão, que era tudo o que alcançava seu campo visual. Quando, seguindo junto à procissão, estavam quase chegando ao Propileu, no topo da Acrópole, quem acabou se perdendo foi Calypso, e então Ifigênia não viu mais nada da festa, pois teve que descer todo o caminho e ir pedir ajuda a um guarda, com quem ela deixou Callíope e Theo, insistindo para não largá-los da mão para poder ir procurar a amiga. As duas crianças então passaram o que lhes pareceu horas ali paradas, de mãos dadas com o guarda em seu uniforme de gala, capacete de penacho e tudo, enquanto Ifigênia, desesperada, esbugalhava os olhos para todos os lados para encontrar sua querida amiga, que enfim apareceu, quase tão nervosa quanto a ama. E é claro que depois levou alguns minutos para reencontrarem o guarda, o que lhes valeu mais nervoso. Guiavam-se pelos penachos dos uniformes, indo até eles, mas havia tantos guardas que erraram várias vezes: um estava dando uns tapas em um rapaz que havia tentado roubar o dinheiro de uma mulher; outro conversava com uma rapariga e nem parecia saber que estava lá a trabalho; outro ainda tinha junto de si uma outra criança perdida. As duas mulheres corriam murmurando juntas "Ó Palas Atena, no seio da tua cidade, trazei de volta minhas crianças" e "Ó deusa Artemis, protegei minha filhinha do coração". Finalmente encontraram o guarda e as crianças, no mesmo lugar enfim em que sempre estiveram. A coisa toda custou a Ifigênia uma boa mecha de cabelos brancos a mais. Ficou tão traumatizada, que preferia não voltar à cidade. E do Parthenon viu apenas a fachada, de longe.

A chegada de volta à casa era sempre uma alegria – para quem chegava assim como para os que haviam ficado.

Os avós dos avós de Ganimedes haviam adquirido os primeiros pedaços de terra, e com o tempo e muito trabalho, as novas gerações aumentaram a propriedade, quando então encontraram aquela pequena colina resguardada, afastada da estrada que chegava às terras, só sendo conhecida dos outros camponeses locais e dos amigos da família. Aí os avós de Ganimedes resolveram construir uma nova casa e se mudaram para lá.

Era uma casa maior, já seguindo os moldes das casas bem construídas da cidade, e Ganimedes frequentemente a ia adaptando às novidades de construção e às necessidades da família. Ampla, de um andar só, tinha no centro um pátio interno, rodeado por uma colunata – o *peristylon*. Dando para a frente, junto à porta de entrada, ficavam a cozinha e a sala de estar e refeições. Em um dos lados e no fundo, ficavam os três quartos de dormir: o de Ganimedes e Ifigênia, o de Helios, o de Callíope e Calypso, e um quartinho para guardar as arcas com os tecidos, túnicas, cobertas, etc. No lado oposto ficava a sala de recepção para os homens – o *andrónion* – e dois pequenos cômodos isolados, usados para amontoar todo tipo de coisas, sobretudo móveis, os grandes vasos de argila, os braseiros para o inverno, e utensílios domésticos em geral. A um canto ficava o banheiro – com a tina de madeira para banhos, e a latrina com um sistema rudimentar de esgoto, novidade implantada recentemente por Ganimedes. Ao lado e atrás da casa, Ifigênia e Calypso tinham um jardim onde cultivavam, no chão e nos bonitos vasos trazidos de Atenas, belas plantas e flores – sobretudo as prímulas, tulipas e anêmonas, e a um canto, uma pequena horta.

– Minhas ervas! Cuidado, não pisem nelas! – dizia Callíope, quando flagrava alguém andando descuidado pela horta, onde tinha um canto só dela.

Os aposentos dos criados ficavam no celeiro, numa construção um pouco afastada, junto com o poço, o estábulo, a estrebaria, o redil, o depósito de palha, e o moinho.

Branca, coberta por várias demãos de cal, com algumas pedras ornando a fachada por onde subiam heras – e que na primavera/verão ficava quase que completamente florida, abrigando a porta havia um pequeno telhado, sustentado por duas esbeltas colunas em estilo jônico, perto das quais ficavam alguns vasos com as flores das mulheres. A mera visão, ao longe, encantava os que se aproximavam.

Ficava como que escondida por altas árvores, a oeste, e com a face voltada para o leste, no topo da pequena colina – a salvo das águas das raras chuvas e dos ataques inimigos, numa sábia posição que não dava a quem viesse do campo nenhuma visão de sua existência. Para se chegar nela tinha-se que dar a volta na estrada, quando então era vista de baixo, um pé de oliveira dando as boas-vindas. Da janela da frente, igualmente, via-se quem chegava lá no pé da estrada. Assim, toda vez que alguma charrete ou cavalo era avistado, todos na casa já se postavam para recebê-lo, acompanhando-os subirem o caminho. Callíope gostava de descer da charrete e fazer o caminho a pé, quando voltava de alguma saída.

Ao lado do celeiro, um pouco camuflada, Ganimedes havia construído uma pequena torre coberta, de onde se podia ter uma visão geral de praticamente toda a propriedade, de modo a assim enxergar possíveis invasores indesejáveis, e poder tomar alguma providência em tempo.

A viagem havia sido cansativa para Ganimedes, que teve que descer várias vezes para xingar os buracos e tirar as rodas dos mesmos. Era com alívio que parava a charrete na porta de casa, onde o esperava a esposa.

– Mulher, me traz um copázio de *cycéon,*[3] que minha garganta está em chamas! – diz ele, descendo da charrete.

– E Helios? – pergunta Ifigênia, que não via o filho mais velho havia vários dias.

– Com os amigos, como sempre!

Antes de sair da assembleia, Ganimedes havia procurado com os olhos seu filho Helios, no meio dos homens ali presentes, e o havia visto junto aos amigos, alheios a tudo ao seu redor, numa conversa muito animada, certamente sobre algum assunto bem

[3] Bebida refrescante do campo, feita de cevada e menta.

distante daqueles na pauta do dia. Queria saber se ele iria para casa naquela noite, mas desistira: certamente não iria. Desde que completara 20 anos e chegara à idade adulta, havia quase um ano e, junto com um bom número de outros jovens cidadãos atenienses, fizera o juramento de fidelidade à pátria helênica (6): "...onde quer que cresçam o trigo, a vinha, e a oliveira", Helios quase não dormia na casa dos pais: tinha muitas coisas a fazer em Atenas.

Helios era o orgulho da família. Primeiro filho, fora educado como tantos outros rapazes atenienses: com vistas para a honrada missão de tornar-se soldado e defender a pátria – Atenas! Para isso, foi à escola na cidade a partir dos sete anos, levado todos os dias por Castor, escravo de alta educação, que complementara seus estudos, e também ensinara Callíope e Theo a ler, a fazer contas, a tocar lira, a cantar e recitar os poemas de Homero.

Do tipo forte e robusto, Helios logo cedo mostrou que seria um bom atleta e soldado. Passava as tardes no ginásio fazendo exercícios e treinando. Desde então fez um grande grupo de amigos, que foram com ele para o exército. Aí, aos dezoito anos, enquanto os amigos iam conhecer os mistérios do amor junto às prostitutas, embrenhando-se pelas casas de tolerância nos bairros mais afastados e pobres da cidade – e alguns outros jovens conheciam tais mistérios no ginásio mesmo, entre seus colegas e certos rapazes ricos da cidade, Helios se apaixonou por Musságora, viúva de um meteco, (7) de vinte e oito anos, habitante do bairro do Cerâmico.

A jovem viúva – Sássa, como ele a chamava – era constante alvo dos mexericos da vizinhança, que viam o vai-e-vem de agentes do governo batendo à sua porta e, com malícia, atribuíam à sua beleza o fato de continuar morando naquela casa à qual não tinha direito. Especulavam maldosamente de onde ela obtinha dinheiro para sobreviver.

Na verdade, ela mal sobrevivia. Sozinha, perdera o marido e suas duas crianças pequenas na peste. Ao enviuvar, conseguiu vender quase todos os objetos fabricados em cerâmica pelo falecido, que era oleiro, e de alguma forma conseguiu dinheiro para a permissão de permanecer na casa, porém não sem dificuldades. Passou a tecer lençóis e túnicas para homens, que vendia como ambulante na ágora, sempre com medo de ser pega pelos agorânomos, que ora a reprimiam, ora compravam alguma túnica. Mas era pouco o que ganhava, sendo obrigada a ver sua despensa vazia e a casa caindo aos pedaços, com o estuque rachado, portas quebradas, e goteiras para todos os lados. Muitas vezes, sem dinheiro para comprar comida nem óleo para as lamparinas, ficava em casa horas, criando coragem para ir até o mercado roubar uma fruta ou um legume, mas nunca levava a cabo esse plano, e virava-se para o lado na cama, o estômago roncando. *Isso,* os vizinhos não viam. Helios sofria por vê-la em dificuldades, porém era pouco o dinheiro que ele podia lhe trazer para ajudar. Enquanto isso, os dois se deixavam levar um nos braços do outro, em longas horas de amores, o que deixava Helios ainda mais apaixonado.

– Sássa! Minha Sássa...

Era um deleite passar a noite com ela, e era um duplo deleite quando ela, tendo conseguido vender alguma coisa ou quando ele lhe dava alguns drácmas, preparava aquele prato que ele tanto gostava: ela inventara um prato onde misturava cebolas, queijo, um pouco de carne em pedacinhos, quando conseguia alguma, e berinjelas – legume mais conhecido dos metecos, e pouco difundido em Atenas; para uns porque muito caro, posto que importado, para outros porque não muito apreciado, posto que desconhecido. Acrescentados os temperos que ela cultivava em sua hortinha – principalmente o manjericão, o cheiro da iguaria deixava os vizinhos ainda mais carrancudos: depois de fazerem futricagem, não tinham coragem de bater à sua porta para pedir um pedacinho, ou a receita. Helios temia que não iria ter a permissão do pai para casar-se com ela; teria que aceitar um casamento do gosto do pai, e contentar-se em manter Musságora como sua amante. Agora, aos vinte e um anos incompletos, Helios já participa das Assembleias do Povo, mas na verdade só o faz quando na pauta há algum debate sobre leis que estejam ligadas à situação de sua amada. Quando não, é na casa dela que ele se refugia.

Theo a princípio ouve, encantado, bebendo as palavras de Callíope, que lhe conta sobre a viagem. Sem largá-la dos olhos, ele quase que não presta atenção às palavras, apenas ouvindo o som de sua voz. De repente, ele fecha a cara e sai, dizendo que tem muito o que fazer, videiras para limpar, tirar-lhe as lagartas e ervas daninhas, sementes para espalhar no campo, ovelhas a buscar na pastagem, trigo para malhar, enfim, toda sorte de serviços mais importantes do que Atenas e – sobretudo – muito, mas muito mais importantes do que o Pireu e seus marinheiros.

– Trigo para malhar?! Mas nós estamos no Elaphebolión[4]!! – diz Callíope, não entendendo nada e voltando para a cozinha, levantando com as pontas dos dedos a barra do khitón, para não tropeçar, como vira senhoras elegantes fazendo na cidade.

A família achava muito engraçado o jeito dela andar pelo campo e pela casa com essa afetação ateniense, e até já se havia incorporado o hábito de brincar, toda vez que alguém citava Homero e o calcanhar de Aquiles, o outro acrescentava: "e os tornozelos de Callíope".(8)

[4] Mês correspondente a março-abril.

Mas ela não ligava, e continuava a impor aos familiares tudo o que vira de diferente e "melhor" na cidade, como por exemplo os penteados das mulheres.

– Meu bem, você sabe que eu não me importo nada com esses modismos! A vida inteira usei os cabelos presos nesse coque, com um laço atrás, e nada mais! – diz Ifigênia, sentada à frente de Callíope que em pé, atrás dela, tenta arrumar os cabelos da mãe como vira em Atenas.

– Calma, mãe, você vai ver, vai ficar tão linda como aquelas mulheres que eu vi passeando na ágora!

Ela voltara de Atenas cheia de ideias e com a cabeça lotada de todas as novidades que vira, tudo tão diferente do campo, tão colorido, tão vibrante, mulheres tão elegantes, com suas túnicas em diferentes cores, os debruados caprichados! Definitivamente, o pai não sabia fazer compras para as mulheres; ela teria que ir com mais frequência à cidade, para trazer aquelas coisas todas, tão importantes! E com essa animação, convencera a mãe a experimentar um novo penteado: os cabelos arrumados de forma complicada, entrelaçados, com tiras de tecido prendendo as mechas e dando um acabamento muito interessante. O problema é que Callíope não era exatamente uma artista da beleza feminina, e as mechas se recusavam a ficar onde ela queria, teimando em cair sobre a testa, pelos lados, e despencando na nuca da mãe que, pacientemente, e achando graça no jeito da filha, ia deixando-se embelezar pela menina.

– Lypso, vem aprender a fazer esse penteado, que eu quero estar assim bonita quando o Alexis vier me ver!

– Ainda pensando no seu "Hermes do Pireu", meu amor? – pergunta a escrava. As duas mulheres brincavam com Callíope a respeito do filho do fiscal do porto, numa referência a Hermes, o deus dos mercadores e viajantes.

– É bom você ir esquecendo esse rapaz, minha doçura – diz a mãe, tirando do rosto uma grande mecha presa a uma fita. – Não é bom ficar na esperança de reencontrá-lo... muito menos sonhar em se casar com ele.

– Mas por que não, mãe?

– Seu pai já disse que tem planos para você...

– Que planos? Mãe, não vai me dizer que ele está pensando em me arranjar algum velho, cujo rosto eu nunca vi, um gordo qualquer...

– Calypso, me ajude.... – suplica a mãe. – É hora de termos aquela conversa...

A escrava se aproxima, com seu ar calmo e gestos lentos.

– Callíope... – ela diz, trazendo nos braços o tacho onde misturava grãos com óleo para um prato do jantar. – Quando você esteve com esse rapazinho... ele tocou em você?

– Como assim, tocou em mim?

– Ele tentou pôr a mão em você, tocou alguma parte do seu corpo?

– Ah, teve uma hora que ele... pegou minha mão...

Calypso pára de mexer os cereais:

– Meu bem, foi só isso mesmo que ele fez?

– Sim, sim! Pegou minha mão, só isso! Por que essa preocupação?

– Todo cuidado é pouco com as mãos dos homens, eles são capazes de tudo para avançarem aquelas mãos, quanto a isso são verdadeiros animais!

– E mesmo quando o problema é o inverso, a complicação é para a mulher de qualquer forma! – diz a mãe.

– Como assim, o problema é inverso? – Callíope quer saber.

– Como o caso de sua tia Leda, que seu avô casou com um rapaz de família próspera, e que na noite de núpcias não lhe "desatou o cinto", e após mais de um ano de casamento, nem tocou nela...

– Mas é para tocar ou não é para tocar?

– Seu avô queria saber porque ela ainda não engravidara, e ela então contou como as coisas se passavam entre ela e o marido... ou como não se passavam...

– E aí? – pergunta Callíope, se interessando. – O que é que se passava?

– O marido dela era do tipo que... só tocava em corpos de outros homens...

– O quê?? – pergunta Callíope, sem entender.

– Seu avô ficou furioso e terminou com o casamento, levando sua tia de volta para casa; foi um escândalo, houve todo tipo de maledicência, porque as pessoas, como sempre, ora maldiziam o rapaz, ora maldiziam Leda, dizendo que ela era culpada de não tê-lo "atiçado".

– Como assim?

– Foi um tumulto na família, toda essa estória; seu avô quis resolver o mais breve possível e imediatamente casou sua tia com outro homem, mandando-a para a Trácia.

– Para a Trácia? Por que para a Trácia? É o castigo para mulheres cujos maridos não são atiçados? – pergunta Callíope, a essas alturas perdida na conversa.

– Desde então não tivemos mais notícias dela... – diz a mãe, com ar pensativo.

– E se o novo marido também era como o outro? De que adiantou o avô se livrar da tia?

– Seu pai frequentemente tenta saber notícias, quando vai a Atenas.

– Em Atenas? Mas ele tem que ir é para a Trácia! E nem viram se esse outro era um gordo!

– Qual o problema dele ser gordo? Todos acabam ficando gordos, não são capazes de controlar seus desejos, de nenhuma espécie!

E Ifigênia, junto com Calypso, põe-se a rir, enquanto Callíope, dando por encerrado o penteado, sai emburrada, pois não conseguia entender as ironias das mulheres.

– Vá atrás dela, Lypso! Tente explicar enfim como é que acontecem as coisas, é tempo dela saber.

Calypso já era escrava na casa de Ganimedes quando este e Ifigênia se casaram. Foi uma afeição imediata entre ambas assim que Ifigênia viera morar ali, e as duas passaram a se tratar mutuamente como duas verdadeiras irmãs amorosas. Criaram juntas as duas crianças; passaram juntas por todos os problemas e dores durante todos aqueles anos. Logo depois que o pai morreu e ele assumiu a posição de chefe da família, Ganimedes trouxe Calypso para a mesa do jantar, de modo que ela passou efetivamente a fazer parte da família, embora não tivesse aceito de Ganimedes a libertação. Tinha medo da liberdade. Dizia poeticamente que seu coração era escravo eterno daquela família. Ifigênia sempre recorria a Calypso nas situações mais delicadas, nas quais era necessário muito tato, tal como dizer coisas difíceis ao marido ou aos filhos. Agora que Callíope chegava perto da idade de se casar, haviam decidido que já era tempo de a prepararem para o encontro entre marido e mulher. E é óbvio que teria de ser Calypso a contar em detalhes esse assunto.

– Filha... – ela diz, aproximando-se da menina e passando o braço sobre seus ombros. – Não nos queira mal; ficamos só sem jeito de falar com você de certas coisas....

Callíope amava Calypso talvez mais ainda que à própria mãe. Seu nome mesmo havia sido escolhido pela escrava. Não havia nenhum problema, nenhuma nuvem que pairasse sobre seu coração, que ela não confiasse à mulher, e esta lhe aliviava a alma com suas palavras e às vezes até mesmo com seu silêncio compreensivo e acolhedor.

– Vocês falam coisas que eu não consigo entender, e se riem de mim....

– Não rimos de você, rimos de nós mesmas! Por sermos duas velhas bobas que não conseguem falar de um assunto tão natural...

– Bebês ....? – pergunta Callíope, adivinhando.

– Sim.

– Mas o que as mãos do Alexis têm com isso?

– Muitos problemas na vida podem vir por aí, meu bem. Principalmente para nós, mulheres. Uma gravidez indesejada pode determinar o fim da vida de uma mulher, sua miséria. Não é fácil ter um filho, muito menos sozinha e desamparada. A mulher acaba indo para a rua...

– Mas por que é um problema tão grande? Se ela não quer o bebê, basta colocá-lo no cesto assim que nasce, e deixá-lo na beira do rio. Não é assim que fazem com os bebês que não se quer?

Os olhos da escrava se enchem de sombras e dor. Não era assim tão simples.

Aqui e ali ouvia-se dizer ainda da prática arcaica de, ao nascerem meninas ou crianças mal formadas, ou numa família já numerosa, as pessoas optarem por não deixarem-nas viver, expondo o recém-nascido à sua própria sorte, e aliviando a consciência na crença de que ao deixarem o bebê ao relento, este morreria não por suas mãos e culpa, mas porque o acaso não queria que ele vivesse. Mas na família de Ganimedes não havia notícia de que isto jamais tivesse ocorrido. No entanto, com Ifigênia numa segunda gravidez em um ano de seca e lavoura pobre, Ganimedes se sentiu ameaçado pela fome e miséria. Como que desamparado, conforme o ventre de Ifigênia ia aumentando, ele incessantemente fez sacrifícios em honra do pai, que havia morrido recentemente, tentando obter dele uma resposta para suas dúvidas e temores. Ele crescera ouvindo do pai, e antes dele do avô, cujos antepassados vinham repetindo de geração em geração havia séculos, os ensinamentos de Hesíodo:

"Se quiser prosperar, trabalhe até mesmo no inverno. Não case cedo. Tenha um só filho porque mais de um é difícil sustentar. Ofereça sacrifícios aos deuses regularmente. Lembre-se dos dias felizes que o trabalho lhe proporciona e evite os infelizes. Do contrário, os animais adoecerão e o trigo apodrecerá. Seja amigo de seus vizinhos, porque estarão por perto caso necessitar. Ademais, com um mau vizinho, nunca se sabe o que pode acontecer ao seu gado. Nunca peça emprestado, não empreste nada e não confie em ninguém".(9)

Seus antepassados haviam visto dias muito difíceis, e as palavras de Hesíodo os havia guiado. A rigidez dessas palavras levaram a família a prosperar de fato, inclusive tornando-os até diferenciados, pois eram camponeses habituados à cultura, iam com frequência à cidade, e educavam seus filhos nas escolas de Atenas. Mas aquele estava sendo um ano de escassez e intempéries e Ganimedes, com medo do futuro, vendo nascer uma menina, atordoado pela ameaça de fome, decidiu expor o bebê, colocando-a num vaso de cerâmica na estrada, bem longe de casa, à entrada de Atenas.

O arrependimento veio quase que imediatamente. Ganimedes foi no dia seguinte ao local na estrada, mas o vaso já havia sido recolhido. Provavelmente, encontrado o corpo da menina, fora-lhe dado um fim cujos detalhes Ganimedes temia descobrir. Ifigênia passou anos sem dormir ou comer direito. Calypso passou muito tempo olhando para o ar sem achar dentro ou fora de si as palavras que poderiam limpar seu coração. No fim, não teria sido necessário terem exposto a menina: o ano acabara bem e afinal não houve fome nem muito menos miséria. Ganimedes sentiu-se indigno e passou a ver toda a vida de um modo muito diferente, e foi aí a primeira vez que deu a liberdade a escravos. Ifigênia engravidou mais duas vezes, os bebês nasceram fracos e, apesar da luta da família pela saúde deles, morreram. Um antes de completar um ano, e o outro com apenas três meses de vida. Todos atribuíram isso ao abandono da bebezinha. Então, numa quinta gravidez, quando Callíope nasceu, forte e risonha, foi com imensa alegria que toda a casa a viu passar dos meses críticos, ficar ainda mais forte, começar a falar e a andar. A família via na menina a redenção daquele fato nebuloso em suas memórias. Querendo poupar Ifigênia, Ganimedes a levou a Atenas para visitar um médico, que lhe aplicou um controverso, porém eficaz, contraceptivo, e ela nunca mais engravidou. A muito custo todo o episódio do bebê abandonado foi sendo, se não superado, ao menos suavizado em suas consciências. Mas a vida ainda voltaria a lhes cobrar aquele ignóbil tropeço.

– Não é assim tão simples... – diz Calypso. – Um bebê... é uma alegria na vida das pessoas... Você se lembra quando conversamos no dia em que você... em que você...

– No dia em que pela primeira vez fiquei com "aquilo que tem quando não tem bebê"?

– Sim... Callíope, meu bem, em breve você vai se casar, e então *haverá* o bebê... E o seu marido terá grande participação nisso...

– Como?

– Bem, na noite de núpcias, quando você for morar na casa do seu marido, vocês vão ficar sozinhos nos aposentos dele, e aí ele vai lhe desatar o cinto...

Calypso enfim cria coragem e vai contando passo a passo para a menina que a ouve atentamente como uma boa aluna, os olhos fixos no chão.

– ... E é assim que uma moça se toma mulher – termina a escrava, triunfante por ter chegado a cabo com sucesso nessa tarefa delicada e de lembranças tão dolorosas.

Debaixo do sol de verão, levando consigo um pano para colher algumas nêsperas que já estavam amadurecendo no pé, Callíope vai devagar caminhando pela terra, por entre a plantação, até chegar na pequena planície, a grama verde e fresca convidativa, onde ela e Theo tantas vezes costumavam se deitar, após um dia cansativo de trabalho, para conversar, olhando o céu azul, vendo as nuvens passarem em formas as mais variadas. Parando um pouco para olhar a paisagem, ela vê Theo a alguns metros, também parado, olhando o horizonte.

– Ei!! Theo!! – grita Callíope.

Vendo-a, ele se aproxima.

– Callíope! Vai pegar as frutas? Ouvi quando sua mãe pediu... – ele diz, com sua voz mansa e baixa.

– Vou dar uma olhada. Que dia mais lindo! Estava assim cheio de sol em Atenas, também. Ah, Theo! Você tinha que ter ido! Nunca vi tanta gente junto! Mas o mais impressionante... foi ver o mar... Você precisa ir um dia, Theo, para conhecer o mar de perto...

– Hummm.... – Theo não tem muita vontade de ouvi-la falar do mar, nem do Pireu.

Ele nunca pisara na beira do mar – ou, pelo menos, não se lembrava de tê-lo feito. Não tivera a oportunidade até agora, com mais ou menos quinze anos, de ir com o patrão para compras ou algum serviço na cidade e ao Pireu. Sempre era levado algum escravo mais velho para esse serviço. E Callíope, por mais que descrevesse com suas incontáveis palavras cheias de admiração e superlativos, não conseguia passar para ele a úmida imagem do mar.

– Já sei!! Vamos fazer nosso jogo de "enxergar o pensamento"? – ela diz, esticando-se na grama – Vai, deite aí atrás de mim, vamos tentar!

Desde pequenos os dois costumavam brincar juntos, jogavam cinco pedrinhas, brincavam com os animais pequenos, corriam ao redor da casa, jogavam bola, e quando cansados da corrimaça, deitavam-se na grama olhando o céu, conversando, cantando, identificando as formas das nuvens. Às vezes, um silêncio pairava no ar.

– Em que você está pensando?

– Não vou falar!

– Então eu vou adivinhar!

E foi assim que eles inventaram sua brincadeira predileta: "passar o pensamento" para o outro. Estirados na grama, com o topo das cabeças encostando um no outro, um se concentrava e imaginava uma cena, ou um objeto, ou até mesmo uma frase, e o outro tentava "visualizar", como se o pensamento de um "passasse" para a cabeça do outro. Ficavam horas se entretendo desta forma, para braveza do pai, que precisava de Theo na casa ou nos campos, e da mãe, que contava com Callíope na cozinha.

– Se concentre, heim! – diz Callíope, com Theo estirado no chão, atrás dela, as cabeças se tocando. – Eu vou falando, para ajudar, está bem? Então, diante dos seus olhos, você vê um imenso borrão azul... um azul que toma conta de toda a sua visão, não há nada, além desse azul... nem árvores, nem casa, nem gente, nem bichos, só... azul... Aos poucos... você vai vendo que são dois azuis diferentes: é como se fosse dividido na metade, de comprido; a metade de cima é azul claro... a metade de baixo é um azul mais escuro ... E é como se houvesse uma linha dividindo os dois azuis... O azul de cima é o céu; o azul de baixo é o mar. Daí, você percebe umas manchinhas brancas, bem pequenas, aqui e ali, no azul de baixo, o escuro... e você vê que o azul escuro se mexe...

– O azul se mexe?? – pergunta Theo, querendo rir.

– Não se desconcentre!! O azul mexe, sim... e quando o azul mexe, ele faz a manchinha branca... Aí você percebe que o azul escuro é água e a mancha branca é uma onda, levantada pelo vento, pelo movimento do mar.

–Hmmm...

– E então, o que você está vendo?

– Um carneiro, seguido de um batalhão de armaduras!

– O quê??? – diz ela, vendo que ele estava brincando.

– É, olha lá, no céu, as nuvens – diz Theo, apontando o céu.

– Você não estava prestando atenção!! E de mais a mais, tem que fechar os olhos, não dá certo de olho aberto! Aonde é que você está vendo um carneiro?? – diz ela, olhando as nuvens. – É uma charrete! Puxando um carro com feno!!

– Carneiro, sim! Olha as patas!! E o batalhão de armaduras vem atrás. É uma rebelião de carneiros!! – diz ele, rindo.

– Será possível, está tão claro, é uma charrete, e agora não é mais feno, são... são... cebolas!!

– O quê? Cebolas? Onde você viu cebolas? – diz ele, levantando-se e virando a cabeça, para ver do ponto de vista dela. A figura das nuvens começa a se desfazer.

– Ah, agora não tem nem mais charrete, nem carneiro nem nada – diz ela.

– Tem sim, ainda estou vendo, Callíope, olha ali... uma das rodas da sua charrete...

– Você não me levou a sério, eu queria que você visse o mar! Já deu certo isso uma vez, lembra... Queria tanto que você visse as coisas que eu vi... – diz ela, se sentando e abraçando os joelhos, um pouco triste, um pouco brava, enquanto Theo se sentava também, ao seu lado.

– Mas, eu não preciso... É só eu olhar nos seus olhos – diz ele, com sua voz mansa, olhando-a de perto. – Eu vejo tudo nos seus olhos... tudo o que é mais importante na vida, para mim... Para que eu preciso ver o mar, se vejo os seus olhos?

Ficam em silêncio, um silêncio cheio de palavras, olhando-se bem de perto, e Callíope se vê refletida nos olhos de Theo. Um rubor vindo de suas entranhas lhe sobe às faces, fazendo-a pular, num sobressalto:

– As nêsperas da mamãe!!

Calypso estava errada. Não era daquele jeito que ela contara que uma menina se tornava mulher. Ela sentiu que se tornara mulher sob aquele olhar de Theo.

– Mulher, mande Calypso comigo à cidade com a lista das compras necessárias, e vai preparando a menina e a festa: daqui um mês Callíope se casa!

A notícia é totalmente inesperada para Ifigênia. Ela sabia que o marido estava fazendo seus arranjos para encontrar um marido para a filha, mas não achava que já estava assim resolvido. Calypso não teve tempo nem de pensar: um mês era muito pouco tempo, e ela precisava terminar de preparar o enxoval da menina, que já vinha sendo confeccionado havia alguns anos. Theo sentiu uma flecha lhe cruzando o peito. E Callíope sabia que este dia viria, de qualquer forma, mas não sabia exatamente o que esperar. Já se esquecera do "Hermes do Pireu", por isso não se importava com a ideia de casar com outro.

A visita à Atenas, quase um ano antes, havia surtido o efeito esperado por Ganimedes. Vários cidadãos haviam visto a menina com ele. E foi uma questão de Ganimedes conversar aqui e ali, e verificar qual dos pretendentes lhe parecia mais adequado. Encontrado o rapaz ideal, apenas acertaram a data e alguns detalhes, e tudo ficou assim arranjado. Embora tivesse no filho Helios seu herdeiro legítimo e universal, Ganimedes contava com Calliope e o futuro genro como uma garantia a mais de sua linha sucessória.

CAPÍTULO II

ARTEMIS

Deusa da floresta e da caça, protetora das meninas.

A noite de núpcias não deixou boa impressão a Callíope. Ela achou aquilo muito esquisito. Calypso lhe havia contado tudo em detalhes, inclusive os detalhes sórdidos, no dia em que tiveram "a conversa". É certo que, como todas as garotas, ela já vinha sendo preparada desde a infância para se tornar dona de casa: aprendera a escolher e lavar sementes e frutos, a selecionar legumes e limpar a carne, a cozinhar os alimentos, tecer túnicas e lençóis e arrumar a casa, a fazer as preces e devoções ao deus da família, a conduzir os empregados. Mas nada a preparara para aquilo. Nem os detalhes e alusões de Calypso.

Pelo menos, pensava ela, ele era do tipo "atiçado", e ela não corria o risco de ser mandada para a Trácia, como a tia, cujo marido não a tocava. O marido que seu pai escolhera era justamente o gordo que ela tanto temia, e ainda barbudo e com uma careca bem adiantada. Cassandro era um viúvo sem filhos de trinta e sete anos de idade, igualmente proprietário de terras na Ática, porém a nordeste de Atenas, a quem

Ganimedes conhecera na ágora e acabou sendo o único bom partido que encontrou: ele queria que Callíope se casasse com um homem do campo, onde a filha crescera e estava acostumada.

Depois das primeiras noites ela foi se habituando à coisa, e até se acostumou à presença do marido em seu leito durante toda a noite – hábito pelo qual ela não esperava: Calypso ficara tão aflita por lhe contar sobre os encontros amorosos, que esquecera de lhe dizer que ela dormiria com o marido ao seu lado para sempre! Cassandro, de resto, rapidamente gostou daquela jovem que lhe fora dada como esposa. Nos primeiros dias, ficava com ela na cama, de manhã, demorando a se decidir por se levantar e ir tomar o desjejum, para o horror de sua mãe, que achava aquilo uma sem-vergonhice.

– Em que mundo estamos? – Callíope a ouvira resmungar em tom moralista para uma escrava.

Esta era mais uma coisa para a qual ela não havia sido preparada: a sogra. Vira-a pela primeira vez, assim como ao marido, no próprio dia do casamento. Sua família, dali por diante!

A festa do casamento havia sido preparada com todos os rigores vigentes em Atenas, embora no campo as coisas normalmente se passassem de maneira mais simples. Ganimedes convidou muitos amigos e suas esposas, fazendo a casa, normalmente tão sossegada, ficar num rebuliço incomum. Helios também levou alguns amigos, soldados como ele, e Cassandro levara apenas a mãe – que era a única família que ele tinha. Foram mortos três carneiros e dois porcos em sacrifício, em honra de Zeus, Hera, Ártemis, Afrodite e Demeter, a deusa da casa, e a todos os deuses. Ganimedes mandara vir várias ânforas de vinho tipo *meias,* de Chios. Havia também *zurrapa,*[5] mais ao gosto dos convidados camponeses. Afinal, era sua

[5] Meias: vinho tinto; zurrapa: bebida feita do bagaço de vinagre com água.

filha querida, a alegria a casa, que se casava, e Ganimedes queria que a festa fosse memorável. Pensara em matar um boi, mas Ifigênia e Calypso o dissuadiram, com medo das fofocas dos vizinhos, dado que os convidados não seriam assim em tão grande número, e eles não tinham naquele momento um boi velho para sacrificar: todos eram animais jovens, e estavam sendo utilizados na lavoura.

A casa, normalmente florida e cheia de plantas, ficou ainda mais arrumada: Ganimedes mandou vir de Atenas flores para os vasos e para as guirlandas. Mesas foram colocadas ao ar livre, e Ganimedes mandou virem também divãs e cadeiras extras da cidade. Zeus contribuiu não ameaçando a festa com nuvens escuras: o sol brilhava e o céu era azul. Ninguém se sentia mal, nem mesmo um espirro havia sido ouvido. Bons presságios para a cerimônia! Sinal de uma união feliz, que agradava aos deuses!

Callíope estava um pouco nervosa, um misto de sentimentos desde a véspera, ao deitar-se para dormir pela última vez na casa dos pais. Acordara cedo, aflita mas feliz, e as mulheres logo a levaram para o banho de purificação: os rituais eram uma das partes mais importantes daquele dia. Depois de passarem óleo em seu corpo, retiraram-lhe o excesso com panos novos, assim limpando sua pele, e então ela entrou na tina de água ligeiramente aquecida, onde Calypso derramou um pouco dos óleos com essências que havia trazido de Atenas, especialmente para a ocasião. Era já este um dos momentos mais solenes daquele dia tão especial.

– Ai, mãe! Está me machucando!

– Calma, Callíope. Temos que esfregar você com a bucha!- Calypso tenta acalma-la.

– Meu bem, você fez o que eu mandei, ontem à noite?

– O quê, mãe?

– Seus brinquedos...

– Ah... sim... juntei tudo, como a senhora falou...

Este tinha sido um momento difícil para Callíope: estava deixando sua vida até ali para trás, tornava-se mulher, tinha que abandonar seus brinquedos de criança, consagrando-os a Ártemis. Mas não queria se livrar de seus tesouros! Como ia viver sem eles? Foi com imensa dor no coração que colocou todas as bonecas de madeira e os bichinhos – sua ovelhinha de lã! – numa arca trazida pela mãe dias antes. Já deveria ter feito isso desde então, mas achava que Ifigênia não perceberia e ela poderia levar consigo para a nova casa tudo o que lhe pertencia. Ifigênia, porém, toda noite, quando vinha lhe dar um beijo antes de dormir, cobrava da filha:

– Ainda não os guardou, meu bem?

E finalmente, na véspera, teve que fazê-lo.

Terminada a esfregação da bucha com os óleos, as escravas esvaziaram a tina, lavaram-na, e então foi colocada nova água – desta vez, água purificada, através das orações e libações. Enquanto Callíope entrava outra vez na tina, a mãe e Calypso recitaram os himeneus – canto especial para a ocasião dos casamentos. As vozes das mulheres, no cântico sagrado, mostravam o quanto estavam emocionadas. As orações eram sempre os momentos mais importantes em uma família.

– Lypso, a túnica!

Ifigênia estava um pouco nervosa. Para alguém que não gostava de tumultos e de festas, aquele dia era excepcional. Tivera que cuidar de tantas coisas! E as vestes nupciais da filha haviam lhe tomado quase todo o tempo. Queria que ela ficasse muito linda, para o esposo que a veria pela primeira vez naquele dia.

– E ele, vai estar lindo? – perguntara Callíope, saindo da tina, enrolada nos panos, começando a se dar conta do que a esperava dali a algumas horas, na casa do marido.

Sua túnica era nova, de tecido vindo do Egito – fino, em um branco puríssimo, com uma caída pesada e elegante. Callíope sempre fora magra, e os tecidos assim salientavam a harmonia de suas poucas curvas. Debruados em fios brilhantes, azuis, formando desenhos delicados, adornavam a bainha e o decote. E o cinto – um belo cinto contorcido, em um azul num tom um pouco mais forte do que os debruns, marcava-lhe suavemente a cintura. As mulheres então lhe arrumaram os cabelos, e sobre sua cabeça colocaram uma coroa de flores, que segurava o véu, num tecido muito fino, transparente, que não deixava ver seu rosto, apenas o contorno.

E então foi levada pelas mulheres até a sala onde seu pai e Cassandro a esperavam, e onde Ganimedes fez a oração junto ao *lar* – o altar da família, onde ficava o fogo sagrado, e onde Ifigênia derramava, todas as manhãs, um punhado de grãos como oferenda aos deuses. Ganimedes espera todos se postarem junto a ele e, tomando um tom mais grave na voz, com as frases tradicionais das cerimônias, declara que naquele momento ele entregava sua filha ao esposo:

– ...Para, junto a ele, em sua casa, adorar os deuses do esposo, manter aceso e oferecer libações e orar junto ao lar do esposo, gerar os filhos dele, honrá-lo e respeitá-lo, submetendo-se a ele, e desvinculando-se desta casa onde nasceu. Que Zeus, Hera, Ártemis e Afrodite a protejam, e que os deuses do marido a recebam.

Ganimedes ficara emocionado. Lembrando-se de que não mais veria Callíope todos os dias ao seu lado, começava a se arrepender de não ter adiado um pouco os planos para a filha mais nova.

"Bem... ele é mesmo gordinho... meio careca... meio grandão.... ". Era tudo em que pensava Calliope durante a prece do pai.

Cassandro não podia ver-lhe o rosto, porque ainda estava coberto. Mas ela podia vê-lo muito bem através do véu: rosto, barriga, careca, barba e tudo mais.

– Essa menina tem boa memória? Tem alguma inteligência? Vai aprender depressa as orações no novo lar? – pergunta a sogra, em tom ríspido, a caminho das mesas para o banquete.

Ifigênia e Calypso se olham com os cantos dos olhos por alguns segundos sem nada dizer, pressentindo que a pequena Callíope ia ter muito a enfrentar. A comilança do banquete veio em seguida, com alguns músicos que Ganimedes havia contratado para alegrar os convidados, tocando, dançando e fazendo enigmas e adivinhações, muitas delas com alusões aos políticos atenienses do momento – embora Ganimedes os tivesse alertado que esta era uma festa familiar sem motivações políticas – e das quais os homens riam e as mulheres não conseguiam entender. Depois que todos os pratos foram servidos – as entradas de saladas de alface, agrião e favas, os legumes, os peixes, as perdizes, a carne, e por fim as frutas e os doces de mel, aí sim se deu o momento mais significativo da cerimônia, quando Calypso tirou o véu de Callíope, que só então mostrou o rosto ao marido, todos os olhos sobre o casal à espera de sua reação.

Cassandro ficou surpreso ao vê-la. Como era jovem! Parecia uma criança! Sua primeira esposa também tinha mais ou menos essa idade quando ele se casou com ela, mas ela não era assim tão... juvenil... A nova esposa era muito bonita, isto era verdade. E toda arrumada, ele ficou encantado. Callíope, de resto, ficou vermelha nesse momento, com todos aqueles olhares sobre ela, e o seu rubor e timidez tornaram-na ainda mais encantadora aos olhos do marido.

E com os vivas dos convidados – principalmente Helios e os amigos – os homens se retiraram para o *andrônion* – a sala dos homens, onde iriam tomar o vinho tirado das *crateras* pelos empregados. Ganimedes havia mandado misturar o vinho à água na proporção de 1 para 3, pois embora fosse dia de festa, ele não era dado aos excessos dos *symposions* (10) da cidade, como já havia visto algumas vezes em banquetes em Atenas. Na casa dele, esse momento de reunião dos cidadãos visava apenas uma pequena extensão das salvas e cumprimentos pela ocasião tão solene.

Quando a tarde ia caindo, chegou o momento de o casal partir para a casa do marido, onde mais cerimônias os esperavam. Duas charretes estavam sendo preparadas para tanto. Na primeira iria o casal, sozinhos. Na outra, a sogra com os dois escravos que os acompanhara, e ainda os presentes, parte do enxoval, e alguns objetos da noiva. Vários homens se revezavam tentando colocar tantas arcas e pacotes na charrete, e não pareciam chegar a um acordo sobre como fazê-lo, começando a ficar exasperados por não conseguirem arrumar coisa nenhuma:

– Coloca a maior primeiro.

– Isso; agora, aquela ali!

– Ajuda, aqui!

– Essa, por cima.

– Não!

– Vai cair! Vai cair!

– Tira essa daí!

– Assim, não! De lado!

– Vamos tirar tudo e começar outra vez!

– Ai!

– Pronto!

E, limpando as mãos, orgulhosos diante da charrete abarrotada e sem nenhum espaço livre, olham para o lado, no chão: faltavam mais duas arcas grandes...

– Mas quem esqueceu essas aí?

– Tem certeza que isso tem que ir?

– Eu disse que de lado era melhor!

Quando o calor da discussão entre eles fez com que simplesmente se afastassem da charrete para melhor poderem gesticular exasperados, Ifigênia, Calypso e duas escravas tomaram para si a tarefa e, com alguns gestos, rapidamente acomodaram tudo, em ordem, com segurança, e ainda deixando um bom espaço para os três passageiros. Callíope ia se aproximando de sua charrete, trazendo pela mão um cachorro preso por uma corda.

– Onde vai com esse animal? O cachorro não vai para a minha casa de jeito nenhum! – diz a sogra, peremptoriamente.

– Mas... – Callíope olha para a mãe.

– Vamos, meu bem... Deixe ele aqui conosco.

Callíope faz bico como quem vai chorar. Até ali, tudo ia bem. Deixar os pais e as bonecas ia ser difícil, mas ela superaria a dor. Mas o Azedo, não! O Azedo ela tinha que levar! Começava a achar que aquela estória de casamento estava saindo muito complicada para ela. Era o cachorrinho que ela e Theo haviam visto nascer e crescer! Até quiseram, quando ele tinha dez dias, fazer uma cerimônia de aceitação, dando com ele a volta em torno do fogo sagrado, como era feito com os bebês recém-nascidos. Mas Ifigênia achara que aquilo seria escarnecer dos deuses, dando ao animal um tratamento equivalente ao dos homens, e não permitira – embora Ganimedes dissesse que o cachorrinho tinha certamente mais inteligência do que vários membros do Conselho da bulé. Callíope e Theo, desobedientes, acenderam uma fogueirinha longe de casa e fizeram sua pequena cerimônia mesmo assim, mas foram pegos por uma escrava, que contou tudo a Ifigênia. Ficaram de castigo por uma tarde inteira, só sendo salvos por Ganimedes, à hora do jantar. Ele e Ifigênia, de resto, quando à sós no quarto, aquela noite, deram muita risada das traquinagens das crianças.

– Callíope, querida... ele vai ficar bem aqui – diz Calypso.

Ela procura Theo com os olhos, e vai até ele levando o cachorro.

– Você cuida bem dele, heim, Theo... Do nosso Azedinho...

– Cuido... – diz Theo, pegando a corda do cachorro sem levantar os olhos para a amiga que partia. Não estava com muita vontade de falar.

Finalmente o casal subiu na charrete, com a outra vindo atrás trazendo a sogra e os empregados, carregando archotes para iluminar o caminho na noite que logo ia cair. Helios e os amigos, junto com alguns dos homens mais novos, quiseram organizar o cortejo para acompanhar o casal, mas dado que Cassandro se casava pela segunda vez, já não queria o tumulto que os rapazes costumam fazer nessas ocasiões. E foi bom que assim ocorrera, pois teriam visto quando, chegando à casa, Cassandro, não sem muito esforço, tirara Callíope da charrete tomando-a nos braços e, cambaleando, levara-a para dentro da casa, sem que ela tocasse os pés na soleira – que era o momento mais esperado em todo casamento, quando os rapazes queriam ver as forças do noivo e fazer brincadeiras. A lembrança dele sem fôlego depois desse esforço foi durante muito tempo motivo de riso entre os dois, e também entre os escravos que haviam assistido a cena. Na casa do marido, diante da lareira – o *lar* –, comeram juntos doces e figos secos, simbolizando sua união e integração. E então foram para os aposentos de Cassandro. No estábulo já estavam os seis cavalos puríssimos da Thessália que Ganimedes havia dado como dote.

Na casa dos pais da noiva, depois que os nubentes saíram em suas charretes e sumiram na estrada, com o céu já começando a escurecer, estrelas despontando aqui e ali, quando alguns convidados começavam a se preparar para ir embora, e Helios e seus amigos já um tanto embriagados divertiam-se com o grotesco jogo do *kóttabos* – lançando contra um alvo indicado o resto de vinho do fundo da taça, um homem montado a cavalo é avistado lá embaixo, na estrada, subindo, esbaforido, em direção à casa, onde chega quase sem forças, sob os olhares de homens e mulheres curiosos e estupefatos com aquela surpresa. Desmonta e mal cumprimenta a todos, dirigindo-se a Ganimedes, o ar lhe faltando, um silêncio profundo aguardando e se seguindo ao término de suas palavras:

– Senhor...

– Calma, rapaz! Respire um pouco! – diz Ganimedes.

– Senhor... venho da cidade... por ordem... do superior do Sr. Helios para avisar a família... e chamá-lo junto com seus colegas... de volta a Atenas com urgência... Péricles morreu.

Naquela noite, alheio ao estupor causado na casa e em toda a cidade pela notícia do falecimento do grande general, a cabeça cheia de zurrapa e vinho, com os quais não estava acostumado, e a imagem de Callíope no khitón branco novo sem lhe sair da frente dos olhos, Theo não tinha mais nenhum pensamento conexo, não tinha vontade de falar nem de se mexer do lugar. Sentia como se o dia seguinte não fosse amanhecer, como se o sol não fosse mais subir, como se a vida lhe tivesse sido roubada.

Theo sempre tivera em Helios um irmão mais velho, a quem ele admirava e buscava imitar. Quando, ao vir morar naquela casa, fora introduzido ao culto da família – numa cerimônia purificadora, na qual Ganimedes o fez circundar o *lar* – a lareira, onde ficava constantemente aceso o fogo sagrado – e, junto com ele, fez as orações e libações, pedindo aos deuses que recebessem naquela casa aquele novo membro, Helios havia feito especialmente para ele um boneco em terracota, presenteando o menino e dando-lhe boas-vindas. Theo nunca tinha tido um brinquedo, e aquele gesto revestiu-se para ele de enormes significados. Helios, por sua vez, tinha também grande afeição pelo menino, e lhe ensinava tudo o que podia, como na ocasião em que o ensinou a nadar, imitando o tom de voz de seus professores do ginásio:

– Um ateniense sabe ler e nadar!

Theo se sentia encabulado, pois conhecia sua situação inferior de escravo, e que não era na verdade "um ateniense". Procurava aprender tudo o que Helios ensinava, mas era de um temperamento totalmente diferente do rapaz. Helios era falante, do tipo atlético, punha-se a se exercitar em casa assim que chegava de volta do ginásio, todas as tardes. Corria, dava saltos em distância, ficava atirando para longe uma pedra, e queria que algum dos empregados viesse treinar com ele a luta. Ganimedes não gostava dessa parte: sempre havia alguém machucado, e isso não era bom para a lavoura, que precisava de todos os braços possíveis. Mas a grande alegria era quando ele e Theo iam até o riacho que às vezes se formava, lá embaixo, e punham-se a nadar. Theo era bom nadador. Helios, de resto, achava que ele também seria um bom atleta, pois estava crescendo e ficando forte. Em vão tentava convencer Ganimedes a mandá-lo para a escola.

– Filho, escravos não vão à escola.

– Mas e se o senhor o libertar? Ele poderia ser soldado também...

– ... Nem muito menos se tornam soldados...

Quando adolescente, Helios nada sabia sobre as coisas da cidade e da cidadania.

– Por que, pai?

– Servir o exército e lutar pela pátria são uma honra reservada aos cidadãos, apenas.

Assim, ainda que quase não saindo do campo, não indo jamais à cidade, Theo acompanhou de perto a evolução de Helios nos esportes. Sabia que o irmão era aficcionado naquilo. Mas quando Helios se tornou soldado, transformando-se num homem mais sério, ele se afastou de Theo, pouco revelando a este sobre as coisas que aprendia no exército. E menos ainda sobre Musságora. A vida de Helios ia tomando novos rumos.

Quando, no entanto, vieram os jogos olímpicos e ele foi chamado para participar no pentatlo, Helios viu ser talvez esta sua última chance de tomar parte nos jogos, e não hesitou em levar Theo consigo como ajudante.

Para o rapazinho foi uma rara ocasião de sair do campo, e assistir a uma festa tão grande. O passeio lhe faria muito bem, tirando-o do marasmo e tristeza em que se encontrava desde que Callíope se casara.

Todas as cidades faziam uma trégua nas hostilidades durante os jogos, e os atletas se reuniam em Olímpia para os jogos e festejos. (11) A cidade ficava lotada de gente. Os homens disputavam lugares nas arquibancadas. Alguns atletas iam para a cidade meses antes do evento, para irem se exercitando, no ginásio de Élis. Todos helênicos, é claro, e livres por nascimento.

Theo e Ganimedes chegam a Olímpia num final de tarde, justamente em tempo de irem ver a tocha ser acesa no pritaneu, dando início aos jogos daquele ano. Helios já estava na cidade com seu grupo de amigos – alguns atletas como ele, outros apenas espectadores.

– Chegamos, meu filho!

– Pai! Como demoraram! Houve problemas na viagem? – pergunta Hélios, aproximando-se deles na área em que estava treinando o salto.

– Hum! Todas as cidades helênicas têm uma bulé e os seus quinhentos, pelo que vi. A estrada parecia um final de guerra, c harretes atoladas por todos os lados. Nem a destruição de Erétria deixou tanta devastação!

Ganimedes se referia às coisas do passado com frequência. Falava dos ataques persas como se pessoalmente tivesse assistido aos mesmos, embora só tivesse nascido quase dez anos depois.

– Que exagero! – ri Helios. – Acharam a hospedaria que meu mestre indicou?

– Sim, já levamos nossas coisas para lá. Bem, vou indo encontrar um lugar para me sentar, que estes ossos já velhos agora estão quebrados! Todos! O próprio Feidípedes, ao chegar em Atenas pondo os bofes para fora, não sentia tanta dor quanto eu estou sentindo neste momento.

– Foi ruim assim a viagem? – pergunta Helios a Theo, rindo das galhofas do pai, quando os dois voltam, sós, para o local dos treinos.

– Nem tanto... Na saída de casa demoramos um pouco para achar o caminho. Fora isso, até que viemos bem... Helios... quem é Feidípedes?

– Foi um sujeito que lutou em Maratona, quando os persas nos invadiram. Era campeão de corridas, e foi encarregado de levar a notícia da vitória a Atenas, porque o povo estava ansioso esperando por saber como tinham se passado as coisas. Ele correu todo o percurso, mais de duzentos *stádions*[6], sem descanso, e quando chegou, esbaforido, falou ao primeiro que topou pela frente: "Vitória! A vitória é nossa!". E caiu morto.

O santuário de Olímpia era de fato digno de ser visto. Não era à toa que todos os povos helênicos respeitavam a trégua e lá se reuniam para ver as competições, visitar o bosque de Áltis – recinto

---

[6] Medida de distância equivalente a 177m.

sagrado que continha muitos templos – e participar de todos os eventos paralelos que ocorriam durante os jogos.

Embora tivesse que acompanhar Helios durante os treinos, carregando o equipamento, o jarro de azeite e o *estrigil* – ganchos de metal especialmente desenhados para o fim de raspar a pele, depois de untada com óleo, para limpá-la do pó e areia, que sempre grudavam no corpo suado dos atletas – bem como toalhas e ataduras, Theo pôde, no tempo livre, ouvir conferências e discursos feitos por professores e oradores vindos de várias cidades, bem como apreciar as obras de arte que eram expostas especialmente na ocasião – quando tais eventos eram ao ar livre e abertos a todos, é claro.

Na tarde do segundo dia, assistiu aos jogos reservados aos adolescentes – meninos entre doze e dezoito anos – que só não jogavam a luta e o pugilato. É claro que entre esses jovens quase só havia filhos de aristocratas, e as provas equestres, o esporte mais caro de se manter, eram onde mais se destacavam. Nos jogos mesmo, onde competiam os homens, Theo constatou que os concorrentes pertenciam a todas as classes sociais.

Mas sem dúvida alguma, dentre todas as coisas que viu – ele, que quase nunca havia saído do campo , o que mais o impressionou foi o templo de Zeus. Acompanhando Ganimedes, cheio de medo e respeito, entrou no local com a nítida sensação que o deus estava lá presente de fato, olhando para todos, pronto para soltar seus relâmpagos sobre todos os faltosos. Após passarem pelas galerias que circundavam o templo, aproximaram-se do fundo do recinto, onde finalmente vislumbraram a imensa estátua do deus, sentado num trono de ébano e incrustações de pedras preciosas, bem como esculturas e pinturas representando os outros deuses. Zeus segurava um cetro com uma águia na mão esquerda, e Nike – a deusa da vitória – na direita. O corpo em marfim, a túnica em ouro, a cabeça quase tocando o teto, a uns doze metros de altura. Zeus, senhor dos homens e dos deuses, que havia repartido o governo do mundo com seus irmãos: Posseidon, senhor dos mares, e Hades, que reinava no mundo subterrâneo. Zeus, que tinha o poder sobre os fenômenos atmosféricos, atirando raios e sacudindo toda a terra apenas com o franzir do cenho. Os homens mais esclarecidos reconheciam nele, senão o deus único, pelo menos o deus supremo, soberano, onipotente, porém justo e bom, dominando todas as coisas e sustentando a ordem, tanto no mundo físico quanto na seara da moral. As pessoas simples viam nele um deus mais próximo dos seres humanos, dado a aventuras e intrigas. A princípio deslumbrado pelo tamanho e beleza do templo e da estátua, Theo sentiu-se em seguida intimidado por tanta magnitude. Aquela estátua lhe dava medo, ao mesmo tempo que sentia existir entre eles uma indiferença recíproca. Zeus não sabia da existência de escravos como ele.(11)

Conforme as competições iam se realizando e os vencedores iam sendo anunciados pelo arauto, sobre suas cabeças era colocada uma coroa de ramos de oliveira, ouviam-se hinos e cantos, e a alegria do atleta era imensa e contagiante, bem como a dos espectadores que o haviam apoiado durante a competição. Os grandes oradores, cheios de pompa, enalteciam os vitoriosos, lembrando os ouvintes que a vitória reflete a excelência inata do atleta, sua disciplina, sua habilidade, sua disponibilidade para o risco, e sua moderação na alegria do sucesso. Havia também aquelas manifestações de repúdio aos resultados e aos *helanodices* – os árbitros. Theo aprendeu uma série de palavras novas, nessa ocasião, em meio aos espectadores descontentes. Mas os maus perdedores eram logo acalmados por seus treinadores, que os levavam para um canto, exaltando-os à "virtude". Ainda estava na mente de todos o terrível episódio ocorrido nas olimpíadas anos antes, quando um atleta chamado Cleómenes, privado dos prêmios por ter provocado a morte do adversário, batera furioso na coluna que sustentava o teto de uma escola, onde estavam 50 crianças, causando a morte de todas.

Helios ia bem na competição. Desde o ginásio seus professores já sabiam que ele poderia ser um grande atleta, mas no exército, embora continuasse a treinar, especializando-se no pentatlo, achava que não mais teria a oportunidade de participar dos jogos. Seus treinadores, no entanto, vislumbrando suas chances de vitória, intensificaram-lhe os treinos naqueles meses que antecederam o início dos jogos, e incentivaram sua ida a Olímpia.

Helios não era tão robusto quanto vários dos atletas ali reunidos – muitos dos quais até truculentos, sobretudo aqueles que jogavam o pancrácio: a duríssima modalidade de luta onde só não era permitido morder ou atacar com as unhas os olhos, o nariz ou a boca do oponente, sendo todo o resto absolutamente legal, inclusive socos e chutes na barriga, e os jogadores não usavam as *himantes,* luvas para lhes proteger as mãos. Nem tampouco era Helios resistente como os atletas que faziam a corrida especial, correndo de dois a quatro *estádios* (384 a 768 metros) vestindo a armadura e portando o equipamento do soldado hoplita, de trinta quilos. Mas era excelente sobretudo nos lançamentos do disco e dardo.

O ritmo e precisão necessários no lançamento do disco eram considerados tão importantes quanto a força do atleta. Feito de pedra, bronze ou ferro, na forma de um prato, o disco tinha tamanhos que podiam variar, de acordo com a idade do arremessador.

O dardo, feito em madeira, na altura de um homem, com uma ponteira em metal, tinha uma alça em couro colocada no centro de gravidade, para o arremessador colocar os dedos, assim aumentando a precisão e a distância alcançadas pelo voo. E era no lançamento do dardo que Helios se sobressaía mais.

Todo o estádio prestava atenção só nele quando começava a se preparar para um arremesso. Alto, compenetrado, os músculos bem formados, as pernas fortes e esguias, dava os primeiros passos e movia o corpo habilmente e cheio de força, atirando o dardo para o alto, como uma extensão de seu braço, o corpo esbelto parando com o movimento, reto e elegante, enquanto ele, bem como toda a audiência, a respiração presa, acompanhava com os olhos o dardo que alçava voo, ganhando altura como que para não parar mais, parando então no ar, numa fração de segundo, iniciando a queda, e afinal fincando a terra, sob os aplausos frenéticos dos espectadores. Suas marcas eram sempre as melhores, e sua atitude ganhara a simpatia da maioria. Certos homens ali presentes gostariam de ficar vendo Helios lançando o dardo eternamente.

Mas nem tudo era assim tão simples.

Embora, na família, os "tornozelos de Callíope" fossem os mais famosos, era o dele, seu tornozelo esquerdo, o que dava mais trabalho. Caíra uma vez quando pequeno, torcendo-o, e desde então dizia a si mesmo e a todos que já estava curado, mas volta e meia sentia falhar o pé de apoio. Forçava-o quando doía, e frequentemente, escondia do treinador as dores atrozes que quase o impediam de ficar em pé. E ainda assim, obtinha os melhores resultados nas provas.

Na prova da corrida, tudo fora bem.

Na prova do salto não se saiu tão bem quanto esperava. Embora nada estivesse sentindo no pé, ao saltar, jogando para trás a pedra que servia de contrapeso para aumentar a distância do salto, percebera, ainda no ar, que não atingiria uma boa marca.

Mas já no lançamento do disco sentira uma pequena falha, ao girar e apoiar-se no pé esquerdo. E agora, assim que soltara o dardo no último lançamento, franziu o rosto, segurando a dor, buscando não deixar ninguém perceber.

Depois de limpar o corpo nu, raspando-o com o estrigil, comentou com Theo:

– Seria bom se tivéssemos Callíope aqui, com suas mesinhas! – ele diz, enquanto Theo solta e refaz a atadura em volta de seu tornozelo.

Callíope havia herdado da avó materna o jeito e o instinto para curar. Pelo menos, era ela que cuidava da hortinha onde plantava aquelas ervas e folhas cujos benefícios medicinais aprendia aqui e ali, sempre atenta para tudo o que fosse relacionado com o assunto. Os pais diziam que era um dom, e não a desestimulavam, dado que logo constataram suas habilidades. Era sempre chamada quando alguém passava mal, adoecia, tinha mal-estares, etc.

– Vá dormir e sonhar com Asclépio[7] para que ele lhe diga em sonho como curar essas dores! – diziam para um doente.

– Que sonhar com Asclépio! Chame Callíope, que ela resolve acordada! – era a reposta de Ganimedes.

– Se as mulheres pudessem vir assistir aos jogos![8] – responde Theo, fazendo o que podia com a faixa no tornozelo de Helios, que enfim se levanta para a prova da luta.

– As mulheres casadas deveriam poder vir – afinal, não seria novidade o que elas veriam! E Callíope agora já viu Cassandro! – diz Helios, rindo, ou tentando rir, pois a dor era insuportável.

Cassandro. Por que Helios fora lembrar dele? Estava tão bem, distraído com a competição, com todas as pessoas, com o vai-e-vem. Não pensava em Callíope havia quase meio dia.

---

[7] Asclépio, deus das curas. Para ele eram erguidos templos para onde se dirigiam os doentes, na esperança de que os curasse, aparecendo-lhes em sonhos para lhes dizer como curar a doença.

[8] As mulheres não podiam assistir aos jogos, pois os atletas jogavam nus.

Os dois primeiros adversários foram relativamente fáceis de eliminar. Mas a dor persistia, e aumentava. Quando viu o terceiro concorrente – muito forte e com aspecto bastante hostil – Helios sentiu que ia ter que se esforçar mais. Buscou fazer os movimentos que poupassem o pé esquerdo, mas era muito difícil, pois ele se desconcentrava da luta cada vez que se preocupava em apoiar-se no outro. E a primeira queda foi inevitável[9]. Não mais podendo suportar o tornozelo, perdeu a luta numa terceira queda em que já estava agonizando de dor, e nem chegou a ver o adversário recebendo os aplausos, pois foi imediatamente levado para um lugar especial para os feridos e contundidos, onde os esperavam vários médicos especializados nas contusões dos atletas.

Helios nem tentou disfarçar. Seu desapontamento era de causar dó. Por anos havia sonhado participar de uma Olimpíada, e seria tolice dizer que não se interessava em ser vencedor. Mudo, na charrete, mal ouvia o que diziam o pai e Theo, na volta para casa. Ganimedes misturava a tristeza pelo acontecido à apreensão pela saúde do filho – aquele pé iria acompanhá-lo pelo resto da vida. E Theo veio todo o caminho consolando o "irmão" mais velho, dizendo que o vencedor tinha tido era muita sorte, que as regras estavam erradas, que os *helanodices* eram cegos, que dali a quatro anos tudo seria diferente. Mas Helios estava acabrunhado e frustrado demais, e nenhuma palavra conseguia reanimar seus pensamentos. Só os braços de Musságora poderiam realmente consolá-lo, e ele mal via a hora de estar outra vez com ela.

– Sássa!

---

[9] Como na modalidade moderna, o atleta tinha que atirar seu oponente ao chão, fazendo-o cair sobre o quadril, o ombro ou as costas, para ser considerada uma queda válida. Eram necessárias três quedas para se obter a vitória. Não era permitido morder, nem tampouco segurar pelos órgãos genitais. No entanto, ataques onde se quebrava os dedos do oponente eram permitidos. (http://www. perseus.tufts.edu/Olympicslindex.html)

– Vem, meu querido...

Pelópia, a mãe de Cassandro, era um mistério para Callíope.

Era uma mulher bem mais velha do que Ifigênia. Na verdade, tinha quase a mesma idade de seu pai. Era um estilo totalmente diferente de mulher, daquilo a que Callíope estava habituada. Crescera em volta das pessoas antigas, com referências constantes aos duros fatos que marcaram aquelas vidas, que viram e sentiram os anos mais difíceis, a miséria e as doenças, os desmandos dos tiranos e os ataques dos persas.

Mais ainda do que Ganimedes, Pelópia tinha imensa ansiedade por ver Cassandro e Callíope gerarem filhos. Na verdade, essa angústia era toda a razão de seu viver. Porém, enquanto para Ganimedes tratava-se da sucessão de terras e de bens, uma questão apenas patrimonial – o futuro da filha, enfim – para Pelópia a preocupação tinha raízes mais profundas, resquícios vivos de sua educação desmesuradamente arcaica, onde o casamento nada mais visava do que a perpetuação da família, sendo que as terras "não pertenciam àquele que nela estava, mas a todos os ancestrais", e perdê-las seria "roubar aos mortos o descanso eterno, condenando-os a vagar para sempre no limbo". E não bastava ter filhos simplesmente: era preciso gerar um filho homem, aquele que daria continuidade à tradição e ao nome da família, mantendo sempre aceso o *lar* (12) sagrado da casa – o "salvador do lar paterno", como diziam os antigos. De onde ela tirara tanto atavismo? O fato é que Pelópia encerrava em si todas as tradições há muito extintas, ou pelo menos bastante diminuídas em força e hábito, e despejava todo esse peso sobre os ombros de Callíope.

Essa visão tão rígida das coisas a tornara uma mulher inflexível e muito difícil.

E acrescentando às agrúrias de Callíope, havia o fato de que Cassandro era o "preferido" da mãe... Tendo dado à luz um menino logo no início do casamento, Pelópia se sentira orgulhosa de haver cumprido com sua única obrigação de mulher: estava garantida a sucessão e o sossego dos ancestrais do marido! Quando então dera à luz um outro menino – Cassandro – aí sim sentira o verdadeiro amor de mãe. Justificava sua preferência declarada repetindo as palavras ainda mais antigas que diziam: "O primogênito foi procriado para o cumprimento do dever para com os antepassados, os outros nascem do amor".

Assim, não foi sem antagonismos que Cassandro e o irmão cresceram juntos, sem mais nenhum irmão ou irmã. Mas quis o destino que o mais velho adoecesse ainda jovem, vindo a falecer depois de muito sofrimento dele e de todos. E Cassandro passou a ser o salvador do lar paterno.

A princípio Callíope achava estranho que a sogra verificasse a intimidade de suas vestes, à procura de vestígios. Pelópia ficava irada e ainda mais mal-humorada todo mês, ao constatar que Callíope não engravidara. Depois, Callíope tentou se queixar para Cassandro que, de resto, nunca enfrentara a mãe em nenhuma questão doméstica.

– Enquanto você não der um herdeiro ao meu filho, não será a mãe desta casa, e serei eu ainda a consagrar os grãos ao fogo sagrado – dizia Pelópia, em tom solene, pela manhã, quando fazia as oferendas e preces aos deuses da casa – Héstia, acima de todos – com Callíope a alguns passos, olhando quieta.

No início da vida de casada, no entanto, ela era ainda muito nova para se dar conta de tudo isso, bem como das várias fraquezas e picuinhas que caracterizam o ser humano.

Malgrado todas as diferenças sentidas por Callíope, ela ia se adaptando bem ao novo lar, à nova casa, às novas atividades – dentro e fora do quarto. Certamente não era por falta de empenho de Cassandro que os bebês não vinham.

A única coisa que alterava um pouco o humor da moça era mesmo a sogra.

– Cassandro... – começa ela uma noite, quando a sós com ele no quarto – ... como era com a sua primeira mulher....? D. Pelópia gostava dela?

– Hmm... Não sei... Por que você pergunta?

– É que... acho que ela não gosta de mim.... Não sei porque... Que será que eu fiz que a aborrece tanto?

– Mas é claro que você não fez nada, o que haveria de ter feito?

– É que ela fala comigo de um jeito... pior do que minha mãe, quando eu fazia alguma coisa errada...

– Impressão sua, Callíope...

Callíope, no entanto, sentia que a hostilidade se espalhava até os escravos e empregados.

– Eu não sei porque, mas a Syra também olha para mim de um jeito estranho, eu nunca fiz nada para ela! Até quero conversar, mas ela responde grosso, como se eu fosse uma inimiga!

– Acho que você está exagerando... Elas têm as coisas delas para fazer, é só isso!

– Então! Eu queria fazer também, ajudar na cozinha e tudo, mas elas me põem para fora sempre, não me deixam preparar os pratos que eu sei fazer... Por que elas não gostam de mim?

– Não se preocupe, meu bem... Logo isso vai mudar.

Cassandro se referia ao fato de que a mãe trataria Callíope melhor quando esta engravidasse e tivesse um bebê, mas ele mesmo não se enganava: tivera a impressão, com a primeira mulher, de que ela era perfeitamente sã, e que os filhos não lhes haviam vindo por conta dele próprio.

– Vamos ver se você encontra uma menos inútil! – dissera Pelópia, sobre a nora falecida, ainda insepulta.

Agora, passados quase três anos com Callíope, Cassandro tinha praticamente certeza de que o problema era com ele. Pelópia, de resto, era inteligente o suficiente para perceber que o filho é que era estéril, mas jamais iria reconhecer isto. Era mais fácil continuar agredindo a "intrusa".

– Cassandro não dá sorte mesmo com as mulheres! Mais uma infértil nesta casa! – Callíope a ouvira dizendo para as escravas, uma manhã que passara pela porta da cozinha, sem permissão para entrar.

No entanto, a campanha que a sogra fazia contra ela tinha efeitos contraditórios pois, sem amigas, Callíope acabara por se apegar a Cassandro, a única pessoa com quem ela podia conversar – porque Pelópia, embora quisesse, não tinha como interferir na intimidade do casal. E Callíope logo percebeu isso. Ao invés de se aborrecer com o fato de que o marido não enfrentava a mãe a seu favor, ela passou a alimentar a união e a cumplicidade que ambos partilhavam no leito, conversando e rindo muito, e trocando olhares ternos e pequenas frases cheias de malícia pela manhã, ao desjejum, hábito este que exasperava Pelópia, na sua impotência em envenenar também o filho contra a nora.

– Com os quinhentos da bulé! – grita Helios.

Desde a primeira vez que fora de carro puxado a cavalo visitar os pais, passara a engrossar as fileiras dos cidadãos que, nas assembleias, pleiteavam melhorias nas estradas ao redor da cidade.

Ele está voltando para a cidade. Viera se despedir de Ganimedes, Ifigênia, Calypso e Theo, porque estava sendo mandado com sua tropa para fora de Atenas. Havia sido promovido a lugar-tenente, e tinha um número muito grande de soldados sob seu comando. Tinha se tornado um homem em quem os generais estavam começando a prestar atenção, pois que extremamente ponderado e inteligente, apesar de contar apenas vinte e seis anos. Não conseguira, no entanto, durante as conversas com o pai, falar sobre o que mais lhe importava: Musságora. Teria que falar de qualquer jeito na próxima vez que viesse ver a família! Estava decidido a seguir seu próprio caminho. O próprio general Péricles havia lutado por seu amor pela estrangeira Aspásia! Precisava conversar com algum orador que conhecesse bem as leis para saber exatamente o que podia e o que não podia fazer.

O fato é que ele não se conformava em ter que esconder seu amor pela viúva. Já estavam juntos há anos, e a união dos dois apenas se fortalecera. Já era capaz de trazer a ela algum dinheiro, aliviando a carga da mulher, sustentando enfim aquela que ele já considerava a sua casa, inclusive já tendo dado andamento nos papéis para comprá-la. O problema durante esses anos era que, sendo ele filho único, seu pai certamente iria querer casá-lo com alguma rapariga de seu interesse, com vistas para a sucessão das terras e dos negócios. E Helios sabia que Musságora não seria a mulher escolhida pelo pai. Quantas noites ele não passara em claro, com ela adormecida em seus braços, ou com os colegas roncando nas liteiras mais próximas, no alojamento, a pensar numa saída para o futuro negro que o esperava. Mas parecia que as coisas teriam enfim um final feliz para ele: o casamento de Callíope trouxera novas esperanças para seus planos. Ele não precisava afinal suceder ao pai; todos sabiam que ele não havia sido feito para a vida no campo, adaptara-se tão bem à cidade! Pouco se importava se os filhos que viesse a ter não seriam cidadãos; queria poder viver livremente com a mulher que escolhera! Cassandro que se tornasse herdeiro de seu pai, através de Callíope! E os filhos deles, às terras de ambos os lavradores!

Só que os filhos de Callíope e Cassandro não vinham.

Lá se iam quase quatro anos, e nada.

CAPÍTULO III

ARES

Deus da guerra. Filho de Zeus e Hera, era odiado pelos deuses.

Cassandro volta de Atenas num final de tarde daquela primavera, a contrariedade estampada no rosto normalmente plácido e alegre. As mulheres – inclusive Callíope – estão na cozinha, onde ele entra rápido, largando algumas coisas em cima da mesa, e indo direto para a esposa.

– Meu nome saiu na lista – ele diz, aflito para colocar para fora esta notícia que desde o começo da tarde martelava-lhe o pensamento.

– Que lista, Sandro? – pergunta Callíope.

Pelópia para o que estava fazendo e se aproxima do casal.

– Tem certeza?

– Tenho. Vou ter que ir, mãe.

– Ir aonde? Que lista é essa?

– A lista anual dos convocados, Callíope... Este ano vou ter que servir o exército...

– Mas... como você vai fazer? Você vai ficar fora todo esse tempo?

– Não sei ainda como vai ser... Só sei que tenho que me apresentar ao final do *Skirophorión*;[10] talvez já não volte para casa n esse dia.

Pelópia sai sem dizer uma palavra.

Cassandro na guerra. Era como uma sentença de morte para ela.

– Sandro... por que eles querem você? – pergunta Callíope, ainda sem entender – Será que não têm soldados suficientes, treinados? E os metecos? São tantos que também acabam indo para a guerra, por que vêm buscar aqui no campo quem tem tanto trabalho a fazer?

– Callíope... se eu dissesse que não quero ir, iriam dizer que eu sou covarde, não é?

– Mas a cidade está cheia de homens que querem mostrar a valentia, gente que não faz nada, que quer só ganhar algum trocado, lutando... Não acho que seja covardia sua não querer ir... Além do mais... e as terras? E nós, aqui, sozinhas?

Cassandro era um grande agricultor. Suas terras eram até mais vastas do que as de Ganimedes – tinha quase trinta hectares – e, assim como o sogro, ele fazia parte daquele grupo de lavradores que não queriam se imiscuir nas coisas da guerra, estavam por demais ligados às suas propriedades, aos seus plantios, aos negócios dos grãos, à vida no campo, para se darem aos devaneios heróicos das batalhas. Assim como o sogro, quando da ameaça de ataques espartanos, alguns anos antes, relutara em ir se refugiar na cidade, e rapidamente voltara ao campo, passados os primeiros temores. Diferia de Ganimedes em alguns pontos, no entanto. Talvez

[10] Mês correspondente a junho.

influenciado pela mãe, era mais rigoroso tanto na administração da propriedade quanto no tratamento aos escravos, com quem não era benevolente, dando-lhes poucos benefícios, e jamais os libertando, apesar de tratá-los bem. Contratava trabalhadores extras ao longo do ano e tinha um capataz que o assessorava nas diversas fases do plantio: a poda das videiras; os cuidados com os pés que iam começando a dar frutos; a colheita e a malha dos grãos e o preparo desse campo para ficar em pousío; os consertos nos celeiros e na casa; a vindima das uvas após serem estendidas ao sol por dez dias; a colheita das oliveiras; o preparo da terra e semeadura do trigo; a tosa das ovelhas e a tecelagem de lã para o inverno; o abastecimento da casa para os dias de frio; os cuidados com os animais. Havia ainda toda a parte da comercialização da produção, as viagens à cidade para levar os grãos e negociá-los, os pagamentos de tributos, a cobrança de dívidas.

Cassandro não gostava da ideia de deixar tudo isso por um ano. E, menos ainda, de deixar Callíope e seus afagos por um dia que fosse.

– Sua mãe vai ter que me dar uma trégua por um ano! – diz a moça, tentando achar algo de bom na convocação do marido para a guerra.

Mas nem essa trégua conseguira. Imbuída da vontade de persegui-la, mal Cassandro havia se alistado, Pelópia passou a importuná-la com um suposto medo de vê-la arranjar uma gravidez adúltera, tentando de qualquer forma encontrar um jeito de denegrir Callíope. Agora, ao contrário dos tempos em que Cassandro estava em casa, procurava todo mês nas roupas da nora a certeza de que *não* estava grávida! Callíope, por sua vez, já então adquirira mais autoconfiança e, surpreendentemente, a ausência de Cassandro a tornara mais forte em relação à sogra. E com seu jeito amável e brincalhão, descobrira que as escravas tinham dela uma impressão completamente falsa, e aos poucos ia lhes mostrando quem ela realmente era.

– Mas eu pensava que a senhora detestasse esse prato, que tinha "náuseas" ao ver essa comida, que acha que é prato de pobre.

– Detestar? Eu?? Mas eu adoro mazá com legumes cozidos! É o que eu comia todos os dias em minha casa!

As empregadas, de resto, não eram nem um pouco parecidas com aquilo que a sogra lhe fazia parecer, ao contar – ou inventar – coisas que estas teriam dito ou feito.

– Olha, Syra, não precisa arrumar os lençóis assim, eu sei que é cansativo e desnecessário, já que vão ficar mesmo dentro da arca. Eu sei que eu vim de outra casa, e que vocês não gostam do meu jeito de arrumação, então não precisa fazer assim.

– Mas não tem problema, não! Quem disse que nós não queremos arrumar? Nós sempre achamos que o seu jeito era melhor, porque na hora de usar, os lençóis estão limpos e prontos, sem precisar serem arrumados outra vez, como no jeito da patroa...

Callíope fizera amigas e, muito a contragosto, a sogra tivera que reconhecer que ela sabia conduzir uma casa.

Desde o casamento de Callíope, Theo passou a ter maiores responsabilidades nas terras. Helios tendo se firmado na carreira militar, Ganimedes já sabia que não podia contar com o filho para nenhum assunto ligado à agricultura. Theo, por sua vez, mostrava-se talhado para o negócio da lavoura – tanto na administração quanto no trabalho mesmo, no trato da terra, dos grãos e dos animais. Ia também com mais frequência à cidade, acompanhando Ganimedes e o outro empregado, e habituara-se a levar consigo algumas ferramentas. Durante muitos anos vira o patrão reclamando e se cansando naquelas viagens, e há muito queria poder fazer alguma coisa.

Toda vez que a charrete atolava, ia arrumando aos poucos a estrada, cobrindo os buracos, ampliando trilhas, limpando e terraplanando. Ganimedes, que até já dera nomes aos buracos, começou a ver que neste e naquele já não caíam mais, pois haviam sumido.

– Theo vale por quinhentos! – dizia ele à mulher, na eterna alusão aos conselheiros da *bulé,* ao chegar de volta à casa, em viagens que começavam a ficar mais curtas.

Theo sorria, acompanhando Ganimedes num copo de *cycéon.*

Já era agora um rapaz encorpado e com barba cerrada – barba que ele raspava dia sim, dia não, apenas porque Callíope dissera, anos antes, que a moda na cidade era os homens se barbearem, e que ela achava que ficava muito melhor. Da mesma forma, ele mantinha os cabelos do jeito que ela uma vez cortara para ele, dizendo que lhe ficava muito bem. Callíope certa vez insistiu em cortar seus cabelos pretos e lisos, bastos e compridos. Fez com que ele se sentasse à sua frente, e com mãos não muito hábeis, tentou fazer o corte que ela vira os atenienses usando e, não conseguindo o resultado esperado, acabou deixando os cabelos de Theo num corte reto, que caía para os lados, sobre as orelhas. E ela achou que ficou ótimo, não parava de olhar para ele. Desde que ela se casara, ele cortava sozinho o cabelo, puxando-o todo para cima e passando a tesoura de uma vez só. O cabelo então formava uma risca no meio do topo, caindo para os lados, vindo parar quase nas orelhas, como ela dissera que gostava. Quando cresciam, ele os prendia passando uma tira de couro na testa, amarrando-a atrás, para que não lhe cobrisse os olhos, já que tinha que ficar passando a mão na franja a toda hora, puxando-a para trás. Theo mal sabia que seu esforço em se manter conforme o gosto de Callíope era desnecessário, pois era de seus olhos castanho-claros, quase cor de mel, com os cílios muito pretos, que ela gostava mais.

Tanta preocupação com a aparência não atrapalhava sua rotina campestre. Crescera no campo, e aquele trabalho era sua vida. Acordava muito cedo, como todos os camponeses, quando ainda estava escuro e havia muitas estrelas no céu, e trabalhava duro o dia inteiro. Quase sempre só voltava para a casa com a noite já caída, tendo passado todo o dia trabalhando a terra, o cultivo, inspecionando os trabalhos, vigiando a propriedade, cuidando dos animais. No lugar dos esportes, foram o arado e a enxada que lhe formaram a musculatura forte e rígida. À noite, depois de se lavar, esperava na cozinha por Ganimedes, para contar as coisas que havia visto e feito durante o dia.

Nunca ficava doente. Pelo menos, se ficava, nem ele próprio se dava conta, pois saía para trabalhar, fosse como fosse. Nenhum mal-estar impedia que ele vestisse seu khitón de camponês, no verão, e sobre este a pele de carneiro, no inverno, para ir cultivar a terra, no frio ou calor, sob chuva ou até sob a neve, que em alguns invernos vinha se abater sobre aquelas terras. O que deixaria um ateniense mole e acamado, para ele não fazia diferença nenhuma. Punha-se de pé, e tomava seus afazeres. Calypso e Ifigênia uma vez ou outra observaram seu semblante abatido, um pouco de febre no olhar. Em seu rosto, de sobrancelhas muito grossas, pretas e bem marcadas, quase se juntando no centro, contrastando com sua pele que, no inverno, ficava incrivelmente branca, e ainda o nariz adunco, esse abatimento o tornava mais sério do que de costume.

– Theo, meu filho, não seria bom você ir se deitar? – pergunta uma das mulheres, vendo-o tossir forte.

– Eu? Por que? Não estou com sono!

– O que diria Callíope, se o visse querendo sair assim, e com esse tempo que está fazendo? – diz a outra.

– Mandaria que ele fosse já para a cama, e levaria um prato de *mazá*.

– Mas a nós, ninguém respeita.

Se ela estivesse lá, ele se deixaria paparicar um pouco. Mas ela não estava, e ele não conseguia ficar longe do trabalho. Era sua vida e sua cura.

Sua única distração era ficar na torre, ao final do dia, observando a paisagem, vendo mudarem as cores no céu, sonhando com Callíope, esperando que ela viesse para uma visita, imaginado que ela lhe preparava um prato de *mazá*.

Era uma manhã de muito sol em Atenas. Chovera um pouco durante a noite, o ar estava limpo e fresco, um cheiro de plantas e flores de verão perfumando o ar. O chão da ágora ainda tinha algumas poças d'água aqui e ali, e os atenienses estavam alegres e falantes, principalmente as mulheres: naquela madrugada chegara uma grande leva de charretes do Pireu trazendo uma imensa quantidade de legumes, frutas, peixes, temperos e toda sorte de mercadorias. Era dia de mesa farta e sortida em todas as casas da cidade, pois havia alimentos de todos os preços. As mulheres estavam encantadas com as frutas: nunca haviam visto tão frescas, cheirosas e maduras! Uma delas, já com a túnica carregada de figos, se debatia ferrenhamente com outras na escolha dos célebres frutos, ao mesmo tempo que barganhava com o vendedor, pois já gastara quase todas as poucas moedas que havia levado naquela manhã. Tendo, enfim, feito sua compra, ao virar-se para ir embora, sem ver onde pisava, deu um passo justamente numa poça d'água, e então produziu-se um espetáculo que por muito tempo iria alegrar a memória dos que o assistiram: tal uma coreografia, a mulher voou para o alto, como que impulsionada por uma mola, com as pernas abertas formando um grotesco "V", exibindo suas partes pudendas desavergonhadamente,[11] todos os seus legumes espalhando-se pelo

[11] Não havia roupas íntimas na época – as mulheres usavam uma espécie de saiote sob a túnica.

chão, rolando para todos os lados, e ainda, na queda, a pobre bateu com o corpo na beira da barraca dos frutos, que veio inteira ao chão junto com ela. O incidente durou apenas alguns segundos, mas para quem o viu pareceram minutos, todos aqueles pares de olhos acompanhando juntos o subir, o "V", o conteúdo do vértice do "V", a descida, o braço na barraca, o queixo caído do verdureiro, os delicados frutos se atirando ao chão, e o baque final. Teve gente que passou mal de tanto rir. Um homem precisou sentar-se no chão para rir melhor. As crianças imediatamente cataram as frutas caídas e fugiram.

– Pobre mulher! – diz uma senhora rica, escondendo o riso com a mão, ao passar junto de sua empregada, que ria com todos os dentes.

– É sola gasta, precisa de sandálias novas! – diz outra, olhando o chão, preocupada em não cair também.

Mas ainda havia mais por vir: um homem corpulento que ria tanto que precisava se abaixar e apoiar as mãos nos joelhos, pisou num dos frutos, e fez o segundo voo da manhã, caindo estrondosamente no chão, e quebrando uma das pedras com seu peso. Foi a conta. O próprio jovem poeta Aristófanes, com sua mais recente comédia "Arcanenses", apresentada no Odeon, quando das últimas festas Dionisíacas, não conseguira obter tanta alegria junto ao público.

– Avisa o pessoal lá do Pentélico[12] que nós descobrimos uma nova técnica para quebrar as pedras!

O único que ficou de muito mau-humor ao lhe contarem a estória foi Pã:

– Porcaria! Por que não aconteceu na minha frente?

[12] Jazida próxima a Atenas de onde se extraía o mármore para a maioria dos monumentos e templos da cidade.

E enquanto o povo na ágora, alheio ao negócios de Estado, ria às lágrimas com os eventos corriqueiros da manhã, no buleutério, os quinhentos conselheiros, reunidos extraordinariamente, aprovavam a proposta de Cleon de comandar o ataque a Esfactéria, a pequena ilha ao sul do Peloponeso, decidindo a sorte de Atenas e seus cidadãos, e dando continuidade à guerra contra Esparta.

Esparta e Atenas. As duas maiores potências do mundo helênico. A oposição de raças – aqueles, dórios; estes, jônicos. Aqueles, aristocratas; estes, democratas. Aquele, um império continental; este, um império marítimo, voltado para a supremacia no comércio – este sim o maior temor dos espartanos.(13)

Pobres dos soldados que não nasceram com porte e força atlética: estes sofrem um pouco mais, em batalha. O equipamento hoplita que eles têm que carregar, sozinho, já requer treinamento, pois é bastante pesado – tanto em quilos quanto em dinheiro, dado que cada um tem que comprá-lo às próprias expensas, pagando o equivalente ao salário trimestral de um operário mediano.

Na falange – o método de fazer guerra, colocados lado a lado em fileiras – tinham que seguir sem desfazer a formação, portando os quase trinta quilos em metais: a armadura, que era uma casaca de linho reforçada com placas metálicas; o capacete; perneiras de metal; e ainda o *hóplon,* a arma emblemática dos hoplitas: um escudo circular de 90 cm de diâmetro, em bronze ou em amálgama de madeira, vimes e peles, carregado no braço esquerdo, seguro por uma braçadeira central e uma pega em bronze. A espada vinha a tiracolo e, na mão direita, a lança de madeira de cerca de 2,5m de comprimento, com ponta metálica, em ferro ou bronze, e finalmente uma espada curta para luta corpo a corpo, presa à perna. Mas, na verdade, tendo todos crescido sendo preparados e até esperando pela guerra, que fazia parte de suas vidas, ninguém se surpreendia nem lamentava. Eram anos, desde crianças, a exercitar o corpo e a mente para o momento da batalha, que consistia em avançar em formação, carregando o armamento, com os mais corajosos na linha de frente, num verdadeiro desafio de firmeza.

Disposta em várias fileiras, a falange é um grupo compacto, sendo o espaço entre os combatentes de mais ou menos um metro. As alas são preenchidas por alguns contingentes de tropas ligeiras e cavaleiros, com a função de se opor às tentativas de cerco e lançar confusão entre as linhas inimigas. Depois de decidido um local de encontro para a batalha, invocado um favor divino e oferecido um sacrifício, inicia-se a marcha ordenada em direção ao inimigo. Os espartanos, trajando suas túnicas vermelhas, seguem em silêncio profundo, apenas o som de uma flauta orientando-lhes o espírito. O choque frontal só dá lugar a manobras laterais, as falanges deslocando-se naturalmente para a direita, dada a propensão dos soldados se moverem para o lado oposto ao do escudo. Parentes, amigos e vizinhos, colocados propositalmente lado a lado pelos generais atenienses, assim permanecem firmes em seus postos, a solidariedade, mais do que a disciplina militar, garantindo que ninguém abandone os companheiros.(14)

A tarde fria e cinzenta de final do ano não convidava a que se pusesse nem o rosto para fora de casa. Callíope está na cozinha, deitando as fatias de legumes em uma travessa, enquanto duas escravas amassam a cevada para a sopa e o pão, quando o capataz entra correndo:

– Senhora Callíope! Senhora Callíope! Venha depressa!

– O que houve? O que aconteceu?

– Um empregado de seu pai chegou aí, quer falar com a senhora, diz que é urgente! Está quase sem fôlego, parece um morto vivo! A mula da charrete dele até deitou!

Callíope deixa o prato e enxuga as mãos, saindo para o pátio, onde vê de fato um dos empregados de seu pai. Ela imediatamente sente que é algo ruim. Muito ruim.

– Dona Callíope – ele diz, terminando de beber um copo d'água que lhe fora oferecido. – Dona Callíope, seu Ganimedes me mandou vir buscá-Ia correndo, precisa ir, todos a esperam!

– O.... que houve? – ela pergunta, não querendo ouvir a resposta.

– Helios...

Callíope fica com a vista turva, e sente o chão amolecendo debaixo de seus pés. A voz do empregado parece sumir e voltar, de modo que ela ouve apenas pedaços de suas frases. Uma ânsia vinda do fundo do estômago a faz levar a mão à boca, e virar-se para se sentar num dos bancos do pátio.

Helios havia sido morto em combate, e a família era esperada em Atenas para os funerais de final de ano, quando todos os soldados mortos eram enterrados em cerimônia solene, que deveria acontecer em um ou dois dias.

Ela rapidamente arruma uma muda de roupa e sobe à charrete com o empregado do pai, despedindo-se quase que sem palavras de todos, e pedindo à sogra que orasse por eles todos, e principalmente pelo irmão morto. Pelópia sente pela nora pela primeira vez, vendo nos olhos da moça o quanto a família lhe era importante.

A charrete chega ao sopé da pequena colina, e jamais a casa paterna lhe havia parecido tão sombria. Quantas vezes havia olhado a casa assim, à distância, e sentido uma alegria imensa que sempre a fazia saltar da charrete para ir correndo até a porta, chamando a todos pelos nomes, pedindo água, pão, uma fruta! Desta vez não tinha forças nem vontade de descer, mas o fez quando viu Theo vir se aproximando.

– Theo... Theo – as pernas bambas, ela vai ao seu encontro.

Theo trazia o olhar como que coberto por uma névoa; o nó na garganta o fazia ainda mais tenso. Helios havia sido seu irmão mais velho, o rapaz em que ele se espelhava, seu herói. Não consegue dizer nada a Callíope, apenas olhá-la para ver em seus olhos a mesma dor que ele sentia.

– Como foi? Onde foi? Onde ele está? – as palavras de Callíope saem entrecortadas; sua voz, embargada.

– O pai mandou preparar a charrete; vamos para Atenas, é lá que ele está...

– Você sabe alguma coisa? Foi um golpe só? Ele... sofreu...?

– Eu não sei.

– Será que houve... crueldade? Será? – agora havia um misto de tristeza e raiva.

– Não sei, não sei nada, ninguém sabe... – seus olhos se viram para longe dos dela.

– Ai, Theo.... ele morreu... – Callíope cobre os olhos com a mão, e prende o choro.

Theo quer passar o braço sobre seus ombros, mas contém o gesto, e caminham em silêncio.

– Como está a mãe? – ela pergunta enfim, ao se aproximarem da porta.

– Nada bem... Fechou-se no quarto... Só Calypso pode entrar e vê-la. Parece que não disse uma palavra desde que vieram trazer a notícia... Ela deu um grito, e foi para o quarto....

– E o pai?

– Ele... – Theo controla a voz. Amava Ganimedes como a um verdadeiro pai. – Está mal... Não consegue falar as frases direito... Tive que ajudá-lo em tudo...

– E você? – pergunta Callíope quando chegam à porta da casa, que permanece fechada, um silêncio profundo vindo de dentro.

– E *você?* – pergunta ele.

A família mal consegue se olhar. Sobem todos desolados e pasmos na charrete, tomando o caminho da cidade em silêncio. E pela primeira vez em todos aqueles anos, Ganimedes faz o trajeto entre suas terras e Atenas sem nem sequer notar os buracos da estrada.

Os funerais foram cheios de pompa, como era o caso, para os heróis mortos em guerra. Não eram tantos daquela vez. Atenas havia saído vitoriosa, tomando a ilha de Esfactéria, na costa sudoeste do Peloponeso, e trazendo trezentos espartanos como prisioneiros.

A família entra na cidade vestindo túnicas marrons, a cor do luto, inclusive Theo. Ganimedes permitira que ele, embora escravo, vestisse um pequeno manto marrom sobre sua túnica cru. Além disso, ele era também o único empregado, salvo Calypso, a acompanhá-los à cidade. Cada um trazia para Helios uma oferenda, um objeto da predileção do rapaz, para ser colocada junto ao ataúde. Ganimedes, a primeira espada com a qual o filho aprendera a lutar. Ifigênia, figos e mel, seus alimentos preferidos em criança. Calypso, seu manto de inverno, que ela havia feito quando da *efebia,* idade em que os meninos passavam para a condição de adultos. Callíope, duas figurinhas em terracota representando um menino e uma menina, que Helios havia esculpido para ela quando pequena. E Theo, uma coroa de folhas de oliveira, a coroa de campeão olímpico, que ele fizera, os olhos cheios de lágrimas, assim que soubera da morte do irmão.

Conforme passava a charrete, as pessoas nas ruas faziam silêncio diante do luto, e todas focalizavam seus olhares na mãe, querendo, como num espetáculo trágico, ver sua expressão de angústia e pesar. Ifigênia, que havia anos não ia a Atenas, sequer notou as inúmeras mudanças na cidade, os novos monumentos, as novas praças, os novos templos. Na verdade, estava como que ausente de tudo e de todos. Seus olhos nada viam, seus ouvidos nada escutavam. A alma lhe havia fugido. Outras famílias, também enlutadas, cabisbaixas, unidas na dor e na cor, olhavam-se num silêncio compreensivo e conformado. O ar se enchia daquele aspecto lúgubre e sinistro que envolve as pessoas quando lhes vai embora um ente querido.

Uma tenda havia sido armada e, sob ela, compridas mesas ostentavam as ossadas lado a lado, para a visitação dos parentes. No dia seguinte, o dia da procissão e cerimônia, seriam colocadas em caixões de cipreste, um para cada tribo. Um ataúde vazio era sempre levado para ser enterrado, representando aqueles soldados mortos cujos corpos não puderam ser recuperados.

Num dos cantos da tenda, quatro soldados em uniforme especial montavam guarda em torno de um caixão individual, sustentado sobre uma mesa. Nele estava a ossada de Helios.

A família estranhou, uma vez que sabiam que as ossadas dos soldados eram expostas todas juntas antes de serem colocadas na urna comum à sua tribo. Mas Ganimedes e Ifigênia estavam abalados demais para qualquer raciocínio.

A uma distância pequena, o general superior de Helios, que iria fazer o discurso da cerimônia, como era de praxe desde os tempos dos mais remotos ancestrais, com o semblante muito sério, aguardava a família de seu lugar-tenente vir dizer adeus ao filho. Por ele Callíope soube, enquanto aguardava os pais irem dar o último adeus, que Helios havia tido morte heroica, salvando as vidas de alguns companheiros, e este era o motivo por estar em destaque.

Quis saber mais detalhes, sobre os golpes e os ferimentos, mas o general foi reticente e não falou mais nada.

– Mas por que caixão fechado? – perguntava-se ela.

Primeiramente, Ganimedes e Ifigênia aproximaram-se dele. Segurando-se um ao outro, apoiaram as mãos no caixão, em silêncio, olhando a madeira como que sem entender o que ela continha. Depois, sozinha, Calypso, na qualidade de segunda mãe, se aproximou do caixão. E parecia conversar com o rapaz, como se ele estivesse dormindo lá dentro. Em seguida, era a vez de Callíope. Com medo, ele pega no braço de Theo.

– Vem comigo, Theo... Por favor...

E aí veio o momento mais difícil. Os dois se aproximaram do caixão e Callíope, cujo coração até então parecia quase parado, de repente o sente batendo descompassado e como que saltando para fora. Olha também para aquela caixa de madeira que, diziam, continha seu irmão falecido. Estava obcecada pela ideia de saber se houvera crueldade excessiva na luta que o matara, queria saber detalhes da morte do irmão. E, tomada por uma incredulidade cheia de dor, uma histeria desesperada, começa a tentar abrir o caixão, com suas pequenas mãos forçando a tampa, o rosto crispado de angústia, querendo ver os ossos, e acreditar naquela morte. Theo a segurava, mas a ele também doía a mesma curiosidade mórbida.

– Senhora Callíope... – diz o general, rapidamente se aproximando e segurando-a com cuidado, enquanto os soldados, que já iam interferir, voltam à posição. – Não pode fazer isso... Tenha calma...

– Eu preciso ver! Eu preciso saber! – ela diz, lutando com Theo e o general, as palavras lhe saindo do fundo das entranhas – É meu irmão! Quem vai me impedir? Eu vou morrer... se não souber como ele morreu.

A voz completamente alterada, o ar lhe faltando, as mãos continuando a forçar a abertura do caixão, e com uma força que assombra os homens ao redor, Callíope termina por soltar a tampa, no momento em que o general, após um impasse, olha para dois dos soldados que montavam guarda, aquiescendo com a cabeça, assumindo um procedimento totalmente irregular. Os soldados se aproximam, levantando com todo o cuidado a tampa do caixão, para dentro do qual Callíope e Theo debruçam as cabeças, imediatamente vendo o crânio perfurado por um enorme rombo, solto do pescoço, o resto da ossada aparentemente intacta.

Callíope vira o rosto sobre o peito de Theo, que passa o braço sobre seu ombro, o horror estampado em seus olhos, sem conseguir desviá-los dos restos mortais do irmão.

Como todos os soldados mortos em guerra, Helios fora enterrado na necrópole do Cerâmico, num túmulo erigido durante os três dias que antecederam a cerimônia.

O espetacular cortejo fúnebre foi conduzido com sobriedade e sem manifestações barulhentas. As mulheres das famílias enlutadas e outras, contratadas para fazerem as lamentações, seguiam na frente. Um grande grupo de soldados vinha alinhado, portando seus uniformes de desfile, em homenagem aos mortos. Outros soldados vinham trazendo as presas de guerra – armaduras e equipamentos dos vencidos, e os próprios trezentos espartanos, humilhados e ofendidos, as mãos atadas, amarrados uns aos outros por cordas nos pés que mal lhes permitiam andar. Membros das famílias dos soldados falecidos, bem como desconhecidos e curiosos, aumentavam o cortejo, aglomerando-se na necrópole, sempre fascinados pelas emoções em massa. Mas o grande momento mesmo, o mais esperado, era o do discurso fúnebre, o *panegyrikos,* que todos os anos era feito por um cidadão escolhido entre os mais sábios. Desde o primeiro ano da guerra, quando Péricles fizera seu famoso discurso, arrancando lágrimas de emoção de todos os atenienses, todos os outros escolhidos para tal função tentavam sem sucesso igualar-se a ele. Aquele havia sido um inverno especialmente frio, tanto na temperatura, quanto nos corações dos atenienses. Tinham a guiá-los aquele grande general, de quem, naquela hora, esperavam ouvir alguma palavra que os consolasse. Chegado o momento, Péricles subira em uma pequena plataforma, para ser ouvido pelo maior número possível de pessoas:

"Muitos dos que me precederam na tarefa que ora me cabe louvaram aquele que tornou este discurso uma obrigação legal – começara ele –, considerando acertada sua pronúncia nos funerais daqueles que tombam em batalha. Quanto a mim, creio que o valor demonstrado através de grandes atos seria suficientemente recompensado ao se manifestar apenas em atos as honras que lhes prestamos, como as que ora são vistas nestas exéquias preparadas às custas do povo. Quisera que a reputação de tantos homens corajosos não fosse colocada em risco, enaltecida ou depreciada conforme o maior ou menor talento oratório de um único indivíduo. Pois é difícil falar com propriedade numa ocasião em que não é possível aquilatar a credibilidade das palavras do orador. O ouvinte bem informado e disposto favoravelmente pensará talvez que não foi feita a devida justiça em face de seus próprios desejos e de seu conhecimento dos fatos. Por outro lado, aquele que é alheio ao assunto, ouvindo falar de um feito além de sua própria capacidade, será levado, pela inveja, a suspeitar de algum exagero. Pois os homens suportam o elogio a outros homens apenas até aonde conseguem persuadir-se capazes de se igualarem nas proezas relatadas; passado esse ponto, a inveja lhes toma conta, e com ela a incredulidade. Entretanto, já que nossos antepassados deram sua aprovação à esta prática, é minha obrigação obedecer à lei e tentar da melhor forma possível corresponder aos desejos e aspirações de cada um de vós".

Entre os ouvintes, aquele que mais estava atento era Tucídides,(15) nobre e rico cidadão, que absorveu as palavras de Péricles e as transcreveu, pois entendia que era importante deixar para as gerações futuras o relato preciso e exato dos fatos históricos, para que fosse conhecida a verdade.

Péricles então falou da glória dos antepassados e suas conquistas; enalteceu os atenienses ali presentes por estarem mantendo e ainda acrescentando à grandeza da cidade, à sua autossuficiência e à independência de seus recursos na guerra e na paz.

"Nossa Constituição não se molda àquelas de nossos vizinhos. Ela é, antes, um exemplo a ser seguido. O Estado, aqui, é administrado no interesse de todos, e não apenas naquele de uma minoria. Eis porque nosso regime se chama democracia. No que concerne as diferenças entre os particulares, a igualdade é assegurada a todos pela lei; mas no que concerne à participação na vida pública, cada um é considerado conforme o mérito, importando menos a classe à qual pertence e mais o seu valor pessoal. A pobreza não é razão para que alguém, sendo capaz de prestar serviços à Cidade, seja impedido de fazê-lo pela obscuridade de sua condição".

Cada pessoa ouvindo aquele orador ia, junto com ele, se aprofundando no sentido de suas palavras.

"Enquanto cidade, somos a escola helênica, e não é pequena minha dúvida quanto ao mundo ser capaz de produzir um homem que, tendo apenas a si mesmo onde buscar forças, enfrente as emergências e seja senhor de versatilidade tal qual o ateniense".

Chamou a atenção para a arte e a beleza espalhadas pela cidade, e também para os espetáculos, jogos e ritos religiosos que atendiam às necessidades de lazer e obrigação com os deuses.

"Quando colocada à prova, Atenas, e nenhuma outra entre suas contemporâneas, mostra-se maior que sua própria reputação, jamais dando azo aos seus opositores de se irritarem diante da antagonista que os derrota, nem aos seus cidadãos de questionarem seu mérito enquanto autoridade".

No aspecto militar, mostrou as diferenças entre Atenas e seus antagonistas:

"Nossa confiança baseia-se pouco nos preparativos e nas astúcias militares e muito na firmeza de ânimo que vamos buscar em nós mesmos no momento de agir".

Um silêncio absoluto tomara conta da cidade; nem mesmo os pássaros ousavam interromper o general.

"Se me estendo no caráter desta pátria, é para mostrar que o risco que corremos ao lutar por ela não é o mesmo que aqueles que não têm tais bênçãos e atributos a perder".

Assim falara o grande estratego para seus atentos ouvintes, no Cerâmico, diante dos ataúdes enterrados, e dos olhos marejados das mães e pais daqueles heróis.

"Esta é a Atenas pela qual estes homens, empenhados em sua determinação de não perdê-la, nobremente lutaram e morreram, e assim estejam seus sucessores igualmente prontos para expiarem em sua causa".

As lágrimas inundavam os rostos das famílias enlutadas.

"Escolhendo morrer resistindo, jamais se subjugando, eles não apenas salvaram-se da desonra mas, enfrentando o perigo, face a face, num breve instante marcado pelo destino, entregaram suas vidas não ao medo, mas a um momento de glória. Assim morreram estes atenienses".

Não havia nem um barulho no ar interrompendo o discurso, nem um leve farfalhar das árvores, nem um suspiro incontrolado. Até as respirações ficaram em suspenso.

"Este panegírico aqui chega ao seu fim, pois a Atenas que celebro nada mais é do que aquilo que a tornou o heroísmo destes homens e seus iguais".

Com tal ênfase na honra dos soldados, ele conseguira afinal levar algum conforto àqueles corações tão ávidos por consolo.

"E agora que haveis terminado as lamentações por vossos entes queridos, podeis ir embora".

Seis anos depois desse emocionante discurso, nos funerais de Helios e seus companheiros, tombados na vitoriosa batalha de Esfactéria, embora o panegírico não tivesse sido tão emocionante, as lágrimas das famílias foram as mesmas, e igual era a dor nos corações enlutados.

Quando, a passos lentos, tristes e conformados, todos já haviam deixado a necrópole e a noite caía sobre a cidade, uma mulher trajando um manto com capuz, carregando um embrulho, se esgueira até o túmulo dos soldados, se aproximando daquele de Hélios e das oferendas deixadas pela família do rapaz. Trazia pela mão uma menininha que mal sabia andar, a quem deixou um pouco afastada do túmulo enquanto desembrulhava seu pacote: um prato de comida que preparara especialmente aquela tarde mesmo. Depois de colocá-lo junto às outras oferendas, olhou em torno para se certificar de que ninguém a estava observando, e então cortou uma mexa de seus cabelos, bem como dos cabelos da menina e, amarrando-os à uma tirinha de pano, colocou-os também ao pé do túmulo, de olhos fechados dizendo algumas palavras, em voz quase imperceptível. E então, pegando a criança novamente pela mão, partiu em silêncio.

Era Musságora.

Callíope fica junto aos pais por três dias, para o banquete fúnebre, ao qual comparecem os vizinhos e alguns amigos de

Ganimedes, vindos de Atenas. Precisava ajudar nas arrumações e apoiar a mãe, que demorava a se recuperar. Ifigênia ainda não havia colocado para fora a dor que sentia. Não chorava, ou não conseguia chorar. Chocada, seus olhos pareciam não ter expressão, seu semblante não demonstrava uma reação. Não compreendia nem aceitava que atenienses e espartanos estivessem naquela luta sem sentido. Eram todos helênicos. Haviam lutado juntos em ocasiões mais drásticas, onde o perigo era real. Volta e meia ela era surpreendida com o olhar parado, as mãos juntas, o pensamento longe, até que, finalmente, um suspiro saindo-lhe dos lábios, dizia em voz alta, para si mesma:

– São irmãos...

Callíope ajuda as mulheres a fazerem as fitas e as coroas de flores, e a preparar a comida. Mas seu pai achou que ela não deveria tardar mais, liberando-a dos banquetes do nono e trigésimo dia, mandando Theo levá-la de volta para a casa do marido.

Era uma jornada um pouco mais longa do que aquela para Atenas, e os dois, lado a lado na charrete, fazem praticamente calados todo o trajeto. Callíope trazendo na memória a imagem do crânio perfurado. Theo, os olhos na estrada, sonhando que ela apoiava a cabeça em seu ombro e dormia serenamente.

É noite quando chegam, e ambos estão exaustos tanto da viagem silenciosa e amarga, quanto pelo frio e sereno que os deixava enrijecidos e ansiosos para se abrigarem. Da estrada Callíope vê uma luz dentro da casa: algum escravo devia tê-los percebido chegar, e levantado para acender uma lamparina. Mas é com uma súbita alegria que ela desce da charrete e vê Cassandro que a espera à porta, estendendo-lhe uma mão para abraçá-la, enquanto com a outra se apoia em um bastão de madeira.

– Cassandro! – ela exclama, enquanto Theo vai com a charrete para o celeiro, onde iria passar a noite, para retomar na manhã seguinte.

Como que finalmente podendo soltar a angústia que trazia em seu peito há tantos dias, Callíope abraça o marido e desata em lágrimas, chorando convulsivamente tudo o que não havia chorado até então.

Tristeza e cansaço, somados à alegria e ao alívio de vê-lo em casa, fazem com que Callíope sinta uma inesperada onda de carinho pelo marido.

– Vamos; Syra está terminando de esquentar a comida para vocês – ele diz, sentando-se para lhe fazer companhia enquanto a escrava, que levantara para recebê-los, trazia um prato bem quente de *rophema*[13] de ervilhas com cevada e pão de trigo.

– Vem comer, Theo!

– Eu como no celeiro...

– Vem sentar, estou chamando, como é teimoso! – ela insiste, e Theo olha para Cassandro, que consente com a cabeça.

Esse havia sido um dos poucos hábitos da casa paterna que Callíope conseguira introduzir em seu novo lar, muito para a desaprovação da sogra. Sentava-se com o marido para as refeições, o que a sogra considerava uma quebra às tradições e ao decoro. Um homem e uma mulher comendo juntos à mesa!

– Casais decentes fazem as refeições separados, com o homem sendo servido no divã, e a mulher sentada em alguma cadeira afastada, a uma distância decorosa! – dissera ela.

Mas essa foi uma inovação da qual Callíope não admitiu abrir mão, pois gostava particularmente de conversar com o marido

---

[13] Sopa.

assim, sossegadamente, na mesa da cozinha, tendo aprendido com os pais sobre a paz e harmonia que esse momento invoca. Cassandro, por sua vez, aprovava e aproveitava todas as coisas que a esposa fazia, sobretudo aquelas que contradiziam a rigidez de sua mãe. De resto, o hábito salutar de comer à mesa, sentado em uma cadeira, que Ganimedes havia trazido para casa há tanto tempo, na época em que fora sorteado para compor a bulé por um ano, e aprendeu que era assim que comiam os prítanes, (16) lhe havia caído muito bem. Alto e muito acima do peso, as dores nas costas que desde jovem tanto faziam Cassandro sofrer, tornavam a posição reclinada no divã, à hora das refeições, um suplício especialmente doloroso. Um escravo junto à mesa, no entanto, só era possível porque Pelópia dormia um sono solto àquela tardia hora da noite, e nem sabia do retorno da nora.

– Ele tinha um furo enorme no crânio, Sandro... assim... – ela faz com a mão a forma do furo. – Como foram fazer isso com ele? Você não acha que o atacaram deitado?

– Não sei, meu bem... Por que ficar pensando nisso? Ele agora já se foi... – Cassandro tira com os dedos a franja que caía sobre os olhos da esposa.

Calado, embora cheio de suas próprias opiniões e impressões, Theo come de seu prato sem quase levantar os olhos do mesmo. Passando o pão no caldo grosso e salgado, dá aqui e ali uma palavra, quando perguntado, desconfortável junto ao casal, atormentado diante desse momento de ternura entre Callíope e o marido. Queria ir para o celeiro e tirar da frente dos olhos a imagem dos dois assim juntos.

Cassandro, por sua vez, também tinha muito a contar, e Callíope, traumatizada, queria antes de mais nada verificar se ele não tinha ferimentos. Em seu quarto, enquanto ele falava, ela passava em revista seus braços, suas pernas, suas costas, e chegava enfim a seu pé direito, enfaixado e um pouco inchado. Ele caíra de uma estrutura que seu grupo de infantaria estava levantando – uma engenhosidade de sua própria criação, para mais rapidamente se poder transportar sacas com alimentos para os soldados ali entrincheirados. Seu general, embora ciente de que ele não era talhado para o combate, muito contrariado o mandara para casa para se recuperar, lamentando perder um homem com inteligência acima da média, capaz de traçar num papel algumas linhas e delas tirar soluções para problemas práticos da vida em batalha.

Cassandro era dado a imaginar e executar ideias inovadoras tanto na construção como nas ferramentas para o trato do campo. Quando ia a Atenas, era sempre com os arquitetos que queria conversar. Aprendia novas técnicas e compartilhava suas ideias, seus esboços, e todos se debruçavam sobre esses traços para visualizar uma nova maneira de se levantar uma parede, ou algum amontoado de madeira e roldanas que giravam e faziam alguma coisa ir de um lugar para o outro. Estava até fazendo parte de um grupo que estudava uma revolucionária forma de coleta de esgoto.

Ele nunca fora afeito à guerra, sobretudo aquela, que no seu entender, assim como no de tantos, apenas sugava os cofres e o sangue de Atenas. Sempre dotara a lavoura com os inventos que sua habilidade criava, facilitando a produção e a vida de todos, poupando esforço e principalmente ganhando tempo. Queria continuar a vida no campo e cuidar da propriedade, que era sua paixão, além da outra: a esposa, em quem não deixara de pensar um minuto sequer, e a quem ele havia deixado nas garras de sua tinhosa mãe.

– Obrigado, Syra, pode ir se deitar – ele diz à escrava que viera atiçar o braseiro no quarto do casal.

– A senhora quer mais alguma coisa, dona Callíope?

– Não, obrigada, Syra. Vá dormir, já é tão tarde! Agasalhe-se bem, está muito frio esta noite!

Aninhados, vão pouco a pouco adormecendo, tentando encontrar no sono um pouco da paz que os últimos episódios haviam-lhes roubado.

– De qualquer forma, eu já decidi que não volto para a guerra: contrato um estrangeiro que irá em meu lugar (17) e fico aqui, que é onde está a minha vida – diz Cassandro, dando um beijo na testa de Callíope, antes de pegar no sono.

No celeiro, com a imagem de Callíope ao lado de Cassandro turvando-lhe a mente e amargando-lhe a alma, num misto de raiva, ciúme e vingança, Theo acaba possuindo Syra, que se esgueirara até ele, enroscando-se em seu corpo depois que ele havia se deitado, não lhe deixando outra saída. Na manhã seguinte, vai embora sem se despedir de ninguém, quando todos ainda dormiam, antes mesmo do nascer do sol.

CAPÍTULO IV

HESTIA

Deusa do lar sagrado e da família, protetora da casa.

— Aqui nesta casa, ninguém está de luto!!

Pelópia viera até a cozinha depois de haver andado um pouco com o filho pelo jardim ao lado da casa, e falava da porta, antes mesmo de entrar, vendo a nora que tomava o desjejum, trajando a túnica marrom, a primeira que lhe estava à mão naquela manhã seguinte que voltara para casa, após os funerais.

– Mãe! – diz Cassandro, que viera atrás dela, sem que ela percebesse, e a surpreendera em sua frase infeliz.

As escravas olham para Pelópia e para Callíope alternadamente, simpatizantes da dor da jovem patroa, exultando com o testemunho de Cassandro a tal hostilidade que, para elas, era tão corriqueira.

– O irmão de minha esposa morreu. A dor dela é minha dor também.

– Cassandro – levanta-se Callíope, com delicadeza. – D. Pelópia tem razão. Nesta casa não há luto, vou trocar a túnica. É só uma roupa, afinal. O que se passa em meu coração, no entanto, quanto a isso nem eu nem ninguém tem poder algum.

Cassandro fica muito aborrecido com a atitude da mãe. Aqueles poucos meses de exército, afastado de casa, fizeram-no pensar em uma série de coisas que vinha vendo em sua vida. Não podia mais aceitar que a mãe subjugasse Callíope daquela forma, embora a esposa já viesse conseguindo seu espaço na casa por sua própria força. Pelópia tinha que aceitar e se esforçar por um bom relacionamento com a nora.

Um novo episódio, no entanto, vem transformar a rotina imediatamente.

Pelópia tomba doente um dia após o filho retornar do exército.

Passara a madrugada sentindo-se mal, e amanhecera sem condições de se levantar. Para seu dissabor, a única pessoa indicada para cuidar dela era precisamente Callíope que, ao vê-la deitada na cama, o rosto abatido e os olhos secos, sentira uma compaixão que afastara todo e qualquer ressentimento. Tomara sob seus cuidados a sogra, a casa, e tudo aquilo de que Cassandro não cuidava pessoalmente.

Sem saber exatamente o que Pelópia sentia, iniciou por ministrar-lhe aquelas ervas simples, que cuidavam dos males intestinais, como a infusão de talo de beldroega, que trouxera algum alívio às dores da doente.

Cuidando para que ela não tivesse febre, Callíope não desgrudava do leito, a todo instante verificando como ela se sentia, como estava sua respiração, se sentia-se confortável, se queria ir ao banheiro. Arejava o quarto e o mantinha limpo e arrumado. Seu dom de cuidar dos doentes vinha acompanhado dessa devoção, desse sentimento de responsabilidade afetuosa, que a princípio deixou a sogra contrariada, mas logo a fez perceber a sinceridade da nora.

– Sandro, não tenho visto melhoras em D. Pelópia... – diz ela à hora do jantar, uma noite.

– Mas ela não tem reclamado de dor, não é?

– Não, mas isso não basta... Ela continua indisposta, não consegue se levantar, tem dificuldades para... Seria bom se a levássemos à cidade, para ver alguém que tenha remédios melhores.

– Você acha que ela aguenta ir até Atenas?

– Se a acomodarmos bem, creio que sim.

– Minha mãe não gosta da cidade, Callíope... Não sei se ela vai querer ir.

– Vamos ter que dar um jeito de forçar, Sandro. Se ela continua assim na cama, pode perpetuar esse mal que a acomete, quando uma visita a um médico poderia curá-la de uma vez.

Cassandro conhecia bem a mãe. Pelópia não queria nem ouvir falar em Atenas, em santuários, ou em médicos e suas teorias. Recusava-se a ir, e não iria permitir que a forçassem. Estava habituada à companhia de Callíope; já não sentia dores, com os remédios que a nora lhe dava, e até adquirira o hábito de contar episódios de sua vida para a esposa do filho, um saudosismo sinistro tomando conta de sua voz.

– Meu pai era muito rigoroso – conta ela um dia. – Uma vez bateu forte em mim e em minha irmã, porque não queríamos comer a carne de um sacrifício que ele fizera. Nós éramos tão pequenas! Tínhamos medo dos dias de sacrifício, e sentimos dó da ovelhinha, conhecíamos todas e até lhes dávamos nomes!

Callíope conhecia essa sensação: também tinha dó dos bichinhos, até na época em que eram tosquiados, quando ficavam peladinhos para dar a lã, e ela e Theo achavam graça como eram magrelos.

– Essa irmã foi a pessoa que mais amei na vida, depois do meu filho Cassandro. Ela se casou antes de mim, mas o marido morreu logo em seguida. E então, tendo conhecido um rapaz na cidade, quis se casar com ele, mas meu pai não deixou, pois se tratava um meteco, e ela passou um tempo presa em casa, até que papai a casou com um espartano. Foi preciso obter permissão dos dois Estados para o casamento! Ela não queria ir, mas foi forçada, e logo então começou essa guerra, nunca mais eu soube dela... Que males devem ter-lhe feito? As hostilidades devem ter sido brutais. – diz Pelópia, ficando aflita com a lembrança.

– Não creio, mãe... – diz Callíope, procurando acalmá-la. – Estando casada, ela devia ser querida pelo marido. Casou-se com ele em tempos de paz, e certamente construiu uma família como todas as outras.

Pelópia tinha os olhos marejados fixos sobre Callíope.

– Está se sentindo bem? Deixe eu ver se é febre...

– Que bom... ouvi-la dizer isso...

– Mas eu penso assim, mesmo... As mulheres formam lares, com seus maridos, sejam eles quem forem...

– Não... Me chamar... de mãe... Uma filha... sempre me fez tanta falta.... – Callíope lhe segura a mão, e sente a fraqueza da sogra.

Apesar de todo o cuidado da nora, o estado de Pelópia era mais grave do que se imaginava, e ao final de alguns dias acamada, com um amuleto pendurado no pescoço, ela falece, calmamente, sem dor, com o filho e a filha ao seu lado, garantindo-lhe as orações e a paz.

Callíope tira a túnica marrom da arca onde uma semana antes a havia guardado, e a casa veste o luto.

Cassandro sentiu a morte da mãe, é claro. Havia sido sua única família durante tantos anos. E como todo funeral, aquele havia sido muito triste, com as lamentações, as roupas marrons, as pessoas emudecidas e sem saber o que dizer e o que fazer com as mãos. E as flores, que nos funerais adquiriam um aspecto e um cheiro tão nefastos. Com toda a rabugice de Pelópia, ele iria sentir muita falta dela. Sentia a morte da mãe mais do que havia sentido a do pai.

É certo que o falecimento do pai havia sido muito sofrido, pois deixara ele e a mãe sozinhos, e ele então não era mais do que um rapazote. Já sabia cuidar das terras, mas ficara de repente responsável por toda a propriedade, por todas as decisões, e por tantas pessoas sob suas ordens. Ele nunca havia se dado muito bem com o pai. Respeitava-o, é certo. Porém nunca haviam sido próximos, não tinham nenhuma afinidade. O pai se ocupava mais do irmão, a quem buscava ensinar tudo o que sabia. Nunca podia imaginar que o filho mais velho iria embora tão cedo. Quando este se foi, voltou-se para Cassandro, descobrindo que tinha um outro filho talvez muito mais à sua semelhança, a quem ele havia negligenciado por tantos anos. Não chegaram a criar uma afetividade, sobretudo porque àquelas alturas, além da falta de identidade com o pai, Cassandro já tinha suas próprias ideias sobre como gerir a propriedade, inovações que seriam de grande valor, outra forma de tratar os empregados, etc. Quando o pai morreu, sentiu a perda, é claro, mas não chegara a sofrer por laços afetuosos que nunca houveram.

E agora, morta a mãe, ele subitamente se via a lembrar daquele pai a quem jamais se esforçara por compreender. Frases do velho vinham-lhe à cabeça, e só agora nelas via sentido. Atitudes do pai que, à época, ele tanto criticara, agora lhe pareciam coerentes e cheias de sabedoria. O próprio rosto do pai, no qual ele não pensava havia anos, aparecia em sua memória com uma clareza inexplicável, e ele via nesse rosto traços e expressões aos quais, em vida, não havia prestado atenção. Via-o como um homem que, assim como ele próprio, teve que enfrentar as durezas a ele impostas contra sua vontade, e sem questionamentos. E que também, assim como ele, não teve com quem conversar, a quem recorrer, aonde buscar conselhos. Teve que passar por situações que talvez tivesse preferido evitar, e que levou adiante em meio à incerteza e ao medo. Um homem com sentimentos, vontades e decepções, que amara e talvez não tivesse sido muito amado. Aquele pai cujos atos ele interpretara tão pesadamente e a quem se apressara em criticar, julgar e condenar, por diferenças entre os dois que nada tinham de pessoal, só agora ele entendia. Continuava a ter opiniões e pontos de vista até opostos aos do pai, mas percebia que eram apenas modos diferentes de ver a vida, nada mais. O pai fora, assim como ele, um homem que viveu e tentou fazer o que entendia como o melhor, nas circunstâncias em que a vida o havia colocado. Cassandro sentia aflorar em sua alma uma inesperada compreensão por ele. Assim como uma vontade imensa de vê-lo outra vez diante de si e lhe dizer quanto o compreendia agora, quanto gostava dele, e quanto gostaria de poder conversar com ele, doendo-lhe forte no coração não mais poder fazê-lo. Por que pensava tanto assim no pai, no momento em que lhe ia embora a mãe? Uma lágrima lhe sobe aos olhos, e ele sabia que não era por Pelópia.

– Sandro... – Callíope se aproxima do marido numa noite, quando ele está do lado de fora da casa, olhando a escuridão. – Você não vem dormir?

– Já vou...

– Está se sentindo bem? Não comeu nada até agora, desde ontem.

– Não tenho fome, Callíope...

Callíope não sabia o que dizer ao marido para consolá-lo. Ela própria ainda carregava na alma o choque da morte do irmão, havia tão poucos dias. Podia apenas imaginar o que ele sentia, e queria demonstrar que o apoiava, mas não sabia como.

– Você vai sentir muita falta dela, não é... – ela diz, colocando a mão sobre seu ombro. – Foram tantos anos em que vocês dois ficaram juntos cuidando desta casa... Sabe, eu e ela ficamos até amigas, agora nos últimos dias...

Cassandro respira fundo para falar, como se até então mal estivesse mandando ar para dentro dos pulmões.

– Ela descobriu tarde demais que havia tantas coisas boas ao seu redor, e que mais valia ter tido boa vontade ao invés de procurar erros em tudo.

Callíope estranha o tom de voz até um pouco austero com que ele se refere à mãe. Na verdade, ele não se referia à mãe, mas a si próprio. Ou talvez a ambos.

– Cada um vive conforme aquilo que a vida lhe impõe.

Cassandro olha a esposa, surpreso com a sabedoria do que ela acabara de dizer.

– Sabe, Callíope... minha mãe morreu... mas eu sinto mais falta do meu pai do que dela... Será que eu sou um mau filho? Eu devia estar sofrendo mais por minha mãe... Papai se foi há tanto tempo... Por que é nele que penso sem parar?

Callíope olha para esse homem de mais de quarenta anos que lhe faz essas perguntas, a ela, uma menina que começava a desabrochar, a deixar de ser criança. Quem teria as respostas que ele buscava? Quem conheceria o coração humano assim tão profundamente, para dizer aquela palavra que ninguém conseguia encontrar? Ela gostaria de dizer alguma coisa que aliviasse sua alma, mas ela mesma procurava tantas respostas.

Nos tempos que se seguiram, Cassandro ficou mais circunspecto, e passava muitas horas sozinho, refletindo, o olhar longe, o pensamento no passado. Passou a frequentar, quando ia à cidade, seitas e grupos religiosos alternativos, em busca de respostas para as perguntas que lhe subiam à cabeça, vindas do fundo da alma. As questões do espírito o dominavam, e ele principiou por tentar entender melhor os Mistérios de Elêusis, culto à deusa Deméter em seu santuário na Ática, onde só eram admitidos os "iniciados", que se comprometiam a guardar total segredo sobre as cerimônias, preocupados com a purificação da alma, o retiro e o jejum.

Mas por toda a cidade, uma reação à religião da pólis fomentava o surgimento de novas saídas espirituais, num domínio mais profundo da alma, dirigindo-se ao homem enquanto tal, distanciando-se dos limites da cidadania. Aí Cassandro começou a se aprofundar na questão da purificação do corpo e da alma, que estariam "profanados desde o nascimento".

Ainda insatisfeito, Cassandro foi então aos órficos, grupo que propunha um modo de vida totalmente oposto ao do cidadão, uma vez que este se desvencilhava de suas máculas através do simples ritual. Abertos a todas as pessoas, homens e mulheres, livres ou escravos, bem como estrangeiros e comunidades periféricas, intelectuais marginalizados, pobres e ricos, os órficos impunham uma mudança radical no modo de viver, com obrigações e proibições, em busca de uma alma pura, direcionando-se para as questões mais íntimas e profundas da alma humana. Era uma visão totalmente oposta à religião da pólis, para a qual o cerne da religião e do cidadão era o estar-se junto, pertencer ao grupo, e cumprir com os rituais. Para os órficos, que rejeitavam o modo de vida violento da cidade, com seus sacrifícios cruentos, a pólis era segregadora dos fracos, e a salvação da alma estava na purificação por meio da renúncia a comer carne e a cometer atos impuros. Tudo isso era muito diferente para Cassandro, que jamais havia dado alguma importância mais apurada às questões espirituais.

E na esteira da insurreição do pensamento, haviam ainda movimentos incipientes, menos religiosos e mais políticos, como os filósofos intelectuais, colocando em cheque tudo na cidade e derrubando as regras da velha política; os sofistas, a lutar contra as instituições tradicionais e contra os preconceitos da religião vigente, pregando uma ordem mais justa, mais humana, mais racional; os cínicos, negando o conceito de pátria, dizendo que o homem é cidadão do universo; os estóicos, voltando à política, mas alargando o conceito de cidadania, ampliando-o para fora dos muros das cidades, emancipando o homem, declarando que todos os homens são concidadãos, como se todos pertencessem a uma mesma cidade, rejeitando a servidão do homem à pólis, advertindo-o de que seu principal trabalho deve ser o aperfeiçoamento individual, com a consciência livre e independente.(18)

Cassandro falava dessas coisas para Callíope, que o ouvia sempre atenta, e achava que a esposa apenas cumpria seu papel de ouvinte. Enganava-se. Callíope assimilava aquelas palavras, e ficava depois matutando sobre tantos pensamentos, tantas ideias, tanta inovação na forma de pensar. O marido, no entanto, continuava na busca dos caminhos da alma.

– Amanhã virão umas pessoas aqui, falar conosco, Callíope. – diz ele um dia, voltando da cidade.

– Sim? A respeito de que, Sandro? Alguma coisa grave? – pergunta Callíope, notando um tom diferente na voz do marido.

– Não, nada grave. Apenas vêm para conversar.

– Vai ser um *symposion?* Mando preparar o vinho?

– Não, não... Acho que eles não bebem vinho... É bom deixar algumas ânforas de *ciceyon,* e talvez algum refresco.

– Você está tão misterioso...

– Eu conheci este grupo na ágora, e eles também não têm um lugar fixo para se reunir, costumam visitar as pessoas que os chamam, do mesmo jeito que os órficos.

“Mais um grupo de religiosos”, pensa Callíope, que respeitava os sentimentos do marido, e de alguma forma o apoiava em sua busca de respostas, embora não visse como aquelas pessoas empenhadas em negar a religião da cidade poderiam chegar a algum lugar.

– E o que esse grupo fala?

– Mais ou menos o mesmo que os outros, só que eles têm umas ideias sobre a vida após a morte... Que as pessoas morrem, e depois voltam a viver em outro corpo por várias vezes.

– Eu acho que já ouvi a Syra falando sobre isso, na cozinha.

– É mesmo?

– Uma vez vieram aqui umas amigas dela, de Cálcis, e andaram comentando essas coisas...

– Eles seguem o que dizia Pitágoras... sobre a alma ser imortal, e se separar do corpo, quando morto, voltando a viver em corpos diferentes, inclusive de outros animais, perfazendo um ciclo. Sempre em busca da purificação da alma, libertando-a das impurezas do corpo.

Agora Callíope entendia o interesse do marido nesse grupo específico. Cassandro era um grande admirador do mestre Pitágoras, o homem dos triângulos, que havia nascido na ilha de

Samos e depois fora morar na Magna Grécia,[14] quase cem anos antes, e que havia deixado tantos ensinamentos matemáticos, astronômicos, filosóficos, musicais e, agora ela ficara sabendo, também religiosos.

Cassandro chamou todos os escravos e empregados que estivessem interessados em ouvir seus convidados Pitagóricos, e ficou surpreso em ver como foi grande o número daqueles que vieram ouvir o palestrante, que explicou tudo com muita clareza:

– Após passar por várias vidas em diversos corpos mortais, de condição superior ou inferior conforme o nível de purificação atingido na vida anterior, a alma finalmente pode encerrar tal ciclo de nascimentos para poder voltar enfim ao divino, de onde provém originalmente, e de onde se afastara, ao contaminar-se no mundo corpóreo com os atos vis cometidos pelos homens.[15]

Callíope se perguntava o que tanto atormentava o marido, que o fazia preocupar-se daquela forma com a salvação de sua alma. O fato é que Cassandro estava convencido de que a dor que sentia era uma expiação pela qual passava, e com a qual se conformava, talvez encontrando naquelas religiões a explicação para a mesma.

Ainda que profundamente afetado por esses pensamentos filosófico-religiosos, que tanto se distanciavam de tudo o que ele havia aprendido e que era vigente na pólis – na questão espiritual assim como na vida quotidiana – distanciamento este que, de resto, acometia a maior parte da população, que não compreendia mais o sentido dos ritos, embora não ousasse deixar de praticá-los – Cassandro teve que acabar abrindo mão de seus momentos de reflexão, pois a vida continuava, e ele tinha que voltar a dar atenção às terras e ao seu problema crucial: gerar um herdeiro.

---

[14] Sul da Itália, então colônia grega.
[15] Mario Vegetti, em "O Homem Grego".

Aos vinte anos, Callíope tomara enfim sob sua responsabilidade aquela casa onde vivia há quase cinco. Cassandro já se acostumara às coisas que ela havia de mansinho conseguido introduzir em seu dia-a-dia, e afinal as mudanças vieram para melhor. No entanto, malgrado a impressão de que a ausência de Pelópia seria um alívio para todas as mulheres, isso não ocorrera. Se na condução doméstica ela não fazia falta, sua ausência era sentida em quase todos os momentos. Callíope decidira que não iria permitir o hábito de se falar coisas ruins a respeito da falecida sogra e, com jeitinho, ensinou as empregadas a guardarem para si mesmas os comentários ou pensamentos que não fossem para lembrar Pelópia de uma forma agradável. Pelo bem de todos, e sobretudo do marido, que não conseguia apaziguar a consciência em relação aos seus mortos.

Se já não havia mais a cobrança de Pelópia pelo herdeiro, agora era Ganimedes que passara a ter nesse assunto interesse pessoal e urgente.

– Filha... – começara ele um dia, visitando Callíope, passados poucos meses do falecimento da sogra – Como vão você e seu marido?

– Como assim, papa?

Passeavam pelo jardim que Callíope acabara de arrumar, com vasos e plantas trazidas por Cassandro da cidade.

– Você sabe, meu bem, que... agora que seu irmão se foi... será você quem me dará um herdeiro....

"Ah, o herdeiro", pensa Callíope, "lá vamos nós com isso".

– Creio que diante das circunstâncias, Cassandro já percebeu que é ele quem não pode ter filhos... – continua Ganimedes.

Callíope sabia onde ele queria chegar. A conversa sobre a sucessão de Ganimedes já lhe havia alcançado os ouvidos. O fato era que ela deveria ter um filho tanto para garantir a sucessão de

Cassandro quanto à do próprio pai, agora que Helios havia ido embora. Filha única, ela não tinha direito à herança do pai. Seu marido é que receberia a parte dela, como administrador. E então, seu filho herdaria por fim as propriedades do avô materno. Esse era um tema que vez ou outra era discutido infrutiferamente nas assembleias, quando se apresentavam projetos de lei que davam maiores direitos às filhas para herdarem e gerirem os bens deixados pelo pai. E Ganimedes nunca lhes dera realmente a devida atenção. Agora vivia na própria pele esse problema. Aqui estava ele na situação insólita de ver suas terras ameaçadas de irem parar nas mãos do Estado, pela falta de sucessores. Tudo estaria bem se Callíope tivesse um filho. Mas este não vinha. E a situação deles era peculiar, pois tanto Ganimedes quanto Cassandro não tinham nenhum agnado,[16] eram os últimos na linha sucessória em suas famílias. Ganimedes podia testar em favor de Cassandro, mas de que adiantaria, se os dois não tivessem filhos?

– Você sabe que eu posso... eu estou pensando...

Ganimedes nem conseguia terminar sua frase. Queria dizer à filha que ele, o pai, tinha direito a anular aquele casamento por esterilidade de Cassandro, mas de forma nenhuma queria ter que fazê-lo. Gostava do genro. Não podia ter encontrado melhor marido para a filha.

– Pai... Por que você não conversa com Cassandro sobre isso? Ele tem tanto interesse ou mais em termos um filho.

– Mas é um assunto tão delicado, meu bem.

– Justamente, pai.... O que você gostaria que acontecesse? Você aparecer aqui um dia, me colocar na charrete, e dizer para Cassandro que o casamento está acabado?

---

[16] Parente, homem, ascendente ou descendente, na linha genealógica masculina – o irmão do falecido, o filho do irmão, etc., sempre por parte do pai, nunca por parte da mãe.

– Não, eu nunca faria uma coisa dessas!

– Cassandro e eu andamos conversando sobre isso, também.... ele tem algumas ideias... Talvez você devesse conversar com ele.

Estavam realmente pensando em pôr em prática alguns dos costumes antigos. Não podiam ter filhos? Ora, mas tantas pessoas tinham filhos, e não os queriam... Poderiam adotar uma criança.... Ou ainda... tomar como própria uma criança que houvesse sido abandonada.

Pelópia provavelmente virou no túmulo. Mas Ganimedes, mais prático e menos apegado às velhas tradições, imediatamente incorporou a ideia. Seria uma saída, enfim! Sabia que os laços de sangue eram insubstituíveis, mas, por outro lado, sabia também quanto afeto poderia existir entre pessoas sem nenhum vínculo sanguíneo. Por que não poderiam fazê-lo? Estava aí a solução. Viera tão macambúzio às terras do genro, e saía cheio de renovadas esperanças. Só não ria porque, desde a morte do filho, seu semblante adquirira uma apatia que não mais parecia querer deixá-lo.

– Selene tem um amante. E o marido está desconfiadíssimo! – diz Callíope.

– É mesmo? Como você soube? – pergunta Cassandro, interessado, como uma velha alcoviteira.

– Ele mandou um empregado segui-la à cidade.

– E o amante? É sério, ou coisa passageira?

Callíope e Cassandro passaram daquele casal íntegro e sóbrio para dois dos mais fofoqueiros seres humanos que já haviam pisado na Ática. Falavam de todos os vizinhos. Especulavam a vida íntima de pessoas da cidade que nunca haviam visto. Procuravam sobretudo os detalhes picantes das histórias, já tão apimentadas sem esse empenho. O jantar passou a ser um momento de fértil debate sobre as idas e vindas alheias. Vibravam sobretudo com as mudanças nos corpos das mulheres.

– Ela engordou.

– Vamos ver se engorda mais.

Mas o mexerico não tinha como fundamento a simples sordidez mesquinha das mulheres que nada mais têm a fazer do que levar um simulacro de vida, sorvendo os fatos das vidas dos outros. Eles queriam saber daqueles casos que tinham chances de um desenlace trágico, com alguma criança sendo abandonada. Aí eles entrariam em ação. Só que nem tudo ia como eles esperavam.

– Nasceu. Mas colocaram um ramo de oliveira à porta.

– Aquele corno!

O ramo de oliveira significava que era menino, e que o marido o aceitava na família como seu legítimo.

Cassandro ficava de olho aberto para eventuais cestos à beira da estrada.

As famílias mais pobres eram as que mais tinham chances de desistirem dos bebês. Mas parecia que uma onda de otimismo varria a região. Todos acreditavam num futuro farto. Será possível que aquela gente não percebia que estavam em tempos de guerra?!

– Os colonos vieram convidar para a celebração do novo menino que nasceu.

– Merda!

As escravas igualmente não escapavam aos seus olhares de lince. Mas pareciam todas tomadas por um pudor repentino. Até mesmo Syra, cujo gosto por aventuras com os empregados já havia se tornado lendário. Nenhuma passava a noite fora, nenhuma tinha maus humores ou rompantes histéricos, nem muito menos desmaios, tonturas ou ânsias.

– Malditas ninfas virginais!

Ganimedes também participava da empreitada. Funcionava como um delegado do casal no lado de lá. Mais acanhado, tinha um pouco de vergonha de se informar das coisas, mas dava um jeito, e trazia um relatório quinzenal sobre as cinturas das vizinhas.

– Olho nessa barriga, sogro! – recomendava Cassandro, ao se despedir do pai da esposa quando este partia de volta para casa. Uma proximidade de cúmplices ligava todos eles.

Mas o tempo passava, e não parecia que um bebê, fosse qual fosse, viesse pertencer àquela casa. Cassandro desanimava. Pensava nas leis antigas, e no que aconteceria, caso ele tivesse um irmão ou um primo, por exemplo, por parte de pai. (19). E chegava a ter ideias absurdas.

– Quem sabe se você for passar uns dias na cidade. Só, com uma ou duas escravas... Se você for discreta... Pode encontrar algum... rapaz, e....

– Cassandro!!

– Por que não?

– Mas como é possível passar uma coisa dessas pela sua cabeça?!

– Seria um jeito, não é?

– Eu não consigo acreditar!

– Eu aceitaria... Acabaria com tudo isso. E seria seu.

– Pare, porque eu não gosto da brincadeira. E de mais a mais, suponha que eu aceitasse uma aberração dessas, quem é que me garante que na hora que nascesse você não o repudiaria?

– ... Eu ia ter que beber vinho puro o dia inteiro, todo o tempo que você estivesse lá, com "ele".

– Chega dessa conversa, que está me fazendo mal.

– A mim também, chega!

– Sandro... calma... Você vai ver, mais cedo ou mais tarde, aparecerá algum bebê por aí... Afinal, o mundo tem que continuar, não é? Se os bebês pararem de nascer, o mundo acaba! E aí, para quê iríamos querer legar as terras?

Só que os bebês estavam escasseando. Fosse porque as famílias os mantinham em casa, fosse porque a guerra levava os homens embora e as mulheres não engravidavam, o fato é que nenhum sobrava para eles. Cassandro cogitava a ideia do testamento. Mas ainda lhes restava a alternativa da adoção. Cassandro passou a procurar crianças órfãs, ou filhos de cidadãos pobres. Não tinha pressa, nesse caso. Era um filho que buscava naqueles rostinhos.

CAPÍTULO V

DEMETER

Deusa da semeadura e da colheita.

Do alto de sua torre, ao final da tarde, Theo observa o horizonte, aquela vista que tanto conhecia em cada um de seus detalhes. Cada árvore, cada pedra, cada pasto, cada plantação, cada pedaço de trilha de terra. Sua visão alcança longe, quase toda a propriedade, e seus ouvidos conseguem captar até o ruído de um pequeno animal na divisa das terras. Ele sabe onde está cada um dos carneiros, e é capaz de enxergar até o voo de um pássaro no meio das mudas lá no fim da plantação. Nada escapa aos seus ouvidos atentos e à sua visão treinada. Nesse final de tarde quente e sossegado, é com essa visão apurada que ele vê algo estranho se mexendo lá onde termina o trigal, onde começam as árvores fechadas, nos limites da propriedade. O movimento inesperado o inquieta, e imediatamente ele tem uma sensação ruim. Desce da torre saltando os degraus e, tirando o facão da bota, corre o mais que pode, e o mais silenciosamente que consegue. Não tem tempo de ir chamar outros escravos, e não quer alertar Ganimedes. Tem um mau pressentimento.

À medida que se aproxima do local onde vira o movimento pouco familiar, vai se esgueirando, escondendo-se entre as árvores, entre os galhos, inerte, como nas caçadas, em que se escondia da presa antes de atacá-la. Conhecia aqueles bosques com a alma, podia reconhecer onde se encontrava até de olhos fechados. Bem devagar, sem nem mesmo tocar em um galho, os movimentos imperceptíveis, ouve um barulho, um mexer de folhas no chão, como passos indecisos. Assim tão mais próximo, o movimento e o som mostravam que não se tratava de um pequeno animal, de alguma ave, mas de algo maior, bem maior. O medo se avizinhando de sua alma, Theo se pergunta se seria capaz de enfrentar algo muito acima de suas forças. Movendo o rosto detrás do tronco que lhe tapava a visão, a respiração suspensa, o coração batendo mais forte, o suor já escorrendo de sua testa, Theo sente o coração falhar uma batida quando vê enfim diante de si, saindo do meio de outras árvores, um soldado, montado em seu imenso cavalo, de couraça e elmo de pluma, com o escudo na mão esquerda, abaixado, e a espada na outra. A túnica vermelha e a barba, sem bigode, não deixavam dúvidas: era um cavaleiro espartano. Certamente havia saído numa busca de reconhecimento na região onde se encontrava sua tropa, para informar seus superiores para um posterior ataque e, distanciando-se bastante de seu acampamento, acabou enveredando pelo mato fechado, perdendo-se no meio das árvores, e sendo enfim avistado por Theo. Um e outro sentem um frio na espinha quando seus olhares se cruzam.

O tempo como que estanca, para ambos. Ficam por alguns segundos a se fitarem, o soldado montado e paramentado, o olhar altivo e ameaçador. Theo no chão, de khitón e botas rústicas, empunhando um facão de agricultor.

Sabia que o soldado o liquidaria em poucos golpes, e pior, sabia que onde havia um espartano havia muitos mais, que viriam assolar tudo o que vissem pela frente, liquidando toda a colheita, pondo abaixo a casa e demais construções, e quem sabe o que fazendo com a família e empregados. Theo vê essas horrendas imagens, e ainda toda sua vida, lhe passarem na mente numa fração de segundos, como uma faísca, enquanto olhava o outro nos olhos. Nos segundos em que os dois se seguraram pelo olhar, parados estavam o tempo e o espaço.

Quando o espartano endireita o cavalo e movimenta a espada para atacar, Theo percebe que naquela hora não adiantava pensar, teria que lutar com ele, buscando dentro de si todas as forças que encontrasse. Era matar ou morrer. Tinha que proteger aquela casa, aquelas terras, aquelas vidas. Num lampejo de raciocínio e reação instintiva, ao primeiro passo do animal, Theo leva o polegar e o indicador à boca, e dá um assobio longo e agudo, assustando o cavalo, que empina uma vez, ficando parado com as patas da frente no ar, caindo de novo no chão. O espartano se desequilibra um pouco, mas consegue se segurar, quando então Theo repete o assobio, assustando ainda mais o animal, que empina mais duas vezes, o soldado lutando para não cair. Na quarta empinada, o soldado se solta, caindo enfim, e Theo, com um tapa no traseiro no cavalo, deixa-o fugir correndo. O soldado, caído mas ainda combatente, já se levantava, atirando-se sobre Theo, que chutara a espada para longe e, por instinto de sobrevivência, trava com ele uma luta corporal para a qual não estava preparado, mas sentia as forças lhe subindo pelas entranhas. Tendo o escudo arrancado da outra mão, o soldado tentava desempunhar-lhe o facão, ao mesmo tempo que buscava alcançar sua própria faca que trazia presa à bota. Theo, com uma força da qual não se sabia possuidor, batia-lhe como podia, com golpes que desfechava no soldado sem deixar cair o facão, dando-lhe na cabeça vários golpes seguidos com o antebraço, acompanhados de chutes para impedir os movimentos do homem, que cai novamente no chão, quando então Theo lhe dá um chute que lhe arranca o capacete. Havia batido tanto no soldado que este, ainda que vestindo a armadura, tinha ferimentos que não podia suportar. Colocando um joelho no chão ao lado dele e erguendo a mão que empunhava o facão para cortar-lhe a garganta, os olhos dos dois homens se cruzam, o soldado, amedrontado, vendo a morte no reflexo de sol sobre a lâmina, esperando o golpe fatal. Foi então que Theo relutou, naquele cruzar de olhos; um mar de imagens lhe vindo à cabeça. Não conhecia nada do exército, não havia sido preparado para as batalhas, nem muito menos para odiar os espartanos. Nada entendia da guerra e dos motivos que a causavam. Tudo o que tinha na vida era o trabalho na terra, e a família a proteger. Mas havia a lembrança de Helios. Olhava o espartano rendido sob seus pés, com a vida em suas mãos, e relutava no que fazer. Teve uma visão de Ifigênia dizendo *"São irmãos"*. E sentiu que uma força poderosa, muito maior que ele, lhe segurava a mão suspendida no ar, impedindo-o de desfechar o golpe. Dá então um chute no soldado, virando-o de bruços, prendendo-lhe as mãos às costas, sem nunca soltar seu facão, verificando se o homem ainda iria reagir. Mas o soldado estava quase desacordado.

Em poucos minutos, sem trocarem uma só palavra, o soldado espartano havia sido vencido por um camponês ateniense.

Na volta à casa, arrastando os despojos: couraça, espada, faca, capacete, escudo – as tralhas bélicas do espartano, Theo, ainda nervoso e incrédulo, se recuperando daquele episódio que levara apenas alguns minutos, se perguntava como tudo aquilo havia acontecido, e o que fariam com o homem, que alguns outros empregados que chamara levavam, estupefatos, para o celeiro.

A casa ficou em rebuliço. As mulheres, inicialmente muito assustadas, aos poucos foram percebendo que estavam fora de perigo, e até iam dar uma espiada no soldado ferido, preso no celeiro:

nunca haviam visto um espartano. Era um rapaz forte, pouco mais velho que Theo. Ganimedes decidiu levá-lo na manhã seguinte para Atenas, e entregá-lo às autoridades.

– E parem de ficar levando *mazá* para esse homem! – disse ele a Ifigênia e Calypso, que já o estavam tratando como a uma criança doente.

No celeiro, o soldado ferido e humilhado tinha a mente atormentada por um turbilhão de pensamentos. Sua vida fora poupada por um camponês inimigo. Estava vivo; com esforço poderia se soltar, e matar aquelas pessoas, mas não poderia voltar ao acampamento: como explicaria o que se passara? Não poderia mentir, teria que dizer que havia tido sua vida preservada pelo ateniense, e que voltava despojado de suas vestes, de seu cavalo, de seu escudo, de suas armas, de sua honra. Um *medricas*. Seria expulso do exército, e sua família seria desonrada. Antes tivesse sido morto pelo camponês. E, ainda, não conseguia tirar da memória aquele olhar sobre ele no momento em que, a faca levantada, o ateniense não dera o golpe fatal. O que vira nos olhos do outro naqueles tensos segundos em que ambos viram, cada um por um lado, a vida balançando sobre um fio, jogara por terra tudo em que ele acreditava, tudo o que aprendera como verdade única e absoluta em todos os seus anos de vida militar.

Antes do amanhecer, com o céu ainda escuro, e todos na casa ainda dormindo, inclusive os escravos lavradores, o soldado usou de suas últimas forças para tentar se soltar. Com muito esforço, arrastou-se até a cozinha e, tateando no escuro, cambaleando, febril e desesperado, encontrou uma faca.

E a família acordou sobressaltada com o grito da escrava que levantara primeiro para ir preparar o desjejum.

No chão da cozinha, sobre uma poça de sangue, encontrara o espartano morto, com a faca enfiada no peito.

– Por que foi fazer isso, meu filho?

Parada, em pé, as mãos juntas, as lágrimas lhe correndo o rosto, Ifigênia, desalentada, olhava a sepultura ser coberta enfim pelas pás de terra que atiravam os empregados.

Com o suicídio do espartano, haviam ficado sem saber o que fazer com o corpo, não achando conveniente cremá-lo e levar os restos mortais para Atenas. Também não gostavam da ideia de sepultá-lo de qualquer jeito, sem os rituais fúnebres. Além disso, Ganimedes e Ifigênia tinham, ambos, sentimentos ambíguos em relação ao rapaz. Sentiam a presença de Helios em todo aquele episódio. Juntos chegaram à decisão de oferecer ao morto um sepultamento digno, e ordenaram aos criados que abrissem uma sepultura no local onde a luta ocorrera, e onde Theo, ainda na tarde anterior, encontrara o cavalo do soldado pastando.

Ifigênia derramava libações e lágrimas sobre o túmulo, enquanto fazia orações a Apolo e Hermes. Havia colocado entre os lábios do morto uma moeda, costume dos antepassados, como "pagamento da passagem" para o mundo subterrâneo. Libertava-se de um peso doloroso ao chorar a morte daquele soldado inimigo, não por vingança da morte do filho, mas por finalmente conseguir extravasar toda a dor que sentira anos antes quando perdera Helios, e que ainda lhe oprimia a alma. Ao chorar pelo espartano, era pelo filho que chorava.

Após o sepultamento, purificaram o túmulo, a casa e o celeiro, através de uma fumigação e da aspersão de água, de modo a livrarem a propriedade daquele *mìasma,* daquela contaminação tão grave, onde uma pessoa contagiara o lar sagrado ao tirar a própria vida. Com os rituais de purificação, reconduziam a casa à pureza exigida pela civilização. As empregadas jogaram pelas janelas alguns potes e ânforas, que se quebraram estrondosamente do lado de fora, assim contribuindo com o barulho para afugentar os maus espíritos.

Em Esparta, a mãe do rapaz, que dele se despedira com as palavras repetidas por mães e esposas aos soldados espartanos que saíam para a guerra: *"Volta, com teu escudo, ou sobre ele!"*, não viu o filho voltar nem de uma forma nem de outra.

E Theo ganhou um cavalo.

Ganimedes leva o equipamento do espartano para o buleutério, edifício sede da bulé, onde se reuniam os quinhentos conselheiros, e relata aos mil ouvidos ávidos todos os detalhes do episódio entre seu escravo e o inimigo.

– Sua casa produz bons atenienses – diz um dos conselheiros, admirado com a proeza, e fazendo referência à morte heróica de Helios.

Desde a morte do filho, Ganimedes vinha menos à cidade, nem mesmo para as assembleias, e quando vinha, era sempre saudado com honras: todos se levantavam e faziam um silêncio respeitoso; alguns acenavam com a cabeça, outros o chamavam pelo nome e davam boas-vindas, cheios de admiração. Todos os mortos na guerra eram heróis, e as famílias eram admiradas por um longo tempo.

Mas o feito de Theo ia mais além, tinha conotação épica, levava as pessoas ao êxtase das histórias contadas e recontadas e onde os protagonistas eram venerados quase como deuses.

Theo, enquanto isso, alheio ao assédio dos admiradores, passeava na cidade aguardando Ganimedes, que dissera ter negócios importantes a tratar na ágora.

Atenas não exercia nenhum atrativo especial sobre Theo. Vinha agora com frequência à cidade, acompanhando Ganimedes, conhecendo melhor os detalhes dos negócios, da venda da produção; da compra de grãos e sementes; da oscilação dos preços junto ao porto, das multas e impostos do governo. Conhecia também os comerciantes, os menos desonestos e aqueles em quem não se podia confiar um fio de cabelo. Afora esses assuntos relacionados à lavoura, nada mais na cidade o interessava. Tornara-se um homem ainda mais quieto do que fora quando adolescente. Raramente ria. Seu semblante não chegava a ser sisudo, mas estava sempre com a fisionomia no mínimo séria. Só quando estava com Callíope seu sorriso se abria.

Na verdade, debaixo de seu rosto onde não se liam as emoções, ele ainda estava abalado com o suicídio do espartano. Chamado pelos escravos que correram primeiro com o grito da empregada naquela fatídica manhã, encontrou Ganimedes junto ao corpo do rapaz, perplexo, perguntando-lhe o que fazer. E Theo, que não o apunhalara na luta, agachou-se para tirar-lhe do peito a faca mortal e lhe fechar os olhos. Sentiu-se subitamente impotente. Não era capaz de entender aquela morte.

Perambulou a princípio pela cidade, subindo à Acrópole, num raro momento em que lhe foi permitido fazê-lo. Parou diante da estátua de Atena, a grande estátua de nove metros de altura, imponente, segurando a lança e portando a armadura e capacete. Olhando-a, fazia-se tantas perguntas, não encontrando conforto para a alma. Não compreendia muito bem tudo o que se passara. Às vezes se perguntava se, de alguma forma, havia matado o espartano. Outras vezes se perguntava se deveria, por obrigação, tê-lo feito. Tudo o que lembrava e de que tinha certeza, era da força magnânima que lhe segurara o punho, quando estava a ponto de desfechar o golpe. E o olhar do rapaz, rendido a seus pés. E a voz de Ifigênia,

"São irmãos". Atena não lhe dava as respostas de que ele tanto necessitava, mas sentia como se ela o compreendesse, e apoiasse.

Andando pela ágora, olhando as barracas, não se deixava parar em nenhuma delas. As anedotas e palavrões dos homens ao redor não lhe causavam o riso: não achava graça naquele tipo de palavreado. Não o seduzia a falácia da cidade, nem os apelos dos vendedores, as mercadorias, os instrumentos diferentes e a loucura da compra. Apenas nas barracas que vendiam apetrechos femininos ele parava, admirando aquelas coisas, pensando em Callíope, que ela certamente gostaria de pegá-las nas mãos e comprá-las, e sorria por dentro imaginando-a com aquelas bugigangas penduradas em suas orelhas, adornando seu pescoço, enfeitando seus cabelos, colorindo suas faces e olhos.

Por entre as barracas as pessoas já comentavam a história de seu feito, dos mais simples metecos aos cidadãos mais ilustres. O aparecimento do espartano, os detalhes do ataque, os ferimentos, o capacete chutado, o gesto heróico de poupá-lo, o suicídio teatral, tudo era contado de boca em boca, e as pessoas se admiravam e se orgulhavam. Ele ouvia, incógnito, seu nome pronunciado aqui e ali.

– O camponês ateniense enfrentou sozinho todo o exército espartano! – contava Pã, que não perdia o hábito de aumentar um pouco as coisas, para um grupo de metecos boquiabertos que acabavam de chegar à cidade.

– O *lança escudo*[17] levou uma tunda do nosso pastorzinho de ovelhas!

As ofensas também não lhe diziam nada, e ele saía quieto, sem falar com ninguém, indiferente à própria fama.

---

[17] *Medricas, lança escudo* – expressões ofensivas usadas respectivamente em Esparta e Atenas, referentes aos soldados pouco habilidosos na formação da falange (Yvon Garlan, em "O Homem Grego").

O mérito, no entanto, estava indo para Ganimedes, dado que o herói era um simples escravo.

Cansado de andar a esmo, ele procura um lugar ao pórtico Pécilo, à sombra, sentando-se perto de um senhor careca e barbudo, ficando os dois lado a lado, quietos e pensativos. Theo tinha o ar ainda mais circunspecto do que de costume. Ouvir o povo falar sobre o que ele havia feito deixava-o confuso, apenas acrescentando mais dúvidas aos seus pensamentos. Aos poucos começa a se fazer uma roda de cidadãos muito falantes em tomo do barbudo, e todos se põem a discutir também o episódio do ataque do espartano no campo. Gesticulando, falando alto, uns diziam que o camponês deveria ter matado o espartano, outros diziam que seu ato havia sido cheio de valentia e nobreza. Falando todos ao mesmo tempo, dando opiniões disparatadas, cada um querendo saber mais que o outro, finalmente um homem pergunta a Theo:

– Você, o que achas? Consideras que o camponês foi valente?

Todos fazem silêncio para ouvir aquele rapaz tão quieto. Theo pensa um pouco antes de falar. Sentia-se acanhado diante daqueles cidadãos bem vestidos e cheios de verborragia. Ele, que às vezes passava dias inteiros sem dizer mais do que duas ou três palavras.

– Que sei eu, senhor... Nem mesmo sei se conheço o sentido da palavra valentia....

Os homens voltam a falar entre si, não dando importância à sua resposta.

Mas o barbudo, que havia observado atentamente com olhos perscrutadores enquanto Theo falava, notando suas vestes campestres, retoma as palavras dele:

– Sim... o sentido da palavra valentia... O que é, enfim? Quem pode me dizer?

Recomeçam as frases compridas, as definições, as discussões, até que se aproxima um homem muito alto, um militar, querendo também participar do debate.

– Diga-me, general, você que é um estratego deve saber o que é valentia. Tenho muito interesse em esclarecer esse conceito – pergunta o barbudo.

– Ora, a valentia consiste simplesmente em não fugir diante do adversário.

O barbudo coça o queixo com um engraçado ar de dúvida e, depois de um instante, volta a perguntar:

– E se você tem de realizar, por um motivo de conveniência estratégica, uma retirada, com o fim de atacar o inimigo por outro lado ou de derrotá-lo em melhores condições, isso será covardia?

– De nenhum modo – fala o general. – Como vai ser isso covardia?

O barbudo volta a coçar o queixo e então responde:

– Entretanto, você me disse antes que a valentia consiste em não retirar-se ante o inimigo.

– Sim – replica o general, exasperado – disse isso, mas deveria ter acrescentado que retirar-se nem sempre significa covardia.

– Ah! – exclama o barbudo – Quer dizer, então, que sua primeira definição não era de todo exata.

Alguns dos cidadãos sorriem, e aos poucos a roda vai se desfazendo.

Quando Theo vê Ganimedes aproximando-se, levanta-se para ir ao seu encontro.

– Rapaz! – chama o barbudo.

– Senhor? – Theo responde, voltando-se.

– Louvo-te, pelo ocorrido lá no campo. E por tuas palavras, aqui na cidade.[18]

---

[18] Sócrates nasceu à 468 a.C., perto de Atenas, filho de um escultor e de uma parteira, e é certamente em função desse fato que ele se auto-intitulava um "parteiro de ideias". Caracterizava-se por seu bom humor e ironia, fazendo com frequência pilhérias sobre si próprio. Foi autodidata e chegou a aprender toda a ciência e o pensamento de seu tempo. Desdenhava os políticos aventureiros e desonestos. Como todos os cidadãos atenienses, combateu em guerra pela pólis, chegando a salvar as vidas de alguns homens importantes da época. Foi prítane – membro da bulé, cargo por sorteio – e, enquanto nesse posto, aproveitou para defender causas justas e de alto espírito humano. Não ensinava seus discípulos em academias, mas nas ruas, na ágora, nas assembleias, nas festas públicas. Falava com todos e era sempre visto andando pela cidade, resolvendo problemas familiares e até graves questões de Estado. Era frequentemente visto rodeado de pessoas que o ouviam absortos. Às vezes tais conversações eram interrompidas pelo aparecimento de Xantipa, esposa do filósofo, que vinha buscá-lo e o arrastava para casa sob uma chuva de impropérios – uma vez até jogou sobre ele um balde de água. Eram conhecidas as pequenas dimensões e simplicidade de sua casa, e uma vez ele deu como resposta a um amigo assombrado por tanta falta de espaço: *"Praza aos céus que eu possa enchê-la de verdadeiros e bons amigos"*.
No entanto, suas eternas ironias e sarcasmos criaram para ele vários inimigos. Suas críticas contra os demagogos e ladrões do povo, e o orgulho com que se isolava em sua condição de pensador, levaram seus adversários a acusá-lo de antidemocrata, de simpatizante da oligarquia e, principal acusação, de desprezar os deuses. Segundo Xenofonte, Sócrates não acreditava na multidão de deuses que o povo adorava, mas respeitava essas crenças e até cumpria os ritos. Sócrates não admitia a autoridade da tradição e culto aos antepassados, e acreditava estarem as regras de conduta gravadas na consciência humana. Sustentava que, nos momentos mais difíceis, sempre ouvia a um espírito interior que lhe sussurrava o que fazer, e que sempre lhe dizia "não" quando ele estava prestes a cometer um erro. Colocava a verdade acima do costume, a justiça acima da lei.
Levado aos tribunais sob a acusação de sacrilégio, defendeu-se com serenidade e elevação, mas foi condenado por 280 votos contra 220. Perguntado qual punição julgava lhe devia ser infligida, ele disse sarcasticamente que deveria ser condenado a comer todos os dias para o resto da vida no Pritaneu – local onde os mais altos dignitários faziam suas refeições às expensas da cidade. O júri obviamente não concordou, e condenou-o à morte por envenenamento. Seus discípulos organizaram uma fuga, mas ele se negou a fugir. Tomou o veneno como ordenado pela sentença, morrendo a 399 a.C., numa das condenações mais lamentadas da história.
Sócrates dizia que ele não inventava nada, apenas se limitava a extrair de seus ouvintes, com hábeis questionamentos, as ideias que, de um modo ou

Quando Ganimedes finalmente encontra Theo, vão até aquela parte da ágora em que ficavam os banqueiros, (20) instalados lado a lado em suas banquinhas, contando e empilhando suas moedas.

– Ah... meu caro Ganimedes! Como vai? E como vai a senhora vossa esposa? E aquelas terras maravilhosas, que Demeter abençoa? Venha, sente-se, sente-se, meu caro!

– Vamos todos muito bem, obrigado, Pásion.

Pásion era um ex-escravo que conseguira fazer fortuna tanto como banqueiro quanto no negócio das armas, possuindo uma oficina onde se fabricava escudos. Conhecia bem as terras de Ganimedes. De resto, como todos os banqueiros, conhecia bem quase todos os cidadãos, e principalmente os *negócios* dos cidadãos. Falava sempre com uma formalidade estudada, junto com uma simpatia comedida e voz suave, fosse qual fosse o teor da conversa ou a inflamação do interlocutor.

– E a senhorita.... perdão, a senhora Callíope? Que beleza de moça, que excelente casamento você encontrou para ela! Cassandro

---

de outro, estavam latentes no espírito de seus interlocutores. Fazia perguntas que colocavam em cheque as assertivas do interlocutor, fazendo-o entrar em contradição, para ao final mostrar-lhe que estava inicialmente certo. Algumas anedotas ficaram desses diálogos, como por exemplo, uma que conta que um dia, ao passar ele pela ágora, um homem que perseguia outro gritou-lhe:
– Segura-o!
Sócrates não se moveu.
O perseguidor para, furioso:
– Por que não o agarraste, como te pedi? É um assassino!
– E o que significa ser um assassino?
– Um assassino é um homem que mata.
– Referes-te a um açougueiro?
– Não me exasperes! Um assassino é um homem que mata outro homem.
– Ah! Um carrasco!
– Acabarás por entender-me! É um homem que mata a outro homem em sua casa.
– Já entendo! Queres dizer: um médico.
(Fontes: todas as obras consultadas).

anda progredindo muito! Tem feito transações no Pireu que dão inveja a todos os produtores, até nas ilhas sabem dele!

"Cassandro, Cassandro", pensa Theo, em pé, ao lado da mesa, de repente se aborrecendo.

– Mas que negócios o trazem até mim? Será que posso orientá-lo em alguma coisa? Talvez, queira... um conselho, ou algo parecido?

Ganimedes resolve ir direto ao assunto:

– Estou pensando em fazer uma plantação com sementes novas que chegaram esta semana, acho que vamos ter uma produção especial, e poderemos alcançar pelo trigo um preço muito acima da média, veja que estas sementes são de trigo de muito melhor qualidade.

– Sim.

– Ocorre que não tive uma safra das melhores este ano... e gostaria de obter um empréstimo para comprar as sementes, e o equipamento que vai levar a uma colheita muito mais rápida.

– Sei.

– Enfim, vejo para o próximo ano uma excelente colheita. Haverá excedente, até poderemos exportar, pois a safra ultrapassará em muito a quota estabelecida para o Pireu.

Pásion sabia muito bem como iam as coisas no campo. Tudo o que ele assimilara das notícias sobre o feito de Theo, era de que os espartanos estavam rondando as terras atenienses, e que não havia garantia nenhuma nas atividades agrícolas. Nunca houvera. Enquanto homem de finanças, ele aprendera a nunca confiar na mudança das estações. Mas via nas intenções de Ganimedes uma grande oportunidade... para si mesmo.

– Mas, pelo que vejo, Demeter resolveu desta vez premiar esta casa de heróis! – ele diz, olhando para Theo, e em seguida para

Ganimedes: – A lavoura sempre foi, no meu entender, o negócio mais seguro. As pessoas fizeram mal em fugir do campo, vindo para a cidade. Precisamos de homens como você, Ganimedes! Que trabalham duro e veem o produto de seu suor! Depois, os invejosos ficam pelos cantos a lamentar a própria ignonímia, vendo você contar os dracmas!

Theo não gosta dessa palroação. Mas Ganimedes se anima e vê que vai obter o empréstimo.

– Meu querido, faço questão de contar estas moedas e entregar-lhe todas! O metal de hoje, é o pão que alimentará várias bocas amanhã!

Na mesa ao lado, a conversa que a princípio ia em voz bem baixa, começa a se avolumar, e Theo não consegue deixar de desviar a atenção para o que se passava entre eles. Ao que parecia, o banqueiro havia feito um empréstimo para um comerciante marítimo que havia dado o navio como garantia. O empréstimo seria reembolsado ao término da viagem. Mas algo não estava saindo bem entre aqueles dois.(21)

Acertado o valor e o termo do empréstimo, chega o doloroso momento de Ganimedes saber a que juros este seria concedido.

– Vejamos... é um crédito agrícola... O preparo da terra... os primeiros meses de semeadura, depois a espera... a colheita e o resultado... – Pásion ia fazendo suas contas – Você recebe esta quantia e me devolverá em vinte e quatro meses, ao final da colheita, com o acréscimo de doze porcento. Que tal? São os juros mais baixos que já houve!

Voltando a atenção a Pásion, Theo se perde um pouco nessa parte da transação. Mas Ganimedes, confiante em seu investimento, faz por sua vez as suas contas, e conclui que a taxa de juros é justa, e ainda lhe dará grandes resultados.

– Parece bom – ele diz.

Na mesa ao lado, definitivamente as coisas não iam bem para o banqueiro que, falando alto, dava murros na banca.

Ganimedes nem percebia, já sonhando com seu trigo ensacado, a cota da cidade na ágora, o excedente embarcando para outras terras, a preços livres dos fiscais do governo.

– Preciso apenas de uma coisinha, meu caro Ganimedes – diz Pásion, fazendo tilintarem as moedas que havia contado para passá-las às mãos do agricultor.

– Sim?

– Tenho aqui este papel, preciso que você o assine; é só uma formalidade, entenda, faz parte das transações deste tipo – diz o banqueiro, pegando debaixo de sua mesa uma pilha de papéis, tirando um, já com várias coisas escritas, e passando a preencher uns espaços.

– E o que é? – pergunta Ganimedes.

– É... a garantia... – diz Pásion, acrescentando algumas frases ao final do documento.

– Garantia?

Ganimedes, cuja vista nunca fora boa, pega o papel, quando concluído, espremendo os olhos para lê-lo, as letras se embaralhando, enquanto Theo, em pé atrás dele, tentava dar uma espiada no texto.

– Meu caro Ganimedes, veja bem, todos têm os seus negócios e procuram o melhor para si, e eu não sou diferente... Esta é apenas uma garantia... embora eu saiba que terei você aqui como acordado, com a soma e os juros, e ainda quem sabe eu ganhe uma pequena saca de trigo!

– Mas aqui a garantia são todas as minhas terras!

Essa parte Theo entende.

– Ora, querido Ganimedes, meu irmão. É só um papel, nada mais! Que eu lhe devolverei daqui a dois anos, tenho certeza!

E Ganimedes então assina a hipoteca, enquanto na mesa ao lado a situação chega a um clímax, com o tomador do empréstimo levantando-se e indo embora, e o banqueiro dando um murro mais violento do que todos os anteriores na banca, virando-a, fazendo as moedas rolarem todas pelo chão, aos gritos de alguém ao lado:

– Derrubou a mesa! Quebrou a banca! Fez a *bancarrota!*

– Ganimedes, meu marido, você não acha arriscado?

– Nêna, Nêna, chega um momento em que é preciso arriscar um pouco!

– Um pouco? É tudo o que você tem! Não parece exagerado, uma garantia muito maior que o empréstimo?

– Não se preocupe, mulher! Logo vocês estarão pilando o melhor trigo do mundo, fazendo um pão digno dos deuses! Lembre-se do que diziam os antigos: nós somos comedores de pão![19]

– Eu me lembro é de outro antigo, que aconselhava a não pedir empréstimos jamais!

Callíope acorda no início da manhã, ainda escuro, e se surpreende com Cassandro deitado ao seu lado, dormindo profundamente – ele que sempre era um dos primeiros a se levantar todos os dias, principalmente em época de colheita, sua época favorita, quando ficava empolgado, esfregando as mãos cheio de alegria, vendo

---

[19] Referência ao fato de que os povos helênicos – civilizados – se distinguiam dos bárbaros – não civilizados – pelo fato de saberem *produzir* o próprio alimento, sobretudo o pão, o vinho, e o óleo, cultivando o trigo, a uva, e a azeitona. (Jean Louis Flandrin, “A História da Alimentação”).

a produção afinal acontecer. Nesses dias Callíope quase não o via, pois ele saía cedo para o campo e passava quase todo o dia junto aos empregados, ele mesmo ajudando em vários dos trabalhos mais pesados. Voltava para casa à noite ainda muito entusiasmado, mas desejando comer e deitar-se logo, chamando Callíope para junto de si, pois não adormecia sem ela ao seu lado. Nesta manhã, ali deitado, parecia estar ainda em sono profundo. Devia estar cansado dos embates amorosos da noite anterior.

– Sandro! Bom dia... – ela diz, tocando-o nas costas e puxando a coberta para cima dele, que parecia estar com frio.

Mas Cassandro não se mexe.

Callíope, deitada de lado, olhando as costas do marido voltadas para ela, inerte, tem um calafrio.

– Cassandro! – ela fala mais alto, já com a voz alterada, tocando-o outra vez, puxando-o para que se virasse.

E dá um salto para fora da cama, horrorizada. Cassandro estava morto.

Chamando o capataz e a escrava, Callíope, embrulhada numa coberta, sentada numa cadeira da cozinha, fica a olhar o vazio, como que não entendendo nada ao seu redor.

– Dona Callíope.... – diz o capataz, também tomado pelo choque – o que nós vamos fazer?

Callíope parece não ouvir. Continua olhando o vazio.

– O que a senhora quer que eu faça? – segue o capataz, enquanto a escrava lhe fazia um sinal para que ficasse quieto.

Após alguns minutos nesse estupor, em que um mundo de pensamentos passava por sua cabeça – lembranças dos últimos anos, das últimas conversas, e sobretudo da última noite, ainda tão vívida e quente na memória de Callíope, em que Cassandro a soltara depois de se amarem e tombou pesadamente para o lado, caindo de imediato naquele sono profundo e gelado – Callíope se esforça por começar a dar algumas ordens, sem exatamente saber se fazia o certo, sem ter com quem contar para tomar decisões, sem ninguém que a orientasse ou apoiasse. O chefe da casa havia morrido. As decisões cabiam a ela naquele momento tão difícil. Já vira alguns funerais àquela altura de sua vida, mas organizá-los era outra coisa.

– Laerte – ela começa, a voz saindo fraca – mande alguns empregados abrirem uma cova, ao lado da mãe dele.

– Sim, senhora.

– Syra, você tem coragem, chame alguém para nos ajudar a prepará-lo e vesti-lo... Depois, Laerte, é preciso carregá-lo para a sala.

– Sim, senhora.

– Mande alguém até a casa do meu pai, para avisar.... – um nó na garganta lhe embargava as palavras.

– Senhora, acho que é preciso também... ir à cidade chamar um oficial, para anotar a mor... o passamento do... do senhor.

– Sim, tem razão.

– E, senhora, desculpe ter que dizer, mas, e a colheita? Se os empregados não forem trabalhar, não será bom para o trigo.

– Que eles continuem o trabalho normal... Não tem problema... É o que Cassandro iria querer... Chame só alguns para nos ajudar....

E Callíope fica mais uns minutos em silêncio, vários pensamentos tomando conta de sua cabeça, misturados ao medo, à tontura, ao buraco no estômago. Seu corpo parecia que não ia responder aos seus comandos quando se levantasse e tentasse andar. Pensava numa das últimas coisas que Cassandro havia comentado com ela, na noite anterior, naquelas conversas que tinham quando a sós, no quarto. E toma uma decisão que surpreende aos dois empregados. Iria naquele instante mesmo a Atenas, levando Syra e outro escravo.

– Laerte, preste atenção. Aguarde até que nós voltemos, e só então mande um mensageiro à cidade para anunciar o que aconteceu.

– Mas, senhora?

– Não se preocupe. Enquanto isso, vá tomando as providências que falei: meus pais, a cova e a preparação do... dele... Voltaremos ainda à tarde.

– Senhora, tem certeza?

– Vamos, Syra, temos que sair logo. Laerte, mande um empregado se preparar e preparar a charrete!

– Senhora, pego sua túnica marrom? – pergunta Syra.

Após um breve silêncio:

– Não, ainda não. Irei com minha túnica de sair.

Saem então Callíope e os dois escravos, o dia querendo amanhecer, a cidade começando a se pôr em pé no momento em que chegam. Callíope, circunspecta e sem trocar palavras, nada diz aos empregados sobre o que fora fazer. Apenas lhes pede que esperem, enquanto ela fazia uma visita, para depois tomarem o caminho de volta. Os empregados nada entenderam.

O retorno para a casa teve Callíope ainda quieta, porém sentindo-se mal, o rosto transtornado, lutando com a lembrança do corpo gelado de Cassandro ao seu lado pela manhã, bem como suas palavras e afagos na noite anterior.

Ganimedes e Ifigênia já a esperavam, quando ela desce da charrete. A mãe imediatamente a acolhe nos braços, e Callíope desata a chorar, de nervoso.

– Ela não se sentiu bem, na volta, Dona Ifigênia – diz a escrava.

– Tivemos que parar duas vezes para ela vomitar.

– Ficamos assustados quando chegamos e não a vimos aqui, meu bem... – diz Ifigênia, abraçando-a enquanto a acompanhava a um dos quartos, para que trocasse de roupa. Callíope não queria entrar em seu quarto, pois ainda guardava a lembrança da manhã – Sente-se melhor agora? Vamos, beba esta água.

– Mas, minha filha... O que é que você foi fazer na cidade? – pergunta Ganimedes, após dar algumas ordens aos outros empregados que, um tanto atordoados, aguardavam que alguém lhes indicasse o que fazer.

Recompondo-se, Callíope tenta começar a falar e se explicar.

– Eu tinha uma coisa para fazer, pai.

– Que coisa, minha filha? Numa hora dessa!

Ainda que tomada pela aflição da morte repentina de Cassandro, Callíope teve força de espírito para ir à cidade fazer algo inusitado, e que nem sabia como poderia terminar. Num relance de lucidez inesperada para um momento daqueles, pensou em coisas tão práticas, nas quais poucos haveriam pensado, e muito menos agido.

Viu-se só, viúva e sem filhos. Mais do que lucidez, ela teve sangue frio.

Subira na charrete bem arrumada e ataviada com joias, determinada a levar a cabo o que tinha em mente. Chegaram à cidade quando as pessoas começavam a sair de casa. Foram primeiro ao mercado, onde Callíope dera algumas ordens aos empregados sobre uma ou outra compra a ser feita. Depois, com instruções para que eles não mencionassem a ninguém a morte de Cassandro, pedira que a deixassem na casa do *kápelos* – comerciante varejista – que

Cassandro havia mencionado na noite anterior. O marido lhe havia dito, rindo à sua maneira despreocupada, que aquele tratante lhe devia uma soma muito alta, dívida já há tempo vencida, e que ele teria decerto dores de cabeça para vê-la honrada. Callíope o conhecia vagamente, havendo passado junto a Cassandro perto dele em alguma ocasião festiva.

– Senhora Callíope! Mas que visita inesperada! – disse o *kápelos* ao recebê-la.

– Às vezes até eu preciso vir à cidade – ela diz, com um sorriso polido e maneiras gentis – e aproveito para fazer minhas visitas!

– Vamos à sala. Está cansada da viagem, com certeza! Tragam alguns figos e água com mel!

– Não, obrigada! Não é mesmo necessário.

– Mas... o que a traz assim, tão... tão...

"Tão indesejadamente" completa Callíope em pensamento, mantendo o sorriso educado nos lábios.

– Tinha algumas compras a fazer. Deixei os empregados tomando conta disso...

– E como vai Cassandro?

Callíope sente um frio na espinha.

– É... justamente Cassandro que me traz aqui, assim, tão... estranhamente...

De fato, tratava-se de uma visita no mínimo incomum. A mulher de um rico cidadão não saía assim sozinha, nem muito menos ia fazer visitas a sós, a um homem...

– Entendo...

– Veja, conversando com meu marido – o senhor sabe como são os maridos: na intimidade de nossos aposentos, contam algumas coisas de suas vidas...

– Alguns o fazem.

– E ele justamente me dizia ainda outro dia, a respeito de uma, um certo negócio, uma transação comercial, que havia feito com o senhor, não sei bem.

Ela sabia muito bem. Assim como ele.

– Sim...

– E eu vi meu marido, digamos, bastante alterado.... Bem, o senhor sabe, época de colheita, ele fica naturalmente nervoso...

Era quando Cassandro ficava mais feliz e bem-humorado!

– Sim...

– E o vi esbravejando mesmo, como nunca havia visto... Até me assustou... Cuspia quando falava...

As gargalhadas de Cassandro.

– Entendo.

– Dizia que viria aqui ter com o senhor.

Cassandro encerrara o assunto sem mais detalhes.

O *kápelos* começa a se empertigar no assento, fechando a retaguarda.

– E eu decerto achei aquela atitude extremamente exagerada... Tentei ponderar com ele: "Mas, meu marido, como pode falar assim, trata-se de um homem honrado, do qual dependem todos os lares, pois é dele que adquirimos nossos alimentos".

– Agradeço!

– Mas Cassandro estava... irreconhecível... e dizia coisas que eu não entendia muito bem...

Já não era exatamente de comércio que o marido lhe falava, àquela hora.

– Tais como?

– Que viria à cidade ter uma conversa na *bulé,* que tinha uma série de coisas a dizer, as quais fariam o senhor se arrepender...

– Que coisas? – a voz do *kápelos* já está um tom acima do normal.

– Ah, o senhor sabe como são os maridos... nunca dizem as coisas por inteiro às mulheres... dizem que são "assuntos de homem"... Basta perguntarmos, e eles se recusam a falar mais...

– Sei.

– De qualquer modo, pensando em todas as coisas que acabo de lhe dizer, o quanto as mesas de todos os lares dependem de homens como o senhor, e vendo meu marido prestes a tomar essa atitude tão intempestiva, resolvi aproveitar minha vinda à cidade para vir vê-lo, assim antecipando-me ao meu marido, que hoje não sai de casa – Callíope tem outro calafrio – para vir me colocar assim, como uma espécie de intermediária, numa missão de paz, de modo que, o senhor efetuando agora o pagamento para mim, eu posso levar essa quantia de volta, assim evitando que meu marido... digamos... leve a cabo suas palavras...

O *kápelos* a olha em silêncio por um instante, e se levanta, indo até outro aposento, voltando vários minutos depois com um saco onde tilintavam muitas moedas.

– Eis aqui....

– Ah!

– Queira contar, por favor.

– O que é isso, de modo algum!

E a volta à casa fora então do jeito que fora. A lembrança da noite anterior; de Cassandro gelado pela manhã; do rosto do *kápelos;* da sensação ruim de ter se afastado de casa naquele momento; o impulso por aquela empreitada mesquinha; o mundo desconhecido e incerto que a esperava dali em diante.

– Minha filha! O que você foi fazer? – diz Ganimedes, ao término do relato.

– Aquele dinheiro era do Cassandro, pai, e talvez seja o único com o qual eu possa contar. Morto Cassandro, morta a dívida. O *kápelos* ainda ia se sair bem!

– Mas como é que você podia estar pensando nisso numa hora dessas, meu bem?

– Minha filhinha, que nervoso você passou.... – Ifigênia lhe pega o copo vazio das mãos.

– Mas o que você fez foi... ameaça... e isso é ilegal... – Ganimedes está pasmo.

– Ora, pai! Ilegal! Que ilegal, qual o quê! Como ilegal? Alguém vai me processar pelo que fiz? Como poderia? Primeiro, o dinheiro era do Cassandro mesmo; segundo, já houve a tradição das moedas; e terceiro, eu sou mulher, e mulheres não têm nenhum direito, como podem ser alvo de um processo? Seria como processar um escravo!

– Não é bem assim...

– Papa, está feito. O que poderia fazer aquele tratante agora? Ir ao magistrado dizer que foi enganado? E ele tem coragem de chegar perto de um magistrado?

– O que foi afinal que o *kápelos* fez, que poderia ser levado à *bulé?*

– Cassandro nunca me falou disso.

– Mas então como você sabia o que ele fez?

– Eu não sabia nada, mas o *kápelos* certamente devia saber! Se você visse a cara que ele fez!

Os empregados haviam quase todos ido embora.

Os poucos contratados especialmente para a colheita, Callíope pagou e despediu assim que terminaram o que tinham vindo fazer. Os escravos, em sua maioria, morto o patrão, recebendo por conseguinte a liberdade, foram-se de imediato. Até Syra, que acompanhara Callíope todos aqueles anos, ficou apenas uma semana, e depois partiu, pois tinha amigas já libertas em Calcis, com quem iria morar.

Em total desolação, Callíope não sabia exatamente o que estava esperando. Aquela casa já não era mais dela. Na verdade, nunca fora.

– Filha... – dissera-lhe Ganimedes, logo após os funerais – Vamos para casa, venha...

– Casa, pai....? Qual é a minha casa?

– Você não tem que ficar aqui.

Na verdade ele queria dizer era que ela *não podia* ficar ali.

– Não sei, pai, ainda tenho que encerrar algumas coisas. Os empregados.

– Eles já não têm mais nada a fazer nestas terras... São livres... Você não viu, mal haviam terminado de abrir a sepultura, já estavam indo embora... Se não fosse o capataz segurar alguns, a sepultura não teria sido fechada.

Os escravos jamais poderiam esperar que a sorte lhes viraria daquela maneira: um patrão jovem como Cassandro, aos quarenta e seis anos, morrendo assim, e sem herdeiros, encerrava-lhes a escravidão. Eram homens e mulheres livres da noite para o dia. Junto com os empregados contratados, tomaram o caminho da estrada antes mesmo de terminarem as orações junto ao caixão.

O agente do governo viera fazer as averiguações normais para um caso como esse. Embora a família soubesse que não se tratava de assassinato, mas de morte natural, e portanto não havia porque dar-se queixa do ocorrido, (22) Ganimedes achou por bem chamar um oficial. A morte de Cassandro foi anunciada na assembleia seguinte, e seu nome reverenciado como um dos mais notórios agricultores da Ática.

A viúva, porém, seria despojada de tudo. Se a lei não lhe conferia o direito de suceder ao pai, menos ainda o fazia em relação ao marido.

Pouco menos de um mês havia passado quando Callíope vê chegar à casa uma charrete, trazendo alguns homens do governo.

– É a senhora Callíope, viúva de Cassandro, falecido há vinte e cinco dias?

– Sim.

– Senhora, viemos tomar posse das terras ... A colheita está recolhida nos celeiros?

– Sim.

– Os equipamentos, os objetos, os documentos, estão guardados?

– Sim.

– Aqui está o edital, senhora. A partir de hoje, estas terras e sua produção pertencem oficialmente ao tesouro da cidade de Atenas.

Callíope empalidece. É claro que já esperava por esse momento, mas ouvir as palavras assim era uma punhalada.

– Desde já a senhora fica convidada a se retirar...

– Dona Callíope, tem certeza que sabe ir sozinha? – pergunta uma escrava liberta que ficara, e que acabara por ser contratada pelos agentes do governo como caseira.

– Tenho sim. Já fiz esse trajeto algumas vezes.

Sozinha, levando a charrete com suas coisas pessoais, embrulhada num *himátion*[20] para abrigar-se do frio, Callíope dá início à sua volta à casa dos pais.

O caminho já estava mais fácil de percorrer, com a estrada aplainada pelos empregados que Ganimedes trazia em suas visitas. O pensamento perdido, uma tristeza profunda tomando conta de sua alma, a sensação de uma era que se acabava, um fundo de revolta virando-lhe as entranhas, Callíope não conseguia definir o que sentia. As belas terras de Cassandro, de sua família, que Pelópia sofrera tanto por ver prosseguir, agora, em poder do Estado. Sob o descuido de oficiais pouco interessados. Até os instrumentos, as invenções de Cassandro, a colheita bem preservada, tudo.

Tudo, não. As moedas do *kápelos,* estas já estavam com Ganimedes.

Do alto de sua torre, Theo vê a charrete se aproximar do sopé da encosta, lá embaixo na estrada.

[20] Capa sobre a túnica.

CAPÍTULO VI

HERA

Protetora das mulheres e do casamento.

Não que ela não sofresse pela morte de Cassandro. Foram nove anos juntos, e tantas coisas ela vira acontecer naqueles verões e invernos. Passara de uma menina despreocupada para uma mulher sobre cujos ombros recaíam as expectativas de tantas pessoas. Assistira as mudanças na sogra, que acabara por se mostrar uma mulher com seu passado, seus motivos, suas angústias. Acompanhara o caminho doloroso do marido, no seu relacionamento com a mãe, na sua busca por resgatar a memória do pai, na sua solidão, seus remorsos, suas culpas. Certamente que se criara um laço forte entre Callíope e Cassandro. Sobretudo nos últimos tempos, na luta para conseguirem um bebê. Mas a vida com ele nada mais fora do que o reflexo das necessidades patrimoniais dos dois homens – o pai e o marido. Como eram, de resto, praticamente todos os casamentos dos cidadãos.

De volta à casa dos pais, parecia que aqueles anos haviam sido muito mais curtos, como se tivessem sido um sonho. Ela sentia falta de Cassandro, por certo. Mas era uma falta apenas física, não exatamente de sua companhia, de seu afeto. Tinha sido o marido que seu pai escolhera, e ela se adaptou a ele como pode, e até que muito bem, dadas as circunstâncias. Porque não apenas a sogra havia sido um problema nos primeiros anos, mas Cassandro não era exatamente alguém com quem ela tivesse afinidades. A diferença de idade entre eles era grande demais. Ela era uma criança quando se casou. (23) Foi uma estranha enquanto viveu a sogra, com suas hostilidades pela falta de netos. Depois, a sós com ele, não veio a formar aquele casal cheio de cumplicidade que ela via entre seu pai e sua mãe.

Ganimedes e Ifigênia também tinham a mesma diferença de idade, mas a eles a deusa Hera havia reservado uma dádiva chamada Calypso.

Calypso era mais velha que Ifigênia, e mais nova do que Ganimedes. Estava exatamente no meio dos dois na idade, e em tantos outros aspectos. Só no leito ela não aparecia para intermediá-los. Fora sempre um contrapeso, uma amiga, uma irmã. Fazia uma ponte entre o casal, quando as coisas ficavam controversas. Ponderava com uma jovem Ifigênia; mostrava o lado jovial da vida a um austero Ganimedes. Era aquela fonte de prudência e bom senso que às vezes faltava a ambos. Assim, os pais de Callíope puderam criar uma afinidade, um ótimo relacionamento, uma afeição profunda, pois tinham a norteá-los e a uni-los aquela criatura iluminada pelos deuses da bondade, da compreensão, da tolerância e da alegria. Nem todos os lares tinham essa luz.

Ao longo de tantos anos, Calypso não envelhecia. Guardava sempre os gestos dóceis, o porte elegante, o corpo esbelto, a coluna reta. Conseguira ensinar a Callíope essa mesma forma de se portar, e ambas então pareciam mãe e filha – senão nos traços, pelo menos na postura. Quando jovem, não havia sido uma beleza excepcional, mas a candura a tomava agradável, e houve quem se interessasse de verdade por ela. Foi sua única estória de amor, e devia dar-lhe lembranças dolorosas, pois ela não gostava de falar no assunto. Tinha sido antes de Ganimedes e Ifigênia se casarem. Uma certa vez em que o pai de Ganimedes dera uma festa, convidando vários amigos da cidade, um deles trouxe os dois filhos: o mais velho, cujo casamento se realizaria dali a uns dias, e o mais novo, a quem ninguém dava muita atenção, embora fosse um soldado sério, estimado pelos companheiros e superiores. Ele se apaixonou por Calypso assim que colocou sobre ela seus olhos azuis. Ela, muito encabulada, não foi indiferente àqueles olhares. Conversaram bastante, passeando pelos jardins da casa, que ainda era a casa antiga, enquanto os homens bebiam o vinho misturado à água na cratera, servido pelos empregados, no *symposion* que se seguiu à refeição, e as mulheres, atentas a tudo, ironizavam entre risadinhas que sairia mais de um casamento naquela família.

As mulheres brincavam, apenas, pois consideravam pequenas as chances de sair casamento entre o filho de um cidadão e uma escrava. Subestimavam os encantos de Calypso, no entanto. Porque o romance evoluiu, e o rapaz se decidiu a comprar-lhe a liberdade e tomá-la em casamento, enfrentando as negativas do pai, e conseguindo apoio de toda a família de Ganimedes, que estimava a moça por todos os seus atributos. Mas a felicidade amorosa parecia não estar a favor de Calypso. Um primo do pai do rapaz faleceu sem deixar filhos, e na linha sucessória que se seguiu para encontrar um herdeiro, chegou-se ao noivo de Calypso. Um pequeno problema se colocava, no entanto: ele deveria se casar com a filha do falecido, que deixara um testamento nesse sentido. Na enxurrada de saídas em que ele pensou para evitar tal casamento, até o suicídio lhe ocorreu. Falou com conhecedores da lei, consultou-se com oradores famosos e até com um oráculo. Quis fugir e levar Calypso; armou escândalos; ameaçou ir morar na Pérsia. Mas nada pode contra a força dos costumes e da autoridade do pai. Dez quilos mais magro, o rosto pálido, os olhos fundos e sem vida, casou-se com a prima e foi morar nas terras daquele parente distante. Não foi mais à cidade senão quando convocado para algum cargo. E nunca deixou de amar Calypso.

Ganimedes teve que dividir sua atenção entre a lavoura e a questão da filha que voltava para casa. Era uma situação diferente, sobre a qual ele não sabia exatamente o que pensar. Teria que ir à cidade falar com alguém que estivesse mais a par das leis sobre o assunto. Se antes se preocupava com a situação de suas terras, agora era também o futuro da filha que o atormentava.

Sua pobre filha. Ao encontrar para ela aquele marido, como poderia ele saber que Cassandro seria estéril, que não teria parentes, e que ainda "empacotaria" tão cedo? Cassandro poderia ter feito um testamento, dispondo dos bens e determinando a situação de Callíope face a um herdeiro legatário. Certamente até lhe havia passado isso pela cabeça.

– Mas quem poderia imaginar que o homem "esticaria as canelas" da noite para o dia? – se perguntava Ganimedes.

Doeu-lhe ver a filha como que perdida naquela imensa propriedade, de cuja posse seria esbulhada em breve, quando ele e Ifigênia chegaram para os funerais. E mais ainda lhe doeu ver seu rostinho, chegando naquela tarde, de charrete, sozinha, algumas mudas de roupa e alguns objetos apenas como sua carga.

Viúva, não subordinada a nenhum agnado do falecido, poderia ela voltar a ser sua *epíkleros*?[21] Caso pudesse, ele a casaria com algum cidadão, viúvo com filhos, prevenindo-o da situação: que lhe dava em casamento aquela moça que não tinha irmãos, e o filho

[21] Filha que transmite aos filhos varões o culto e os bens de seu pai, se este não tiver descendência masculina.

que deles nascesse seria seu herdeiro, continuador do avô materno, herdando desse avô como seu próprio filho. É claro que este cidadão iria querer um bom dote em troca de semelhante acordo nupcial. Mas quanto a isso Ganimedes não tinha preocupações.

A plantação na qual ele tanto apostara ia muito bem, como jamais ele havia visto, em todos os anos que cultivara aquela terra. Ele e Theo andavam orgulhosos pelos campos, vendo as mudas crescerem, o tempo ajudar, os animais engordando, uma safra inédita brotando da terra e se avolumando. Fora realmente um golpe de conhecedor aquele que ele arriscara, comprando aquelas sementes especiais, assim talvez mudando radicalmente dali para a frente o tipo de plantação e colheita naquelas terras, tão difíceis de trabalhar e produzir. Sentava-se com Theo ao final das tardes para falarem sobre o assunto, discutindo os métodos de colheita, as próximas lavras, o melhor momento para as compras de novas sementes, a contratação de ajudantes. Theo tinha ideias inovadoras, queria diversificar as plantações. Conhecia a terra ainda melhor do que Ganimedes, pois ajoelhava-se pessoalmente sobre ela, sentindo nas mãos sua qualidade, sua umidade, sua cor, seu cheiro. Sabia que produção ia melhor em cada canto da propriedade, conhecia os ciclos do ano, os ventos, as chuvas. Sabia fazer produzir ao máximo tudo o que as terras tinham para dar: desde o trigo, a maior plantação, até os queijos de leite de cabra, cuja produção organizara num adendo do celeiro, e entregava para Ganimedes vender na ágora. Ganimedes esfregava as mãos cheio de orgulho.

– O banqueiro vai ficar pasmo de ver como a produção será muito maior do que havíamos previsto!

– Que banqueiro, papa?

Callíope não sabia do empréstimo. Ao ouvir a estória e o montante, imediatamente intervém:

– Mas pai, você não precisa esperar até a colheita e a venda! Pode ir pagar esse empréstimo já!

– Como, já?

– Ora, pegue aqueles dracmas que lhe dei, lembra? Do *kápelos?*

– Mas, filha, aquele dinheiro é seu...

– Se é assim, é nisto que pretendo gastá-lo! Poderia haver melhor emprego? O dinheiro sai da mão de um tratante para ir às mãos de outro!

– Assim é a vida! – completa Calypso, ultimamente tão quieta.

– Meu querido Ganimedes! Vejo que és de fato um dos melhores conhecedores dos negócios da agricultura da Ática! – diz o banqueiro, com uma certa farpa na voz, fazendo-o sentar-se à sua frente, em sua banca.

– Já está sabendo que a lavoura vai bem? – pergunta Ganimedes, sem conseguir esconder a alegria de camponês bem-sucedido.

– Andaste bem, ao escolher por mudar de sementes.

Theo não gostava dele. Outra vez se postava em pé, atrás de Ganimedes, fingindo ser avoado e disperso, mas seus ouvidos nada perdiam daquelas conversas.

– É imensa a alegria que me traz aqui, e creio que para você será também! – diz Ganimedes!

– Ora!

Dificilmente alguém consegue adivinhar o que vai ser alegria ou tristeza para um banqueiro. Eles, ao contrário, conhecem os meandros dos sucessos, e sobretudo dos fracassos, dos outros.

– Eis aqui todo o valor que eu havia tomado como empréstimo, e ainda os juros conforme combinado! – Ganimedes coloca sobre a banca um saco de couro carregado das moedas que o *kápelos* havia entregado, semanas antes, a Callíope.

– Mas, meu caro... – o banqueiro não muda a posição das sobrancelhas – Creio que você se precipita... Não é ainda o momento de me pagar.

– Não é, bem o sei, mas já posso fazê-lo, e por que haveria de esperar?

– Porque assim o determina o contrato.

– É mesmo?

Theo não gosta nada disso.

– Eu o tenho aqui... – o banqueiro pega uma caixa, entre várias que tem embaixo da mesa, e depois de remexer, pega um papel – Veja bem... Leia aqui... você me deve essa quantia ao final desse termo, com a produção dessa safra específica... Ainda tens tempo, não acha?

– Mas gostaria de quitar esse débito desde já.

– Meu querido, infelizmente não foi isso o acordado. Não é necessário dispor desse valor nesse momento. Esperemos pelo prazo que diz o contrato. Estarei esperando por você, então!

Ganimedes volta no mínimo confuso para casa. Por algum motivo, não sente que aquela conversa fosse de bom agouro, ainda que voltasse com a saca cheia de moedas. Theo também não se sente bem em relação àquela negociação. Embora considerasse a si mesmo um simples escravo ignorante, para ele parecia muito estranho um credor que não queria receber o pagamento da dívida. Não gostava nada daquilo. Mas a chegada de volta à casa os faz se esquecerem um pouco do banqueiro.

As mulheres estavam às voltas com Calypso, que se sentia mal.

Callíope já entrara em ação, com suas receitinhas, seus caldos e infusões.

Com o passar das semanas, Callíope foi se influenciando e se reabituando à alegria calma do lar paterno, agora acrescidas daquela expectativa cheia de entusiasmo pela lavoura bem-sucedida. Ajudava a mãe e as empregadas nos afazeres da casa e da cozinha. Ralhava com Calypso que teimava em dizer que estava boa para trabalhar. Passava horas sentada com os pais, contando coisas da casa do falecido marido, passagens engraçadas com a sogra e os empregados. Descrevia as diferenças entre os dois lares. Aos poucos passou o ressentimento que sentira diante de sua precária situação de viúva, e praticamente já não pensava mais naquilo. Olhava para a frente, para os anos que viriam ainda levá-la por novos caminhos.

Acima de tudo, com a maior das alegrias retomara a amizade de criança que tinha com Theo. Em todos aqueles anos que passara casada, ele quase não foi vê-la em sua casa. Ele evitara o quanto pudera acompanhar Ganimedes, Ifigênia e Calypso quando estes iam visitá-la, mas quando acontecia de encontrá-la, era sempre com o coração descompassado que a via se aproximar dele, querendo saber as novidades da casa do pai, dos outros escravos, de seus assuntos comuns, com o seu jeito e a sua presença que o deixavam enfeitiçado. Haviam vivido tantas experiências, um e outro, ao longo daquela década. Ambos com vinte e quatro anos, eram adultos agora. Ele havia se tornado um rapaz forte e robusto, havia encorpado naqueles últimos tempos. Mas mantinha o rosto barbeado e o cabelo no mesmo corte que ela havia feito, ainda adolescentes. Para ela, era o mesmo Theo de sempre. E ela, embora tivesse se tornado uma mulher ainda mais bonita do que fora em menina, mais magra e um pouco mais alta, elegante, com os traços do rosto mais finos, seus olhos ainda eram os mesmos que ele gostava de fitar, em silêncio, perscrutando-os, deles tirando a seiva de sua vida, a luz da sua alma, perdendo-se neles, e terminando por neles mergulhar, como num mar, o seu mar. Como antes, o olhar de Theo, no qual ela se via a si mesma, ainda a fazia primeiro sorrir, depois corar, baixando os olhos.

Logo lhes pareceu que nem um dia os havia separado. Como em adolescentes, passeavam pelo campo, rindo, conversando sobre tudo, dando opiniões e, principalmente, querendo ouvir a opinião um do outro. Tudo era motivo de conversa, desde um galho de uma planta diferente até as dúvidas sobre a morte. O sorriso voltou a brilhar no rosto de Theo. E no de Callíope também.

– No que você está pensando?

– Não vou falar!

– Então, eu vou adivinhar!

Um dia em que a lavoura não exigiu que ele passasse todas as horas desde a manhã no campo, Theo a levou para conhecer o local onde fora enterrado o espartano. Os pais pouco ou nada falavam daquele episódio, o que envolvia o morto numa aura de mistério, quase um mito. Era um assunto complicado, para toda a família. E ela, que não presenciara, mas apenas ouvira os relatos da estória, tinha também sua parte de aflição pelo ocorrido.

– Que coisa... – ela exclama, parada, olhando a sepultura. – Que paradoxal, que mamãe tenha se recuperado da morte de Helios, através desta morte...

– Não só ela. Lypso também. E o pai, de uma certa forma.

Para Theo, Ganimedes sempre fora “o pai”. Ganimedes, de resto, gostava muito que o moço o chamasse assim. Ele, bem como

Ifigênia e Calyspo, tinham pelo rapaz um profundo afeto, como a um verdadeiro filho. E Theo, por sua vez, se tivesse que explicar o amor que sentia pelo pai, não conseguiria fazê-lo, pois além de não ter o parâmetro, sentia ainda muito mais por aquele homem que fora buscá-lo, na ágora, quando ele era tão pequeno, introduzindo-o imediatamente no seio e na afeição da família.

– Acho que o pai e a mãe veem neste o túmulo de Helios... É como se ele estivesse aqui... Mas acho que Calypso sentiu pelo soldado, mesmo. Ela vem sempre aqui, rezar por ele.

Callíope olhava o túmulo e o mato ao redor. Sabia que aquele era o local onde Theo havia enfrentado o espartano. Tentava imaginar aquela cena que o pai lhe havia descrito, à ép oca.

– Como deve ter sido difícil para você, tudo isso, Theo.

Ele fica em silêncio, sem nem mesmo conseguir assentir àquelas palavras. Não tivera a oportunidade de conversar com ninguém sobre o turbilhão de sentimentos que o invadiram, quando do episódio.

– Eu não sabia o que fazer... Foi só por instinto...

– Mas a sua força o ajudou, não bastava o instinto.

– Ele não era tão forte assim. Caiu no chão, nem teve tempo de recuperar a espada. Eu poderia tê-lo matado.

– Mas não o fez....

– Não sei, não sei se fui eu que não o matei. Na hora, me pareceu que alguém, uma força, segurou minha mão. Sabe, como se a decisão de não matá-lo não tivesse sido minha. Por isso, eu sinto como se, com ele morto, tivesse sido afinal eu mesmo que o matei.

– Você acha que poupá-lo não foi o bastante? Que deveria, talvez, ter ficado ao lado dele, para evitar o...

– Não sei...

– Theo, eu acho que foi você que *não* o matou... Ainda que uma força segurasse a sua mão, se você quisesse matá-lo, teria sido fácil sobrepujar essa força. Já o que ele fez depois, talvez a mesma força tenha tentado detê-lo, mas ele quis ser mais forte que ela...

Depois de quase dois anos, Theo finalmente conseguira expirar as coisas que trazia dentro de si, ouvir palavras que lhe aliviavam a alma, e olhar aquele túmulo sem mais se sentir responsável por aquela morte. Parecia enfim entender o que tinha acontecido. Respirava profundamente, outra vez.

Calypso não melhorava. Nem os cuidados de Callíope a estavam ajudando, e a moça se sentia insegura cuidando daquela a quem amava como a uma mãe.

– Fico nervosa e ansiosa, perco meus dons – ela dizia, aflita, vendo que nenhum efeito resultava de suas sopas, caldos e compressas.

Foi assim que, após conversarem bastante, Ganimedes resolveu permitir a sugestão de Callíope de levar Calypso para Epidauro, (24) para um tratamento mais moderno, com a assistência dos especialistas que lá se encontravam para ajudar os doentes que procuravam aquela cidade-santuário em busca de cura. Iriam usar o saco de dracmas de Callíope, que agradecia aos céus por ter o dinheiro necessário para levar Calypso e a mãe para uma temporada naquela cidade, com o conforto que ambas mereciam. Das mãos do *kápelos,* o dinheiro ia enfim para uma causa boa e necessária.

Calypso ia ficando mais fraca. A estadia em Epidauro era a maneira certa de levantar-lhe o espírito e curar-lhe os males do corpo. Com seus templos, colunatas, hospitais, hotéis, banhos e ginásios, Epidauro era o lugar onde doentes de todas as partes iam passar uns dias para recuperarem a saúde. O deus Apolo, deus da medicina, que havia transmitido seus conhecimentos a seu filho Asclépio – cujo santuário mais famoso era o daquela cidade – iria com certeza achar a resposta para a doença que a acometia. Os médicos que ali se encontravam entendiam que com os banhos, o repouso, as massagens e as comidas simples, o corpo curava-se por si mesmo. Callíope e Ifigênia iriam junto. Ifigênia aproveitaria para descansar. E Callíope, para aprender um pouco mais sobre a cura dos doentes.

Não poderiam ter feito melhor. As duas mulheres, que havia anos não se afastavam de casa, ficaram encantadas logo que chegaram ao santuário. Achavam que iam encontrar uma cidade lúgubre, com doentes moribundos, arrastando-se pelos cantos, e um ar de doença e morte pairando por entre as colunas. Ao contrário, encontraram um local cheio de alegria e otimismo, onde tanto os doentes como seus acompanhantes e os médicos estavam sempre alegres, e até se formavam grupos de amigos que iam juntos fazer passeios e caminhadas, beber as águas medicinais, recostar-se à sombra para conversas, e assistir a algumas palestras organizadas por médicos e homens sábios.

Ao voltarem para casa, finda a estadia em Epidauro, com Calypso totalmente recuperada, encontraram as coisas um tanto fora lugar. É claro que Ganimedes não havia sido feito para a administração doméstica. Disse, ao longo de toda a viagem de volta, que não aguentava mais a falta das mulheres, e as três confirmaram, ao entrarem em casa, que era aos seus serviços que ele se referia. Mas elas também já estavam querendo voltar, e foi com alegria que se puseram a colocar todas as coisas nos eixos outra vez.

Já fazia mais de um ano que Callíope havia enviuvado e voltado à casa paterna. Nem mais se lembrava que um dia havia tido sua própria casa, um marido, uma vida tão diversa daquela, com sua família. Gostava muito da vida na casa dos pais. Mas temia que Ganimedes logo iria dar-lhe outro rumo, arranjar algum casamento, sempre com vistas para ter um neto. Era só uma questão de a colheita terminar, o trigo ser vendido, as coisas voltarem ao normal, e ele iria tratar de casá-la outra vez. Novamente ela teria que ir morar com um desconhecido.

Numa noite de inverno, quando os pais e Calypso já haviam se recolhido às suas cobertas, ela e Theo colocaram-se na sala, como faziam em crianças, sentados no chão em frente ao braseiro, acomodados em almofadas e embrulhados em mantas, assando grãos-de--bico, aquecendo-se e conversando baixinho, Callíope tirando uma ou outra nota da lira, numa canção que aprendera a tocar, uma neve bem fina pintando o chão lá fora de branco.

– Eu queria que esse trigo demorasse toda a vida para brotar! – ela diz.

– Por que?

– Assim, eu poderia ficar mais tempo aqui.

– Mas o que o trigo tem a ver com isso?

Ele sabia muito bem o que ela queria dizer. E também queria que o trigo nem nascesse, naquele ano. Mas ambos sabiam que o dia se aproximava em que seus destinos seriam separados outra vez.

– Eu vou ter que ir embora, não é... – ela diz, parando de tocar.

– Callíope...

Assim, sob a tênue claridade do braseiro, com apenas o barulho da brasa interrompendo o silêncio, ela não corou sob o olhar dele, ou, pelo menos, não baixou o olhos. Dessa vez, foi ele quem teve que desviar o rosto, perturbado, e afastar-se um pouco dela, pois já não confiava mais em si mesmo.

CAPÍTULO VII

ZEUS

Rei dos deuses e dos homens.

— Vamos embora, crianças! Quero chegar bem cedo à cidade, e descarregar logo todo esse trigo! – diz Ganimedes, esfregando as mãos.

Ele não poderia estar mais contente. Em toda a sua vida, vira a produção do campo ano após ano, algumas vezes muitas sacas, outras alguns mirrados grãos que nem davam para o consumo da família. Desta vez, com a sua visão de agricultor experiente e o trabalho, conhecimento e empenho de Theo e dos outros empregados, bem como daqueles extras que havia contratado para a ocasião, assistiu serem carregadas as charretes uma a uma com o melhor trigo que já vira, de uma qualidade sem precedentes, superando mesmo aquele vindo da Trácia e do Egito. Estava orgulhoso de si mesmo, de suas terras, de Theo, de todos enfim. Tinham sido semanas de trabalho intenso...

– Demeter seja louvada! – dissera Ifigênia, agradecendo à deusa da fertilidade da terra, na tarde em que

Ganimedes informou à família que no dia seguinte começaria a melhor colheita de suas vidas.

E assim fora de fato. Chegados os empregados contratados vindos da cidade, Theo lhes mostrou o alojamento para aqueles dias, seguiu com eles para os campos levando o equipamento necessário, instruindo-os quanto ao modo de trabalho e às normas da casa, e voltou para o celeiro, tombando exausto.

– Sabe onde está Theo, mãe? – perguntara Callíope, mordendo uma nêspera.

– Está dormindo, Callíope.

– Dormindo? À essa hora? Está doente?

– Não, cansado, creio eu.

– Vou lá chamá-lo.

– Não, deixe-o, querida. Trabalhou mais do que os animais, esses meses todos. Quieto do jeito que é, não gosta de deixar parecer quanto se cansa, mas nós não somos cegas, não é?

Embora não fosse trabalhar na colheita nem na eira onde o trigo seria malhado, Theo não conseguiu deixar de ir ajudar os contratados, e também logo se apressou em ir dar andamento nas outras culturas, menores em importância e tamanho. As uvas logo iriam ser vindimadas e espremidas nas domas e lagares, e em seguida as azeitonas, que deveriam ser sacudidas das oliveiras e depois prensadas na galga. E todos aqueles campos tinham que ser preparados pela foice e pela charrua, uns para o pousío, outros para a nova semeadura. Enquanto Ganimedes só tinha olhos para o trigo, Theo era todo cuidados com cada pé de fruto das terras do pai.

– Bom dia, Lypso! Viu o Theo?

– Já levantou e foi para o campo, meu bem!

– Mas que coisa! Parece que está me evitando!

Callíope não estava longe da verdade.

Theo já não era mais criança, e a presença da moça que ele tanto amava, com aqueles seus olhos, seus cabelos, seu cheiro, seus encantos, deixava-o perturbado demais. Evitava ficar a sós com ela. Não tinha mais segurança de ser dono de seus atos. E não poderia jamais trair a confiança do pai, muito menos dessa forma abjeta.

Enfim chegava o dia de levar toda a produção a Atenas. Ensacado todo o trigo na véspera, Ganimedes decidira que levaria consigo Theo e quantos empregados fossem necessários para conduzirem as charretes, que eram muitas. Iria falar com várias pessoas, quando chegasse à cidade. Conhecia os *sytopoleis* – intermediários que faziam a compra dos grãos na ágora, e também alguns padeiros a quem vendia diretamente. Mal conseguia se conter ao antecipar a admiração com que todos olhariam seu produto. E a quantidade era tanta que certamente haveria excedente, depois de garantida a cota da cidade, e ele então iria para o Pireu exportar seu trigo!

– Que dia mais lindo, crianças!

Era mais um dia de sol em Atenas. A fileira de charretes entrou pela Porta do Dípilo na cidade que começava a despertar, com os comerciantes armando suas barracas, cidadãos encaminhando-se a seus afazeres, empregadas saindo às compras para suas senhoras, escravos e metecos caminhando preguiçosamente ao nascer do sol. Outros agricultores também iam chegando com suas charretes, uns cumprimentando os outros, alguns trocando informações, outros tantos parecendo um pouco aflitos. E Ganimedes logo percebeu que alguma coisa estava diferente. Alguma coisa havia no ar logo àquela hora da manhã que não parecia dentro da normalidade. Algo sinistro parecia estar acontecendo.

Aproximando-se da ágora, Ganimedes viu vários comerciantes e produtores com suas charretes já reunidos, gesticulando, falando alto, irritação em suas vozes. Centralizando a balbúrdia, estava o grupo dos quinze *sytophylakes* – fiscais que controlavam a venda do trigo e do pão, e que pareciam não estar dispostos a conversar. Ganimedes logo foi alcançado por um amigo da cidade:

– Ganimedes, meu querido! Em que momento me chegas! É o fim! É o fim de todos nós!

– Mas o que é que está acontecendo, Teárion?

Teárion era um famoso padeiro ateniense, a quem Ganimedes estava acostumado a vender seu trigo, e de quem comprava os pães, bolos e tortas tão saborosos.

– Não é um bom dia para nenhum de nós, meu irmão! O governo acaba de confiscar todo o trigo da Ática!

– O quê... ?!

Toda a cor que o sol havia colocado no rosto de Theo ao longo dos meses foge-lhe no instante em que ele ouve a notícia, o sangue de todo o corpo lhe fugindo para os pés.

– É essa maldita guerra, Ganimedes – continua Teárion. – Uma hora assinam um acordo de paz, e logo em seguida deixam-na voltar a irromper. E eles vêm e nos dizem que tal e tal acampamentos de soldados estão precisando de alimentos, e lá se vai todo o nosso trigo, e também a cevada, e até o vinho – principalmente, o vinho! Do que vou viver, Ganimedes? Do que? O pão é a minha vida...

– Mas e o povo, o que vai comer?

– Eles já separaram uma cota para a cidade. A grande parte vai para abastecer o exército e certamente para angariar mais fundos para essa guerra. Nossas famílias vão ter que viver de tordos e armolão por um tempo...

– Aqueles... aqueles desgraçados da bulé!

Ganimedes não consegue nem articular as palavras.

– Ganimedes, Ganimedes! Em que mãos está nossa cidade? Meu amigo... se fôssemos nós a tomar as decisões, em lugar da guerra, estaríamos vendendo o trigo e o pão aos espartanos, ao invés de engordarmos nossos soldados para irem lá serem mortos por eles... – o padeiro se lamenta, lágrimas nos olhos, tomando na mão um punhado do trigo de Ganimedes. Conhecedor daquela terra inóspita da qual era um milagre fazer brotar algum alimento, sente a qualidade excelente dos grãos, olha as charretes uma atrás da outra e, com uma trava na garganta, baixa a cabeça, envergonhado de seus próprios dirigentes políticos.

Toda a família ficou em estado de choque por uns dias. Callíope e Theo não sabiam o que dizer. Ifigênia e Callypso recolhiam-se à cozinha e conversavam baixinho para não incomodar. Os outros empregados tinham até medo de falar. Mas a nenhum deles o episódio abalou tanto quanto a Ganimedes. Nem falava com ninguém. Não que o governo não pudesse ter feito o que fez. Eles podiam, e aquela não era a primeira vez. O confisco não era novidade. O que assolava Ganimedes era que tivesse acontecido justamente naquela colheita tão excepcional. Ele era um agricultor, enfim. Tinha orgulho de sê-lo, e vira naquele ano a maior e melhor, a mais bem cuidada colheita, com o tempo ajudando em todos os sentidos: haviam tido chuva e sol nas medidas exatas. Todo o seu precioso trigo. A lembrança daquela triste manhã continuava a lhe trazer um gosto amargo à boca. As sacas, descarregadas, espalhadas pela ágora, o fiscal tomando notas indiferentemente, e seu colega jogando de qualquer jeito as sacas de outros produtores por cima, misturando tudo. Enquanto na família todos estavam revoltados, inconformados com aquela sorte, com o desmando do governo, e chamavam os buleutas de todos os nomes, Ganimedes entrou num estado letárgico de pasmo completo.

– Eu sinto muito, senhor – dissera o fiscal, diante de seu olhar desalentado, na ágora.

Com o dinheiro que restava, pagou os empregados contratados, que estavam quase tão tristes quanto a família, e alguns foram imediatamente embora. Ganimedes até perdera o apetite. Seu torpor era tanto que ainda não havia parado para pensar na sequência dos fatos.

Numa tarde em que o trabalho lhe dera folga, Theo foi andar pelo campo com Callíope, que tentava levantar a cabeça e o espírito, evitando pensar nos últimos acontecimentos. Mas Theo não conseguia desfranzir o cenho. Estava preocupado. Muito preocupado. Não gostava nada da apatia e abatimento de Ganimedes. Pensava nas graves consequências daquele confisco. E no documento assinado por Ganimedes, comprometendo-o com o banqueiro. E em Callíope, ao seu lado, vestindo a túnica como se habituara a fazê-lo desde casada: ela passava uma longa tira fina de couro por trás da nuca, cruzando-a no meio dos seios, indo cruzá-la novamente nas costas, e finalmente atando-a na cintura, dessa forma delineando sua silhueta esbelta. Theo só tinha problemas.

– Logo, logo, estarei indo embora daqui, não é... – ela diz, um tanto triste, o sol forte batendo em seu rosto.

– Por que diz isso... ?

– Ora... o pai certamente já está pensando que fim dar a mim, já deve ter algum homem da cidade em vista, para me casar outra vez...

Seu semblante não parecia exatamente atordoado com essa ideia. Ela estava conformada com o que o pai viesse a decidir. Mas estava triste. Theo, por sua vez, sentia-se impotente diante dessas palavras – por ela, e por ele também. Sabia que na qualidade de escravo – ex-escravo, pois fora libertado havia alguns anos – haveria apenas de vê-la casar-se com algum outro cidadão, não podia nem pensar em unir-se a ela. Ambos se rendiam a seus destinos, acabrunhados.

Mas a companhia um do outro era agradável demais para que se entregassem às tristezas. Poucos minutos passavam juntos sem que logo começassem a sorrir, brincar, olhar as coisas ao redor, falar de seus assuntos comuns, e sentir a vida se renovando em seus corações.

– Acho que vai chover – ela diz, olhando as nuvens escuras no céu.

– Era bom, porque a terra precisa de irrigação.

– Em que você está pensando?

– Nada... em tudo isso...

Um trovão irrompe, assustando-os.

– Acho que não vamos ter tempo de chegar em casa.

– Vamos indo, antes que comece essa chuva.

Apesar de apertarem o passo, as gotas começam a cair, grossas, e os trovões e relâmpagos vão se intensificando. Ia ser mesmo uma borrasca de verão.

– Corra!

– Escorreguei!

Os dois se põem a correr dando risada, como quando crianças.

– Não vamos chegar em casa!

– Vamos para a torre!

Avistam a torre do Theo, quando a chuva já está forte e impiedosa.

– Vamos ver quem chega primeiro!

– Vou escorregar! – os cabelos se soltando, Callíope corre, ri, tropeça, com Theo a ajudando a se levantar.

– Chegamos!

– Ufa!

Sobem encharcados na torre, justamente quando a tempestade começa a cair mais forte, como jamais haviam visto. Relâmpagos e trovões assustadores num céu escuro como a noite, em plena tarde. Rindo ainda, mas já com um pouco de medo, Callíope passa as mãos nos braços tirando a água que deles escorre. Theo joga para trás com a mão os cabelos molhados que haviam grudado na testa. E após uns segundos de calmaria, um forte relâmpago cai bem ao lado da torre imediatamente seguido do trovão, jogando Callíope para os braços de Theo. Com o rosto dela enfiado em seu peito, seus braços lhe envolvendo instintivamente a cintura, seus corpos se tocando, os cabelos dela, macios, úmidos, caindo soltos nas costas, Theo sente todas as forças lhe esvaírem. Não ia ser capaz de se conter mais, não iria tentar, e nem queria pensar em mais nada. O impulso de beijá-la já o tomara completamente, sentia o sangue correndo apressado por todas as veias. Seria expulso dali, talvez morto, mas que fosse! Nada mais importava! Seu coração descompassado impedia a prudência de chegar a seus pensamentos. Aperta-a um pouco mais forte nos braços e os olhos dos dois se encontram, em silêncio. E então Callíope se afasta dele, desviando o olhar lá para baixo na encosta da estrada. Uma charrete vinha subindo até a casa, debaixo do temporal, o condutor tentando apressar o passo da mula. Contrariado, ao mesmo tempo que salvo, Theo desce da torre, indo ajudar essa pessoa que vinha chegando.

Era o agente de Pásion, o banqueiro.

– Senhor Ganimedes, entenda, nós sabemos o que aconteceu, mas aqui neste contrato está escrito com todas as letras.

– Mas, eu não tive culpa... Bem vês que a colheita foi excepcional! Superando todas as expectativas...

A chuva continuava, com trovões ainda mais fortes.

– Eu sei, eu sei, mas o contrato é lei.

– Eu não tenho como pagar agora... – Ganimedes tinha muita dificuldade em formular o raciocínio.

– Isso é realmente uma pena, senhor.

Na cozinha, as mulheres e Theo não sabiam o que fazer. Esperavam ansiosos pelo final daquela conversa, da qual conseguiam ouvir apenas uma ou outra frase. Theo gostaria de intervir e dizer que as colheitas seguintes, de uvas e azeitonas, seriam suficientes para cobrir a dívida. Esperava que Ganimedes se lembrasse disso.

– Mas em alguns meses poderei saldar esse débito; teremos mais produtos então!

– Eu lamento, senhor, mas seu contrato diz que o senhor deve esta quantia agora, ao término desta colheita de trigo – diz o agente, esticando o papel onde Pásion rabiscara as cláusulas hipotecárias.

– Ora! E quando eu fui pagar, meses atrás... ele não quis receber.

– Quanto a isso, nada posso dizer, senhor.

– Mas que hei de fazer? Que hei de fazer?

– Bem... conforme este instrumento legal, não saldando esta dívida agora o senhor perde estas terras, que havia dado em garantia. Veja, a execução desta hipoteca é muito fácil, é uma questão de dias apenas para que os oficiais venham solicitar que vocês abandonem a propriedade.

Da cozinha, todos ouvem essa parte, e uma nuvem negra lhes cobre os rostos. Callíope sente um calafrio percorrer-lhe o corpo. A vida inteira de seus pais; a alegria da mãe naquela casa; o orgulho do pai com sua lavoura; as histórias e o esforço dos avós e antepassados; a agonia do pai por ter um herdeiro para tocar a propriedade. Gerações e gerações de sua família, tudo, na iminência de desaparecer da face da Terra. Numa fração de segundos, Callíope reflete sobre sua própria vida. E sem dizer nada, suave e decidida, ela vai até o seu quarto onde se fecha, e rapidamente volta toda arrumada e penteada.

– Mãe! Diz ao pai que eu preciso lhe falar já. Eu tenho a solução disso.

– Mas, filha, eu não posso ir lá...

– Eu mesma vou, então.

E com passos lentos e elegantes, a postura altiva e resoluta, ela entra na sala onde estavam os dois homens, com Ganimedes mudo e inerte olhando pela janela sem saber o que dizer. Ela cumprimenta o agente do banqueiro e, virando-se para o pai:

– Pai...

Ganimedes levanta o rosto abatido para a filha, os olhos perdidos na angústia.

– Sim, filha... o que você quer? Não queremos ser interrompidos...

– Pai, sossegue seu coração. Não vai perder sua terra. É tudo muito simples.

– O quê...

– Eu vou, em pagamento dessa dívida.

– Mas creio que isso não... – começa a dizer o agente.

Ganimedes ainda não atinara com a proposta que fazia a filha.

– Sim, é possível, sim – continua Callíope – As terras de papai dadas em garantia valem infinitamente mais que o empréstimo. O valor da dívida, eu sei bem qual ele é. E sei que posso ser vendida a preço mais alto. Está paga a dívida de papai, senhor. Vamos. Estou pronta. Ainda pegamos os mercadores na ágora, esta tarde.

O agente, igualmente sem saber o que fazer, levanta-se e vai até a porta que dava para o pátio, e sai para este, deixando pai e filha a sós.

– Filha, o que é isso? – a voz lhe saía em um tom diferente, tomado pela agonia, não conseguindo conter os soluços. – De jeito nenhum! Volte para junto de sua mãe, que ideia é essa! Estou tratando de um assunto sério!

– Pai! Pai! Me ouça! – Callíope se agacha em frente a ele, pegando-lhe as mãos. – Pai, não fique assim... não faz diferença alguma, afinal... É uma saída, para o bem de todos! Sou um peso para vocês, bem sei. Eu não iria ficar aqui, de qualquer forma... Estaríamos nos separando dentro em breve, não é...

– Como pode pensar em uma coisa dessas, minha filha. Você não sabe o que está dizendo...

– Pai... Não há outra coisa a fazer... É isso, ou terá os oficiais do governo vindo mandá-los sair da casa, como aconteceu comigo... Papa, não chore... Não é uma coisa do outro mundo. Veja, os escravos são bem tratados, vivem uma vida normal, como qualquer um de nós....

– Como pode dizer isso!

– E o que faríamos, então, me diga, pai... Onde iríamos morar... você, mamãe, Lypso... eu... Theo... Nas ruas de Atenas? Heim, pai? – sua voz embarga também, à simples visualização da imagem dos pais na mais inóspita miséria.

Ganimedes chora, desviando o olhar da filha, os pensamentos completamente embotados pela dor. Realmente não tinha saída. Ifigênia entrara e ouvira quase toda a conversa.

– Filha, não...

– Mãe, não chore também. Esta é a casa da nossa família, e vocês não serão expulsos daqui! De jeito nenhum!

Com os pais transidos, as lágrimas lhes tomando todo o rosto, Callíope chama o agente do banqueiro.

– Vamos? Estou pronta.

– Bem, eu...

O agente não esperava por aquilo. Via, no entanto, que aquela filha de cidadão, vendida como escrava, cobriria a dívida e ainda daria lucro ao patrão. Indo logo, conseguiria vendê-la naquela tarde mesmo. Entrega à moça o documento – a hipoteca – e ela por sua vez coloca o papel nas mãos do pai que, num torpor desalentado, já não tinha mais noção de nada ao seu redor.

Theo, completamente fora de si, tenta impedi-la de ir, segurando-a pelos braços e arrastando-a para dentro da casa, dizendo que aquilo não fazia o menor sentido, que ele iria em seu lugar, ao que logo o agente se apressou em dizer que ele não alcançaria o valor da dívida, que a moça sim era valiosa. Theo tenta agredir o agente, mas é seguro em tempo por Calypso, que o leva para a cozinha antes de o homem ouvi-lo dizer que o mataria.

– Não crie mais problemas, Theo...

Callíope vai se despedir dos pais que, sentados lado a lado na sala, inertes, não conseguiam atinar para o que estava acontecendo.

– Mãe, não fique assim. Vou continuar vivendo igual, você sabe! – ela tentava colocar um tom alegre na voz. – Com as mesmas tarefas... A cozinha... O tear... O que as mulheres fazem, enfim... só que em outra casa! Como seria, se me casasse outra vez! Não vou sofrer... Já nos separamos uma vez... e iríamos nos separar de novo, mesmo, não é?

Ifigênia lhe segura as mãos e não consegue dizer nada, apenas olhando-a intensamente para não perder aqueles últimos minutos com seu rostinho à sua frente.

Callíope olha o pai.

– Papa... Já estou indo, papa. – ela passa a mão em seu rosto, tentando sorrir. – Não chore...

Ganimedes tinha duas grossas lágrimas que não caíam de seus olhos, e pareciam que lá iriam ficar para sempre, turvando-lhe a vista e a alma. Callíope beija os pais e sai.

– Que farei? Que farei? – Ganimedes diz, num sopro de voz desesperançada, pois já não havia nada a fazer.

A tempestade começava a diminuir, os trovões e relâmpagos menos fortes.

Calypso, como que desvairada, com gestos que não eram seus, sem acreditar que aquilo estava acontecendo, traz correndo um manto para colocar sobre os ombros de sua menina.

– Esperemos a chuva passar... – diz o agente.

Callíope olha os pais, sentados na sala, como duas estátuas sem vida. Ouve os gritos e murros de Theo quebrando tudo no celeiro, para onde três empregados, que ainda não haviam ido embora, o haviam levado e tinham muito trabalho para segurá-lo. E vê Calypso à sua frente, tentando ser forte. As duas se abraçam apertado.

– Não. Vamos assim mesmo. A chuva já está cedendo – diz Callíope ao agente do banqueiro.

Colocando o capuz sobre a cabeça, ela sobe na charrete, e os dois partem para a cidade, deixando para trás a família desolada, às lágrimas silentes e impotentes, com o futuro incerto e insípido aguardando por todos.

Na ágora, Callíope é vendida por um preço altíssimo, dada a sua circunstância de ex-filha de um rico cidadão, e o mercador de escravos, pegando sua comissão, entrega o dinheiro da venda ao agente de Pásion que, antes de ir ver o patrão, para numa estalagem para beber um copo de vinho, pois o dia lhe havia sido muito cansativo.

Na torre, Theo, sentado no chão, encostado na mureta, soluçando, chorando, grita para o alto, descontrolado, uma dor lancinante arrebentando-lhe o coração:

– Zeus! Zeus! Por que me fez um escravo miserável, sem condições de realizar nada, de ajudar em nada, um arroubo de homem, um pedaço de carne inútil? Heim? Me responda! Zeus! Por que num momento, com seus raios, atira essa mulher em meus braços, e em seguida com esses mesmos raios a leva embora, para longe de mim? Heim?! Heim?! E como espera que eu viva, agora, sem ela? Como poderei eu viver? Callíope... Callíope... eu não posso viver... se a vida for sem você....

Com a cabeça baixa, as lágrimas ardidas escorrendo em seu rosto, sente a mão de Calypso tocar-lhe o ombro.

– Vamos, vem para dentro, meu bem. Não adianta chorar, não é? – ela diz, contendo as próprias lágrimas.

Ao entrarem na casa, a chuva já ia cedendo, o céu se abrindo, o sol voltando a brilhar, o cheiro de plantas molhadas enchendo o ar com o doce aroma da natureza que se renova, alheia aos desmandos e desespero dos homens. Theo olha pela janela, a luz do sol enchendo o jardim e iluminando a vida, mas seu coração estava nas trevas. Lembrava-se da morte do irmão, e quanto sofrera essa perda. E agora Callíope também partira. Helios era seu irmão, mas ela é que era o seu sol.

CAPÍTULO VIII

HEFESTO

Deus do fogo, dos artesãos e dos ferreiros.

Na casa onde vai trabalhar, Callíope é imediatamente unida a um escravo para ser sua companheira. Chegara à cidade para ser vendida justamente no dia em que ele arranjara uma briga por causa de uma escrava companheira de outro. As casas onde trabalhava um número razoável de escravos já haviam aprendido por experiência que a área onde estes dormiam tendia a se tornar palco de brigas, confusões e acirrados embates sexuais, o que levou os senhores e administradores à conclusão de que o ideal era formar casais, de modo a atenuar os ânimos de todos, tornando os homens mais assentados e aplacando o furor das mulheres.

– Que gritaria é essa? – perguntara Fócion, o patrão, ouvindo da sala a confusão vinda de lá de baixo.

– É o Demétrios, senhor, outra vez...

– Chame Tártaros já aqui! Que ele vá nesse instante à ágora comprar uma mulher para Demétrios e acabem de uma vez com isso!

Tártaros, o capataz, fora então correndo à ágora comprar uma escrava para acabar com o problema de Demétrios, e em lá chegando, a única mulher à venda era Callíope, e por um preço bem alto. Querendo resolver o problema do patrão, comprou-a mesmo assim, para grande alegria do agente de Pásion, que levou ao banqueiro uma soma muito maior do que aquela que lhe era devida por Ganimedes.

O capataz sabia que seu patrão não ia gostar do valor que pagara por uma escrava. E de fato, o patrão franziu o cenho quando soube, mas conhecia como funcionava o mercado: pagava-se alto quando a urgência era grande. Já o agente do banqueiro achava que ia receber os maiores elogios, por levar ao patrão aquela soma inesperada. Achara errado. O banqueiro também franziu o cenho. Na verdade, Pásion ficou furioso, e despediu-o naquele mesmo instante, aos berros e imprecações.

Não queria receber o dinheiro. Já tinha muito dinheiro. Mas trazia dentro de si aquela mesma frustração de todos os metecos e ex-escravos que haviam conseguido enriquecer com o comércio: eram ricos, muito ricos, mas não tinham cidadania, não tinham direitos – e sobretudo, não tinham terras. Se por um lado, homens como Ganimedes tinham lugar, voto e palavra na assembleia; honra e respeito junto aos outros cidadãos, e propriedades, terras, por outro lado, não tinham dinheiro vivo. Este, quem tinha eram os comerciantes bem-sucedidos e os banqueiros, como Pásion. E, eventualmente, os cidadãos honorários precisavam recorrer a empréstimos, como havia feito Ganimedes. Ao receber a soma vultosa oriunda da venda de Callíope, Pásion perdia a chance de se apoderar daquelas terras e tornar-se proprietário, que era tudo o que ele queria e pelo que havia engendrado e apostado naquele embuste no qual envolvera Ganimedes.

Só mesmo um banqueiro era capaz de ter um valor daqueles nas mãos e ainda sentir-se insatisfeito. (25)

Tártaros sentia-se em débito com o patrão por ter efetuado a compra de uma escrava por preço tão alto. A aquisição de Callíope tornara-se um peso pessoal para ele, que passaria a atormentar a vida da nova escrava por sentir-se mal em relação a Fócion. Queria "compensar" o patrão daquele gasto exagerado. Tão logo chegaram à casa, havia ele mesmo grosseiramente cortado os compridos e macios cabelos de Callíope rente à nuca para vender na ágora às ricas mulheres, para fazerem tranças. As outras escravas assistiram à cena onde a novata, ainda meio amedrontada, fora humilhada pelo capataz que, com brutalidade, lhe pegara os cabelos com uma das mãos, machucando-a, e com a outra passara um facão em linha reta, empurrando-a em seguida.

– Venha.... Eu a ajudo... – dissera uma escrava mais velha, apiedando-se da garota que, caída no chão, atordoada, mal conseguia se levantar.

Tinha sido logo em sua chegada a primeira demonstração clara do que ela viveria, do que significava ser uma escrava, do que era a vida daquelas pessoas desprovidas de qualquer direito, até mesmo de se sentirem humilhadas. Mas Callíope rapidamente se recompôs: estava fazendo o que era necessário fazer, o que era certo. Seu coração, seu olhar e sua consciência estavam em paz. Não iria esmorecer nem se atemorizar. Seus pais estavam bem e a salvo, e isso era o mais importante, era o que lhe bastava. E os cabelos, eles cresceriam outra vez.

As outras escravas tiveram logo de início uma atitude hostil em relação a Callíope.

– Moça rica – diziam, com desdém e raiva.

– Cheia de hábitos e gostos.

– Vai chorar a toda hora e se negar ao trabalho pesado.

– Coitada dessa moça... Que destino... Além de virar escrava, ainda teve que casar com o Demétrios!

O Demétrios.

Mal sabia Callíope o que a esperava. Ela ainda ia ter saudades dos tempos da sogra...

Demétrios não era um homem bonito, mas achava que era. Filho de uma escrava que havia se enrolado com um meteco, não chegou a conhecer o pai, de quem herdara o nome. Aprendeu o ofício de oleiro mas, com um escravo estrangeiro, aprendera a dominar a arte de fabricar pequenos pedacinhos de cerâmica colorida, que sabia colocar em paredes e pisos, em adornos muito apreciados pelos arquitetos e pelos ricos senhores de Atenas, e que começava a se tornar moda. Era de fato um excelente técnico naquilo em que trabalhava, e o fazia com responsabilidade e amor à arte. Frequentemente chamado a fazer esse serviço em prédios do Estado e em outras casas, seu dono ficava com a maior parte do salário recebido, e Demétrios gastava sua parte em vinho barato e presentes para mulheres, sem pensar em poupar para comprar sua liberdade.

– Liberdade? Para quê? – perguntava-se ele, e com razão, pois já tinha bastante liberdade do modo que vivia, segundo algumas mulheres que o conheciam.

Demétrios, de resto, nada via de liberdade na forma de viver dos cidadãos ou dos metecos. Tudo o que faziam ou deixavam de fazer era em função do Estado! Estavam sempre às voltas com guerras, com deveres cívicos, com obrigações junto aos deuses. O cidadão tinha que ir trabalhar hoje nesta função do governo, amanhã em tal outra; ter que comer isto e não comer aquilo; ter que casar com esta mulher e não poder casar com aquela. O Estado era uma autoridade quase divina! A cidade e os seus deuses é que mandavam em tudo o que fazia o cidadão! E todos os seus "direitos" podiam ser-lhe tirados, se o Estado achasse que o cidadão era perigoso para os interesses da pátria! Podia vir a ser exilado, e então... perdia até o direito de *ter* que se submeter aos deuses! Por que ele haveria de querer semelhante liberdade? Demétrios vira muita coisa em sua vida. E achava que as cidades eram todas iguais: podiam ser chefiadas por reis, tiranos, aristocratas ou até por democratas; os cidadãos podiam demandar em juízo, votar em assembleias, serem nomeados magistrados e até arcontes: no fundo, eram tão escravos quanto os escravos. Eram escravos do Estado.

Por isso levava a vida daquele jeito meio fanfarrão, que fazia rir os homens e exasperava as mulheres.

Os outros homens procuravam sua companhia, talvez porque gostassem de ouvir suas histórias, suas piadas e anedotas, sua risada alta e debochada, e os relatos de suas conquistas amorosas. Porque Demétrios não podia ver um rabo de saia, fosse quem fosse, escrava ou dama rica, estrangeira ou ateniense, casada ou solteira, bonita ou feia: não perdia da vista nenhuma mulher que lhe passasse ao alcance dos olhos. E se lhe era dada a oportunidade, ele atacava mesmo, às vezes com sucesso, às vezes não, outras vezes voltando com uma imprecação ou até uma bofetada, que ele relatava aos amigos, rindo solto. O que fazer com Demétrios?

Callíope viera disposta a se resignar a qualquer que fosse seu destino como escrava. Na viagem que fizera da casa dos pais para a cidade, viera calada, malgrado as tentativas de puxar conversa do agente do banqueiro. Sabia que não seria fácil, que teria que trabalhar duro, obedecer a todo tipo de ordens, dormir mal acomodada e talvez adoecer facilmente. Mas nada disso a atormentava. Trazia a alma sossegada, sabendo que aquela havia sido a única forma de garantir a seus pais a moradia, a continuidade da vida que levavam e, principalmente, a propriedade, a história e a honra da família.

Quando lhe contaram que se juntaria a um escravo, isso não a abalou. Quando as outras escravas lhe contaram sobre Demétrios, ela não se importou. Por que se importaria? Que diferença fazia?

Callíope foi se adaptando à vida na cidade, ao convívio com tantas pessoas juntas, às mesquinharias, às maledicências, às noites cheias de barulho e risadas no alojamento dos escravos. E foi se tornando mais citadina, menos campestre, mais íntima das coisas da vida em grupo, e de um grupo bem tumultuado, diga-se de passagem. Embora vivendo com Demétrios apenas por conta e ordem de seu patrão, Callíope decidira que eram um casal, e que ela deveria buscar transformar a vida dos dois o máximo que pudesse em um "lar". Toda manhã, junto ao fogo da cozinha, jogava um ínfimo punhado de grãos, como oferenda, fazendo uma oração a Atena, concluindo que ela seria a protetora de ambos. Também introduzira uma novidade na vida de Demétrios, ao fazer um colchão, juntando a palha que se amontoava no chão, sobre a qual os escravos estavam habituados a dormir, e com muito esforço e machucados nas mãos, amarrara tudo muito bem, fazendo por fim um forro, com lençóis velhos que conseguira na casa. Achou estranho que as outras escravas nunca tivessem pensado nisso. Mantinha sempre limpo o pequeno cubículo que lhes servia de cama/quarto/moradia. Por fim, conseguira, a muito custo, convencer Demétrios a não terem filhos: é lógico que teve que usar de artimanhas para advogar essa causa, que exigia dele determinadas manobras às quais ele, logo ele, certamente não estava habituado.

– Isso tá difícil, tá muito difícil... – dizia ele, na hora, todo atrapalhado.

Surpreendentemente, a ideia de não colocar mais escravos no mundo fez com que ele parasse para pensar e, ainda que tentasse dizer a ela que bastaria expor a criança que viesse, ela o dissuadira dessa prática, sem precisar entrar em detalhes sobre a experiência de sua família. Essa parte sobre não engravidar foi em especial difícil para Callíope, que passara toda sua vida ao lado de Cassandro atormentada com a vontade e necessidade de ter filhos.

A princípio indiferente àquele homem com quem era obrigada a viver, pouco a pouco Callíope foi entendendo a opinião das outras mulheres sobre ele. Habituada à calma de Cassandro e à tranquilidade do campo, as idas e vindas de Demétrios inicialmente não lhe diziam nada. Mas havia um limite. Demétrios a tirava do sério.

Demétrios fazia questão de elogiar na frente de Callíope as ancas femininas que lhe passavam debaixo dos olhos. Na ágora, ela ouvia o nome dele na boca de várias mulheres, em barracas vizinhas a que ela estava, às vezes na mesma. Nas conversas com outros escravos, Demétrios aumentava a voz para contar as passagens picantes que lhe ocorreram no dia. Havia sempre o nome de uma mulher em sua boca. Ouvia-se um assobio no ar? Era Demétrios, encantado com alguma lambisgóia.

– Qual o problema nisso? Que importância tem ele para mim? – dizia Callíope para si mesma, não sem uma ponta de ira na voz.

Ira que ela não conseguia dissimular ao encontrá-lo à hora de dormir, quando o via se aproximar dela com cobiça nos olhos e fazendo cara de inocente.

– Já não se cansou o bastante hoje? – ela perguntava com malícia.

As brigas dos dois eram cheias de violência verbal.

Separados em seus cubículos por finas paredes de adobe, que não chegavam até o teto, a vida íntima de cada casal de escravos era ouvida por todos, beijos e abraços, gritos e palavrões. E quando Callíope e Demétrios brigavam, os outros escravos se enervavam e os mandavam ficarem quietos, ou então faziam chacota, davam risada, apostavam como terminaria a discussão, a aposta valendo uma porção de pão, um serviço pesado, às vezes até uma moeda.

– O que você pensa que é? O que pensa que é? Todo-todo se pavoneando pela cidade, cheio de si, nunca viu um espelho!

– ela falava alto, enfurecida, a voz alterada, tentando soltar-se dele. Callíope mal reconhecia a si própria nessas horas.

– E você? Com esses ares de moça rica! É mulher de escravo, mesmo! Vem aqui, já!

– Olha lá como fala comigo, pensa que eu sou uma das suas....!

– Você tem ciúme! Você gosta de mim!

– Eu *odeio* você!!!

– Calem a boca, que eu quero dormir!

A rotina dos escravos podia ser cansativa, mas não era de forma alguma enfadonha.

Uma vez Demétrios se arriscou demais e quase levou um vaso na cabeça: Callíope trouxera o pequeno tacho de óleo misturado com essências até sua cama, massageando o corpo com essa mistura e retirando o excesso com um pano, para depois ir se lavar. A discussão começou e apenas tarde demais Demétrios notou o tacho. Quando Callíope o atirou em sua direção, ele por sorte desviou a cabeça, indo o pote espatifar-se com força na parede, pois ela atirara para matar. Demétrios a tirava do sério.

Na verdade, embora de fato gostasse muito do sexo oposto, Demétrios nunca havia visto uma mulher tão bonita quanto Callíope, e a frieza que ela demonstrara quando chegou fez com que ele exagerasse em suas investidas com as outras, fazendo sempre de propósito as provocações que tanto a atormentavam. Queria chamar sua atenção e deixá-la no mínimo com ciúmes. Quanto mais ela era indiferente, mais ele aumentava a voz para falar de outras mulheres. Vê-la enfurecida era, para ele, o único indício de amor que conseguia.

Quase sempre, no entanto, quando as brigas enveredavam para as vias de fato, e os dois começavam a se atracar, talvez porque o espaço fosse tão pequeno, acabavam um nos braços do outro, com Demétrios enfim vencendo a presa e se dedicando à sua atividade preferida.

– Isso tá difícil...

Adormeciam então abraçados, e a noite afinal caía sobre Atenas. O que fazer com Demétrios?

Uma noite, como às vezes acontecia, não dormiram de imediato, e ficaram assim abraçados, em silêncio, após uma briga e reconciliação, e Demétrios percebeu que ela estava chorando. Amaciando a voz, ele disse baixinho:

– Callíope... para de chorar... eu não quis dizer aquilo...

– Não é nada não. Dorme, não é com você.

É que ela às vezes se pegava pensando nos pais, na casa, em Calypso, em Theo... Sentia falta de todos; imaginava como estariam, e sofria por imaginar que provavelmente nunca mais viria a vê-los. Também acontecia de, durante o dia, ela ficar com o olhar parado, no infinito, pensando na família, em Cassandro, até mesmo na sogra. Os outros escravos observavam sua dor sem nada dizer.

Demétrios então a abraçou em silêncio, sentindo uma lágrima cair no seu braço onde ela apoiava a cabeça, mudo e vencido por aquela dor na alma de Callíope, que os seus amores não conseguiam aliviar.

Fócion, o patrão de Callíope, logo de início percebeu que havia adquirido uma empregada especial, de inteligência e sagacidade notáveis, sem contar seus dotes junto aos doentes. Era ele quem mais recorria aos seus trabalhos, e à sua ajuda, com as dores em seus joelhos. Viúvo, tendo perdido a amada esposa na peste, mais de dez anos antes, ficando só com os dois filhos pequenos, não quis se casar de novo, e agora Callíope vinha preencher aquele vazio em sua vida diária. Seus filhos, com quinze e dezesseis anos, passavam mais tempo com os amigos da palestra do que em casa, preparando-se para virarem soldados. Um deles ainda lhe daria um neto famoso, com o mesmo nome do avô. (26) Famoso orador – democrata de origem aristocrata, assim como o fora Péricles – eloquente e possuidor de grande autoridade moral, sempre procurado pelos cidadãos que buscavam nele conselhos e apoio, ele frequentemente chamava Callíope, quando ia sair e tinha coisas urgentes a fazer, e pedia que ela se encarregasse de receber pessoas que ele aguardava, passar recados e ouvir mensagens importantes. Contava sempre com ela para isso, dado que ela era capaz de entender tudo o que os homens falavam, fosse qual fosse o assunto. Ele até já lhe pedia a opinião.

– Ele disso, é? Com que cara ele estava? Você acha que isso vai dar certo?

Ou:

– Dê esse recado, mas faça parecer que não fui eu quem disse; que é algo que "se sabe pelo ar". Não vamos causar alarde à toa.

Protegia-a em especial desde o início, sobretudo depois de um episódio bastante desagradável protagonizado por Tártaros, o capataz, ocorrido nos primeiros meses em que ela viera trabalhar ali.

O dinheiro das tranças feitas com os cabelos de Callíope fora pouco, e Tártaros não ficara satisfeito. Teve então outra ideia para fazer render a presença da moça, desta vez em uma festa que Fócion daria na casa, recebendo seus amigos, alguns membros da assembleia, e até alguns outros cidadãos menos habituais.

Fócion não costumava organizar *symposions* (27) pois, assim como Péricles outrora, considerava-os típicos dos aristocratas extremados, que aí encontravam uma forma de manipulação política. Tártaros, no entanto, vira nessa festa sua oportunidade única, e chamara Callíope, então ainda novata como escrava, dando-lhe algumas instruções, junto com umas roupas, dizendo-lhe que ela deveria servir os homens durante o *symposion* que se seguiria ao jantar. Foi pessoalmente ao alojamento antes da festa, verificar se ela havia se vestido conforme ele mandara, dando ainda mais algumas instruções sobre como andar balançando as ancas, sorrindo sempre, fazendo tudo o que lhe pedissem, agradando a todos. Contava assim "presentear" a um ou mais dos homens convidados, com ela obedecendo ao que estes quisessem em seus divãs, e trazer, a ele, o capataz, os méritos junto ao patrão.

Chegado o momento, quando Fócion e seus amigos passavam à sala onde estavam os divãs e eram levadas as *crateras* onde seria misturado o vinho à água, Callíope, muito sem jeito, aparece entre os convidados, seminua, seu esguio corpo trajando apenas um pequeno pedaço de tecido transparente amarrado em torno dos seios; o mesmo tecido, em pregas, fazendo as vezes de uma saia, presa abaixo do umbigo por um fio de contas coloridas, os cabelos presos de forma exagerada, cheios de fitas e laços, as faces e os olhos pintados, e usando sandalinhas de dançarina. Pouco a pouco, os homens ali reunidos foram voltando os olhos para ela, o silêncio tomando conta do recinto. Conhecedores da sobriedade de Fócion, cuja discrição e moderação eram notórias, jamais o associando ao excesso de vinho, música, e mulheres libidinosas, olhavam boquiabertos aquele espetáculo, belo por sinal, mas tão inesperado.

– Callíope! O que é isso? Cubra-se já! – grita Fócion, irritado, atirando para ela o manto de um dos convidados, o primeiro que vira, e que pegara ao acaso.

– Senhor... eu... – ela começa dizer, cheia de vergonha, cobrindo-se, para a tristeza de muitos dos presentes.

– O que significa isso? – Fócion continua exasperado.

– Senhor... foi Tártaros... ele mandou vestir-me assim... e vir servir-lhes o vinho...

Fócion sai da sala e vai imediatamente falar com o capataz, seguido de Callíope, embrulhada no manto, a cabeça baixa.

– Tártaros! Que espécie de brincadeira é essa? Por acaso não conhece esta casa, onde trabalha há tanto tempo?

– Eu pensei...

– Pois não pense mais! Você tem mais merda na cabeça do que toda a Pnix em dia de Assembleia!

Todos os empregados estavam por perto e ouviram em silêncio a bronca que levava Tártaros. Nunca nenhum deles havia ouvido o patrão levantar a voz, ou dizer palavras mais pesadas.

– Não sabe que eu não partilho desses gostos duvidosos? Que não transformo minha casa em um lupanar, como se sabe que alguns por aí gostam de fazer? Não sabe que detesto o maniqueísmo, que não uso esse tipo de subterfúgio vil na minha vida particular, nem muito menos na pública, como certos cidadãos, que usam do vinho e da luxúria, colocando mulheres vulgares nos divãs dos adversários para obter deles as graças, e a aprovação na assembleia?

Callíope, ao lado, coberta pelo manto, começa a lacrimejar.

– Minha filha, vá se vestir; não é de você que estou falando – Fócion lhe diz, a voz mais suave.

– Senhor, eu não queria ter ido... – diz Callíope, contendo as lágrimas.

– Não se preocupe, vá. Não esqueça de devolver o manto.

E voltando-se para Tártaros:

– Você quer enterrar minha reputação, trazendo à minha casa tudo o que eu venho há anos lutando por combater? Vá! Vá servir o vinho na cratera! Espécie de asno!

Tudo serviu para quebrar o gelo entre Callíope e os outros escravos, que se juntaram no alojamento ao ouvirem os berros e palavrões do patrão, e ficaram depois reunidos, um tanto vingados em relação ao capataz, de quem obviamente ninguém gostava. Sentados em roda, ouvindo Callíope contar a estória, descrevendo tudo, principalmente a cara de Tártaros, cada um deles começa a contar outras estórias, rindo e bebendo zurrapa, percebendo nesse momento que Callíope era um deles e sofria como eles, afinal.

Fócion, grande orador, habilmente desfaz o mau impacto de toda a cena, quando chamado a falar, na qualidade de *symposiarchos,* (27) lembrando os convidados de sua postura quanto ao vinho e ao comportamento no *symposion,* terminando seu discurso parafraseando um poeta cômico:

– "Só três crateras misturo para os avisados: uma para a saúde, que eles bebem em primeiro lugar; a segunda para o amor e o prazer; e a terceira, para o sono. Terminada esta, os convidados avisados vão para casa. Pois a quarta já não nos pertence, mas sim à insolência; a quinta, aos gritos; a sexta, à orgia; a sétima, aos olhos negros; a oitava, ao oficial da justiça; a nona, à bílis; e a décima, à loucura e aos móveis atirados para a rua".

Um convidado, no entanto, lamentou mais do que todos que Callíope tivesse saído da sala: era Alcibíades, (28) cujo manto fora justamente o que Fócion pegara para cobri-la, e que ela, muito sem graça, viera depois, rápida e timidamente, devolver ao dono.

Aos trinta e quatro anos, orador famoso, rico, poderoso e sedutor, porém arrogante e sem escrúpulos, Alcibíades era considerado o homem mais bonito de Atenas. Por mulheres, e por alguns homens também. Desde Péricles, seu tio, Atenas não via um político tão carismático. Nem sua fala confusa, devido a um defeito de pronúncia, roubava-lhe os encantos. Ao contrário, dava-lhe ainda mais charme. Rico, bonito e famoso, tudo nele era permitido e admirado.

É claro que tanta popularidade fomentava a ira enrustida de seus antagonistas políticos. Subitamente encantado pela beleza de Callíope – ele a quem raramente uma mulher enfeitiçava – não pode mais prestar atenção aos discursos que os outros homens faziam em torno dele. Desde então, esse político não habitual àquela casa passou a fazer visitas inesperadas, segurando Fócion em longas conversas sem começo, meio e fim, na esperança de ver a moça ainda que de relance, ou retirando-se enigmaticamente, sem nem dizer a que viera, ao descobrir que ela não estava.

As escravas foram pouco a pouco conhecendo Callíope melhor e, com exceção de algumas, ainda maldosas e invejosas, foram realmente se afeiçoando a ela, que lhes contava coisas sobre as quais elas nunca tinham ouvido.

– Deve estar sendo difícil, menina. Sair da vida de senhora e vir parar aqui, no meio dessa sujeira, com todo esse trabalho.

– Sabe, o trabalho não é nenhum problema... Eu já tinha esse trabalho na minha casa, até mesmo antes de casar... Toda mulher faz as mesmas coisas, no fim...

– É, mas as senhoras são arrumadas, são respeitadas e bem tratadas... Os maridos as honram...

– Mas Tata – dizia Callíope – Tem tanta coisa que nós fazemos, que as senhoras ricas não fazem.... Nós podemos sair, andar pelas ruas, sem que ninguém diga nada... Podemos falar com quem quisermos...

– Mas temos que "casar" assim, com quem nos mandam.

– E não é exatamente o que fazem os pais das moças ricas? Elas também não escolhem os maridos.

Embora lhe tivesse sido atribuído serviço de casa, Callíope era chamada às vezes para ir à ágora, para fazer compras de legumes, peixe, carne, etc. Ia às vezes também à casa de algum amigo ou amiga dos patrões, quando adoeciam, pois sabiam que ela tinha dons curandeiros. A princípio ela ficava encabulada, e até temerosa, pois não queria que os médicos da cidade, em seus consultórios e clínicas onde recebiam doentes, a considerassem uma charlatã. Mas isso nunca ocorrera, e ela ia visitar os enfermos que a chamavam, andando por toda a cidade, conhecendo mais pessoas, familiarizando-se com tudo e todos. E nessas horas sentia-se tão feliz que quase esquecia a dor da saudade. Passeava sozinha, indo pelas ruas dos bairros ricos de Atenas, pavimentadas e calçadas, admirando a arquitetura e os jardins.

As mulheres ricas não andavam pela cidade. Ficavam em casa, ou na casa de uma amiga, resguardadas do sol e da vista dos homens. Uma ou outra, aqui e ali, era vista na rua, sempre em companhia de uma escrava, ou de uma outra senhora mais velha, ou enfim com o marido. Já as mulheres pobres, as esposas dos metecos, e as escravas, iam e vinham sozinhas ou acompanhadas, ao mercado ou a qualquer outro lugar. E isso consistia na maior alegria para Callíope, que sempre amara aquela cidade.

Encantavam-lhe os jardins, as flores, as cores. As estátuas adornando as praças. As fontes, os monumentos. As pessoas alegres e espalhafatosas; os vendedores; os cidadãos fazendo discursos empolgados. Não se sentia insultada com as coisas que alguns homens lhe falavam ao passar, que era o grande temor das ricas senhoras. Apenas corava, e ria-se muito, para si mesma, sem se importar, sem se ofender. Gostava de ouvir o linguajar que se falava nas ruas, aprender novas palavras, novas formas de se expressar. Essa era a sua cidade.

Quando voltava desses passeios, alegre, sorridente, a pele rosada, era a vez de Demétrios ficar furioso. E seus ataques de ciúmes eram bem mais virulentos do que os dela.

– Que cara é essa? O que é que andou fazendo na cidade?

– Nada que me envolvesse o baixo-ventre, como ocorre com você! – Callíope já adotara o jargão do populacho.

– Vamos tirando esse sorriso da boca! – ele faz um gesto com a mão.

– Quanto a isso, não precisa se dar ao trabalho: basta olhar para você e meu sorriso some!

– Boa, Callíope! – grita uma escrava, ao lado.

– Volte aqui!

– Quer largar o meu braço!

– Ai de eu ficar sabendo que algum meteco te encostou a mão! Sirigaita, lasciva!

– Traste!

– Com quem é que você falou? Em que barraca foi fazer compra?

– Me solta!

– Me diz quem foi!

– Quem foi o quê?

– Que falou com você, que ouviu você, que quis você! Me fale já, que eu vou lá e mato esse safado!

– Eu...

E finalmente prensando-a contra a parede, tapa-lhe a boca com um beijo, e os outros escravos enfim viram para o lado para dormir, enquanto os dois terminam o colóquio da mesma forma de sempre.

– Callíope...

– Humm?

– Você me tira do sério...

Um dia Callíope é interrompida em seus afazeres e chamada com urgência por outros empregados:

– Callíope, Callíope! Larga tudo, vai até o alojamento, estão trazendo o Demétrios! Corre lá, que ele parece que vai morrer!

Callíope mal tem tempo de se dar conta do que lhe haviam falado, e corre até a entrada do alojamento dos escravos. Demétrios vinha sendo trazido por alguns homens, completamente ensanguentado, desacordado, com ferimentos pelo corpo todo, parecendo semimorto. Num primeiro olhar, apavorada, Callíope pensou que ele devia ter caído do alto, tendo se desequilibrado em algum andaime, mas ouviu alguém falar em "briga", e imaginou que ele havia se metido em pancadaria outra vez por causa de alguma mulher, e sentiu menos pena. Ao levarem-no para sua cama, foram lhe contando o que de fato se passara.

Demétrios havia sido contratado, junto com um bom número de outros homens, para trabalhar em uma obra. Escravos, metecos, e até alguns cidadãos pobres, lá estavam juntos a trabalhar a pedra, a argila e a madeira, por salários iguais e em iguais condições. Ninguém sabia dizer como, mas de repente o que parecia ser uma conversa de todo dia se transformou em discussão, envolvendo Demétrios e um cidadão, com este último insultando as origens de Demétrios e suas habilidades, talvez com inveja. Demétrios, que por sua vez não estava acostumado a levar desaforo para casa, entrou na briga sem rodeios, insultando o homem também, e rapidamente se puseram aos socos e pontapés, apesar das tentativas dos metecos de separá-los. Chamados alguns guardas, estes tomaram partido do cidadão e ao invés de admoestarem Demétrios, bateram nele também, espancando-o com raiva, quase até a morte.

Callíope, assustada, não sabia por onde começar. Ele tinha cortes fundos, hematomas que já iam tomando cor, cuspia sangue, vomitava e contorcia o rosto, cheio de dor. Recostado, seus olhos não conseguiam se abrir, já inchados, e sua respiração fazia um chiado estarrecedor.

– Tata, me traz por favor uma ânfora de água fria; põe uma panela no fogo, para esquentar outro tanto de água, me faz essa gentileza, minha amiga! Me arranja uns panos limpos também! Ai!

O principal era checar se haviam fraturas, e ela temerosamente verificou que o braço direito de Demétrios parecia quebrado. Não tinha certeza, porém, e resolveu atá-lo e paralisá-lo como havia visto sendo feito em Epidauro, pois queria garantir que ele recuperasse aquele braço, que era fundamental em sua profissão.

– Apolo, Asclépio, Hefésto, me ajudem! – dizia ela, para si mesma, aflita, cuidadosamente enfaixando o braço de Demétrios com os panos que havia cortado em tiras, depois de colocar uma tala de madeira envolvida em tecido fino para deixa-lo reto e firme.

E começou a limpar as feridas e colocar os unguentos que tinha sempre prontos. Fez ataduras nos ferimentos maiores. Deu-lhe água para enxaguar a boca e limpar o sangue de dentro dela, colocou argila sobre seu tórax, para estancar os danos internos, fez compressas de água fria, alternando com quente, em sua testa, abdome e pés. Fez uma infusão que lhe deu para beber aos poucos para acalmar o estômago. Chamou alguns dos empregados e lhes pediu que trouxessem a tina onde tomavam banho, encheu-a com água fria, e pediu aos homens que com muito cuidado o colocassem sentado dentro dela, as pernas para fora, o abdome imerso, uma espécie de banho de assento por alguns minutos, para aliviar o mal-estar geral e baixar a febre. Demétrios, semiacordado, mal percebia o que lhe estava sendo feito, ao ser colocado e depois tirado da tina.

Quando sua respiração melhorou, o peito parou de chiar, e ele parecia enfim dormir, Callíope se sentou ao seu lado, observou-o em silêncio por alguns minutos e, constatando que ele dormia, cobriu o rosto com as mãos e desatou num choro de aflição. Tinha tido muito medo que ele não se recuperasse, que ela não conseguiria ajuda-lo a sobreviver. Mas ele parecia estar fora de perigo, enfim. Silenciosamente, Callíope orava aos deuses para que interviessem e o ajudassem na sua cura. Virando a cabeça em sua direção, Demétrios abriu um pouco os olhos, como que para ver quem era e, vendo-a ao seu lado, aflita, estendeu a mão pegando a dela, e voltou a dormir. Durante a noite, ela foi lhe servindo um *ptisane* – cozido de cevada pilada – para baixar a febre, que queria vir com força.

Na manhã seguinte, Fócion disse a Callíope que ficasse cuidando de Demétrios, enquanto ele iria pessoalmente tentar verificar quem eram os guardas que haviam feito aquilo, para uma justa reparação perante a lei, pois tinha muito apreço pelo escravo, considerava-o um ótimo técnico. Mas dissera isso apenas para apaziguar os ânimos dos outros empregados, que estavam revoltados. Sabia de antemão que nada conseguiria obter, dado que se tratava de um simples escravo, e estes não tinham nenhum direito, nenhum acesso à justiça. Podia, quando muito, em seu próprio nome, intentar uma ação indenizatória para si mesmo, dado que seu empregado não trabalharia – e não ganharia o salário – durante a recuperação. Para o escravo, nada poderia pedir. Um escravo era uma pessoa que não existia. Nenhum magistrado aceitaria nem mesmo avaliar se se tratava de uma *graphè* – ação judicial tendo como causa uma ofensa ao Estado, ou de uma *díke* – ação cível com causa uma ofensa individual, entre particulares, muito menos receber a queixa e abrir o processo. Não havia ali uma "causa" a ser demandada.

Um dia, um outro escravo, passando por Callíope a caminho de seus afazeres, interrompe seu passo taciturno e a própria languidez, para comentar para si mesmo, com seus olhos vazios:

– Eu é que queria estar no lugar de Demétrios, e ficar deitado sem nada fazer por tantos dias.

– Como pode dizer isso... Ele esteve nos braços de Hades,[22] que quase o levou consigo...

– E daí?

Tal era o desapego dos escravos à vida, que nada lhes oferecia a lhes instar o desejo de lutar por preservá-la.

Alguns dias depois, já tendo retomado suas responsabilidades na cozinha junto às outras empregadas, com Demétrios em recuperação e fora de perigo, Callíope vem lhe trazer um prato de *mazá*.

– Ah, já comi; Nikkipa me trouxe um prato agora há pouco – ele diz, retomando o velho e conhecido tom de voz que assumia ao dizer o nome de outra mulher.

Callíope ia retrucar, mas apenas o olha de canto, arcando as sobrancelhas sobre um olhar fulminante. Demétrios a tirava do sério.

[22] Além dos doze deuses do Olimpo, havia ainda deuses "menores", entre eles Hades, irmão de Zeus, que era o deus da morte e do mundo subterrâneo.

CAPÍTULO IX

ATENA

Deusa da sabedoria e da paz.

Malgrado todas as mudanças em sua vida, só Demétrios conseguia tirá-la do sério. No resto, Callíope conservava a elegância de atitude e de postura que sempre a destacaram.

Continuava a mesma garota esbelta, de andar suave, costas retas, e gestos alongados. E foi essa elegância que, num dia em que ela andava na ágora, chamou a atenção de Danilos.

– Mas olha lá! A Atena da minha vida!! Que porte, que olhar, que presença! Tragam aqui essa mulher, preciso dela aqui já, já! Depressa! Antes que ela suma!

Danilos havia sido designado pelo Conselho para organizar as Panatenéias(29) daquele ano, e ele andava pela cidade colhendo ideias, agrupando voluntários, juntando as mulheres e crianças que iriam fazer a procissão, falando nas escolas com os professores que iriam ensaiar corais com alunos, encomendando tecidos, etc. Tinha algumas ideias inovadoras e polêmicas que pretendia ver executadas. Quando Callíope foi trazida para perto dele, sem nada entender, ele ficou de queixo caído:

– Mas eu não posso acreditar! Foi a própria Atena que me ajudou, preciso ir correndo sacrificar um carneiro para ela!

Callíope sorria, ainda sem entender.

– Minha filha, como é o seu nome?

– Callíope, senhor.

– É escrava de Fócion, pelo que me disse este energúmeno aqui – diz Danilos.

– Sim, senhor.

– Formísio! Anote estes nomes: "Callíope, da casa de Fócion. Escalada para Atena"

– Mas, senhor...

– Onde você estava? – ele grita com uma mulher que vem se aproximando – Já estava quase indo embora, e você não me voltava com essas amostras! Falou com o florista?

– Falei, sim. Ele disse que acha que não vai dar.

– Como não vai dar? Vamos ver se não vai dar! Formísio! Anote: "florista: ameaçar a ele e à família" – e virando-se para Callíope – Minha filha, esteja amanhã no Parthenon, ao pôr-do-sol. Você veio salvar minha vida! A Atena dos meus sonhos!

– Senhor, eu...

Mas ele já ia indo em outra direção, falar com outras pessoas que vinham chegando carregadas de papiros. Ela consegue segurar Formísio:

– O que é tudo isto, afinal?

– É para o festival deste ano; pelo que vejo ele gostou de você, e quer que participe da procissão... Viu só, é para estar amanhã no Parthenon, já vão começar os ensaios.

Formísio enfim lhe explica de que se tratava tudo aquilo.

Danilos havia sido escolhido como organizador do evento, entre outros motivos, pela sua experiência como corêgo[23] nas últimas festas Dionisíacas, quando os dramaturgos apresentavam suas mais recentes obras no teatro, e as peças eram submetidas à votação por um júri. Danilos havia recebido uma bela premiação junto com o autor da peça que ele havia patrocinado. É bem verdade que nem sempre os dramaturgos se davam tão bem. Procuravam pelo menos não deixar acontecer o mesmo que havia ocorrido com Frínico que, mais de cinquenta anos antes, com sua tragédia *"A Conquista de Mileto"*, havia feito a plateia chorar tanto, que não só não recebeu nenhum prêmio, como ainda foi multado em mil dracmas pela dor infligida ao povo.

Com suas ideias inovadoras, Danilos havia imaginado uma festa um pouco diferente para aquele ano: os primeiros dias, com os cantos e jogos, as corridas de tochas, de cavalos e de carros, seriam relativamente iguais a todos os festivais anteriores, como a última, quatro anos antes. Mas o último dia, o da procissão, teria uma novidade: uma mulher vestida como Palas Atena, como que encarnando a deusa, sendo levada através da cidade por todo o cortejo dos habitantes! Havia submetido a ideia ao Conselho da bulé, e este havia aprovado tudo. O Conselho achou que seria aquela uma excelente oportunidade para por fim a uma lenda negativa que se havia avolumado na cabeça do povo, oriunda de uma das anedotas contadas por Heródoto. (30) Contara o falecido historiador que o tirano ateniense Pisístrato, no século anterior, teria usado um estratagema

[23] Espécie de patrocinador, diretor e produtor de peças de teatro. (*A. Jardé, o.c.*).

para reconquistar o poder, disfarçando uma moça como a deusa Atena e mandando-a de carro até a Acrópole, precedida de arautos, intimando o povo a recebê-lo em sua volta à Atenas sob a proteção da própria deusa. A ingenuidade do povo da época em acreditar nisso a tal ponto impressionara os ouvintes do historiador, que a lenda se fixou como uma vergonha em suas lembranças. O Conselho viu na ideia de Danilos a ocasião de mostrar ao povo que tudo era apenas uma fantasia, livrando o pensamento popular dos exageros do historiador. Haveria um concurso entre as raparigas das famílias nobres da cidade, para se escolher quem seria a Atena, mas Danilos parecia não ter mais dúvidas. Achara a sua deusa.

– Mas, e meu patrão? Se ele não deixar? – pergunta Callíope a Formísio.

– Ah, isso eu não sei, não!

– Uma mulher vestida de Atena? Mas esse Danilos está mesmo procurando confusão!! – ri Fócion, ao ouvir Callíope que lhe viera pedir permissão para ir ao Parthenon no dia seguinte.

– O senhor crê que eu não devo ir?

– De forma alguma, muito pelo contrário! Vá, sim! Ele tem bom gosto, esse rapaz! Só acho que alguns senhores mais velhos vão encontrar nisso tudo um motivo para espezinhá-lo! Ah, os guardiões da religião, minha filha! Esses, sim, emperram a vida desta cidade....

– De qualquer forma, imagino que o número de moças no concurso seja bastante elevado...

– Acho que teremos Panatenéias inesquecíveis! – diz Fócion. E vai seguindo seu caminho, apressado.

No dia seguinte, Callíope ia andando pela cidade a caminho da Acrópole, pensando em toda aquela história, um pouco ansiosa com o que a esperava. Certamente iria encontrar todas as moças ricas de Atenas, filhas de cidadãos importantes, lá reunidas para o tal concurso, cada uma se esforçando mais que a outra para ser a escolhida. Achava que essas moças iriam se ofender com a simples presença de uma escrava entre elas. A cidade, no entanto, parecia não estar a par dos preparativos para a festa, embora muitos fossem os encarregados das várias fases dos jogos e corridas, da limpeza e preparação dos templos e prédios públicos que seriam utilizados para os banquetes e premiações. O calor e o sol eram fortes, pois estavam no *Skirophorión,* que antecedia o *Hekatombaión,*[24] mês em que eram realizadas as Panatenéias.

Chegando ao pé da Acrópole, admirou-se de não ver ninguém por ali, apenas um guarda, no exato lugar em que, vinte anos antes, ela e Theo ficaram de mãos dadas a um guarda em uniforme de gala, esperando a mãe e Calypso reaparecerem, na festa de inauguração do Parthenon.

Sempre via o Parthenon de baixo, era uma visão à qual já se habituara. Havia subido uma vez para vê-lo de perto, por ocasião de outra festa menor. Hoje estava tudo quieto, vazio e misterioso.

– Não pode subir, não – lhe diz o guarda, que tomava conta do lugar.

Ninguém podia subir na Acrópole, apenas algumas pessoas ligadas à festa tinham permissão para ir até lá.

Mas, ao ouvir o nome de Callíope e o que viera fazer, ele diz:

– Ah, é você? Pode ir, Danilos está lá em cima esperando.

E o guarda fica olhando enquanto Callíope sobe lentamente as branquíssimas escadarias, um único pontinho escalando aquela

---

[24] Meses correspondentes a junho e julho.

imensidão de mármore, ladeada de estátuas. Indo pelo zigue-zague, aproximando-se do Propileu, Callíope para antes de passar pelo meio das seis colunas dóricas da grandiosa entrada, que ficava ainda mais imponente assim deserta, com a luz do sol que se punha dando uma cor amarelo-dourada àquele suntuoso aglomerado de mármore das colunas e degraus.

À sua direita, o pequeno e gracioso templo de Nike, onde Atena era adorada como a deusa da Vitória. À esquerda, a Pinacoteca.

A 156 metros do nível do mar, a harmonia e simetria dos templos na Acrópole, com a visão magnífica da cidade a seus pés, o mar ao longe, causava admiração não só aos atenienses como também a todos aqueles que chegavam ali.

Atravessando enfim o Propileu, à sua esquerda a esperava a estátua de Atena – aquela que já era uma imagem conhecida sua, dado que a visualizava em suas preces toda manhã. E à sua frente, no ponto mais alto da Acrópole, em sua beleza sóbria e imponente, o Parthenon.

Talvez pelo efeito da luz do sol que se punha, talvez por não haver ninguém além dela, dando ao local e ao momento um aspecto misterioso, o fato é que a emoção de repente começa a tomar conta de Callíope, diante daqueles templos que representavam tudo o que era o mundo helênico, tudo o que a cidade preservava com orgulho e devoção, todas as coisas que os antepassados haviam vivido e cujas dificuldades e vitórias não se queria esquecer.

Com o coração subitamente lhe batendo descompassado, como que querendo sair-lhe do peito, aproximou-se da entrada do Parthenon, tímida, acanhada, inebriada pelo medo e respeito. Um silêncio infinito enchia o ar, estagnando seu pensamento, a cidade, a vida. Olhando para cima, seus olhos percorreram lentamente todos os detalhes do friso, onde Fídias, o escultor, havia representado, em cores muito vivas, as várias etapas das Panatenéias. Sentiu uma força puxando-a para dentro do templo, uma força contra a qual ela não poderia lutar, uma força irresistível e sedutora. Quando ia sucumbir e transportar os degraus, viu Danilos que se aproximava, caminhando pela lateral do Parthenon, despedindo-se de um rapaz careca da mesma idade, uns trinta anos mais ou menos.

– Eu não disse? – comenta ele com o amigo, apontando para Callíope.

Voltando do mundo dos deuses, Callíope espera o rapaz ir embora.

– Senhor, aquele concurso, para escolher a moça – ela diz, aproximando-se de Danilos.

– Não vai mais haver! Um trabalho a menos!

– Mas....

– Eu já decidi: Atena é você!

– Senhor, me perdoe a intromissão mas, ter escolhido a mim, uma escrava, em detrimento de todas as outras, não pode trazer um problema com as vaidades das moças das famílias mais ricas de Atenas?

Danilos pensa um minuto, e diz, devagar:

– Minha filha, ter escolhido você, uma escrava, *resolve* o problema das vaidades entre as moças das famílias ricas de Atenas!

Estavam todos reunidos no Odeon: Danilos, seus ajudantes, trabalhadores, moças, rapazes, curiosos, todos de alguma forma participando da organização da festa. Callíope chegara cedo como lhe fora pedido. Todos na casa de Fócion – escravos e a família – estavam entusiasmados com sua escolha para o "papel" de Atena, e ela havia sido liberada para ir aos ensaios sempre que Danilos a chamasse.

Algumas mulheres terminam de tirar suas medidas, para fazerem a túnica, a armadura, o elmo, o escudo, enfim, toda a indumentária de Palas Atena. Callíope, de braço esticado, tentando acostumar-se à ideia de segurar uma coruja amarrada ao ramo de oliveira, ia conhecendo as moças e os rapazes que faziam parte do cortejo, e que riam de tudo a sua volta.

– Formísio! Não disseram que a coruja era amestrada? – grita Danilos.

– Disseram sim, patrãozinho!

– Pois parece que esta coruja rabugenta quer arranjar confusão comigo!

– E se usássemos uma coruja de terracota? – sugere Callíope, com medo da ave, que ficava se agitando e abrindo as asas ameaçadoramente, querendo alçar voo.

– Se a Atena é de verdade, a coruja também deve sê-lo! Estão prontos? – ele pergunta aos seis rapazes que iriam conduzir Callíope – Atena – erguida num tapume, na procissão.

– Estamos!

– Callíope, você fica aqui. Isso, suba no tapume. Vocês vão levantar o tapume apoiado no ombro, e levá-la, caminhando compassado, entendem? Um passo, para. Outra perna, para. Senão, vão deixá-la cair! Você, sempre segurando o escudo em uma mão, e o ramo com a coruja na outra! Ah! Ari! – interrompe-se Danilos vendo se aproximar o amigo, aquele mesmo rapaz que Callíope vira com ele no Parthenon.

– Boa tarde, amigo! Vim trazer minha careca para ver como vai indo essa bazófia! – diz Aristófanes, (31) rindo.

– Vamos lá! – grita Danilos.

– Um, dois... ! Sobe!

Os seis rapazes colocam o tapume sobre os ombros, com Callíope se equilibrando, segurando-se na haste pregada na madeira e que servia tanto de ramo de oliveira como de apoio para ela, a coruja revoltada agitando as asas.

– Vou cair! – diz Callíope, meio rindo, meio com medo.

– Cai aqui, que eu seguro! – grita um dos rapazes, rindo também.

– Atenção! Isso! – grita Danilos. – Agora, o primeiro passo, com o pé direito. Cuidado! Olhem sempre para os lados para ver se estão alinhados! Não me vão deixar cair a deusa no meio do cortejo! Um passo, para! Isso! Pé esquerdo! Esquerdo!!!

Mas a coruja não dava sinais de que ia cooperar, e batia desesperada as asas, enquanto Callíope, definitivamente com medo, perdendo o equilíbrio, soltara a tábua de madeira que servia de escudo.

Enquanto os seis rapazes abaixavam o tapume, e Formísio desamarrava a coruja histérica do punho de Callíope, uma gritaria começou a se formar na entrada do Odeon. Um homem de voz grossa e muito bravo entrou esbaforido, gritando com todos, jogando o manto por cima dos ombros teatralmente.

– Quem é o responsável? Onde está?

– Ah! – diz Danilos, irônico, vendo se aproximar aquele que era um dos sacerdotes mais rígidos da cidade. (32) – Estava demorando!

– Mas então é verdade! – grita o velho junto a Danilos, Callíope e Aristófanes – Acabem já com isso! Transfigurar uma mulher em Atena! Inspirados nas estorietas de Heródoto, certamente! De quem é esta ideia estapafúrdia? Nunca foi feita uma coisa semelhante!

– Sempre há uma primeira vez!! – responde Danilos.

– Sacrilégio! Os deuses vão irar-se contra a cidade! Atena não mais nos protegerá! – e reconhecendo Aristófanes, o comediante – Aaah, mas só podia ser isto! São todos do mesmo bando! Tinham que estar por trás dessa história, esses dramaturgos chistosos que escarnecem de tudo que é mais sagrado! Fazem chacota das crenças e tradições! Jogam na latrina todas as virtudes! Incitam o povo ao deboche, com suas peças vergonhosas! E ainda ganham prêmios!

Callíope, Aristófanes e Danilos, lado a lado, assistem perplexos o homem ir ficando cada vez mais vermelho, gesticulando e dando pulinhos, alternando ficar nas pontas dos pés e depois nos calcanhares, nos rostos dos três jovens o mesmo sorriso disfarçando a risada que quase não conseguiam controlar. Formísio continuava se debatendo com a coruja.

– Senhor, queira nos dar licença – diz Danilos, enfim.

– E até creio ter ouvido que irão escolhe-la em um concurso de beleza feminina, à moda de Lesbos!! – grita o velho, indignado, o manto escorregando de novo.

– Não haverá mais! Ela já foi escolhida! – diz Danilos triunfante, olhando para Callíope.

– Uma... uma.... – enfurecido, o velho mede Callíope da cabeça aos pés – uma *escrava* no lugar da deusa virgem! Eu não hei de deixar isto acontecer! – ele berra quase encostando o nariz no de Danilos. – Vou pessoalmente ao Conselho alertá-los para que proíbam essa infâmia!

– Perde o seu tempo! O Conselho já permitiu! – grita Danilos com o velho, nariz com nariz, irritado também.

Essa informação pega de surpresa o sacerdote, que se cala, o rosto terminando de arroxear completamente. A coruja grita, bate as asas e faz um escândalo.

– Formísio! Leve já daqui esta coruja velha e inútil! – grita Danilos, perdendo a paciência.

– Qual das duas? – pergunta Aristófanes.

– Não hei de permitir! Não hei de permitir! Malditos democratas! A culpa é toda deles! – grita o velho, furibundo, indo embora, jogando o manto sobre os ombros outra vez, saindo de cena como um personagem trágico.

– Que Hades o leve!!! – diz Danilos.

E Aristófanes estoura enfim numa gargalhada, virando-se para Callíope, que já ia indo com o corêgo:

– Minha querida, espero que você não tenha se ofendido com o que ele disse! Você bem viu que nada do que ele fala tem mesmo algum valor...

– Ah, não! Não me importo! Já vi tanta coisa, em minha vida!

Em duas ou três frases ela lhe conta rapidamente como se casara e enviuvara sem filhos, acabando por se tornar escrava, vindo parar ali naqueles ensaios, e o sorriso de Aristófanes vai dando lugar a uma expressão de introspectiva reflexão, pensando na história daquela mulher, nos desvios dos caminhos em sua vida, e com os olhos ele a segue enquanto ela se afasta com Danilos, para continuarem os ensaios

De todas as festas religiosas – e eram muitas, todos os meses havia pelo menos uma em honra de algum deus – as Panatenéias eram com certeza as mais importantes em Atenas. Eram as que maior número de pessoas reunia, pois a todos era permitido participar, até os metecos com suas esposas e filhas. A procissão era enorme, a cidade inteira subia a Acrópole e passava diante da estátua da deusa, deixando oferendas, e todo tipo de agradecimentos. O próprio friso do Parthenon trazia uma reprodução desse cortejo. A festa acontecia no mês que levava o nome do mais solene dos sacrifícios – *Hecatombeon* – com o sol e o calor contribuindo para aumentar a alegria e as cores que tomavam conta da *polis* durante os doze dias que durava o festival. O eucarista mandava sacrificar 100 bois, além de todos os outros sacrifícios menores. A todos os cidadãos era oferecido um pedaço de carne, depois de terem sido ofertadas à Palas Atena as melhores partes. Havia espetáculos musicais no Odeon; recitavam-se poemas; havia corridas de cavalos e carros no hipódromo; corridas com tochas; jogos atléticos; lutas; regatas no Pireu, e os vencedores recebiam uma coroa de ramos de oliveira e uma ânfora contendo óleo extraído dos frutos das oliveiras sagradas. E o último dia era aquele onde acontecia a grande procissão, partindo do bairro do Cerâmico em direção à Acrópole, cruzando a cidade inteira, conduzindo um manto bordado por jovens atenienses para revestir a estátua da deusa.

– Vamos, todos! – grita Danilos. – Atenção! Muito cuidado a cada um dos passos! Callíope, rosto sério, por favor! Sem risadas! Se Atena passar pela cidade às gargalhadas, seremos todos atirados do *Bárathron*![25]

Danilos começava a se arrepender de tudo aquilo. Mas a população a essas alturas já estava sabendo da Atena que passaria carregada, em carne e osso, e todos esperavam ansiosos por esse momento. Passara o mês todo ensaiando, estava exausto, várias coisas não haviam saído como ele queria, brigara com muitas pessoas, criara novos inimigos, e não tinha certeza do que acabaria sendo tudo aquilo no final. Nervosismo de bastidores de teatro. Ele já devia estar acostumado.

Todo o seu grupo aguardava no *Leocorium,* no bairro do Cerâmico, de onde partia a procissão. Os rapazes que carregavam

[25] Abismo situado à saída de Atenas, ao qual eram atirados alguns condenados à morte e onde também eram jogados os corpos de supliciados. (*A. Jardé, ob. cit.*).

o tablado da deusa Atena, em suas túnicas brancas, não paravam de falar bobagens entre si, e não fosse o medo da coruja – outra coruja, desta vez adestrada e quieta, mas ainda assim uma coruja de verdade, presa no ramo de oliveira – Callíope certamente teria sucumbido à vontade de rir. Faziam parte de um dos primeiros grupos, vindo logo atrás dos magistrados e sacerdotes, e eram seguidos dos sacrificadores trazendo os bois e pequenos animais, que vinham enfeitados com coroas de flores. Depois vinham os anciãos trazendo ramos de oliveira; as moças, com cestas de oferendas à cabeça, acompanhando o manto da deusa feito por elas especialmente para a ocasião; atrás delas, um grupo de mulheres seguia jogando pétalas de flores. E aí vinha a massa da população, os cidadãos e suas famílias; os metecos trazendo como oferenda pequenos navios que simbolizavam sua origem estrangeira; as mulheres dos metecos trazendo vasos d'água, e suas filhas, trazendo banquinhos e guarda-sóis. Em seguida, vinham as delegações das clerúquias (33) e cidades aliadas. Encerrando a marcha, vinha a cavalaria ateniense em uniforme de viagem. Toda a população estava envolvida com a festa. Os prisioneiros eram colocados em liberdade durante os doze dias que ela durava.

Saindo do Cerâmico, a procissão vai em direção ao templo de Deméter, no caminho de Eleusis, e daí seguindo pelo muro Pelasgico, na Pnix, e finalmente para a Acrópole, onde a estátua de Atena é coberta com o manto, e as oferendas são colocadas a seus pés, bem como por onde houvesse lugar.

Obviamente, as Panatenéias deste ano tinham todas as suas atenções voltadas para Callíope. E quando ela passou, suspensa pelos rapazes que finalmente se calaram, não havia quem não ficasse emocionado ao vê-la. Danilos havia realmente acertado. Callíope personificava em sua postura, traços e semblante, exatamente o que a imaginação popular concebia como sendo a deusa de sua cidade.

Todos a olhavam maravilhados, respeitosos, como se estivessem mesmo vendo sua protetora ali, diante deles, orgulhosa deles, honrando a eles com sua presença enigmática. Numa mistura de altivez e serenidade, com a túnica azul feita em tecido especial, fino, um pouco brilhante, debruada em dourado, a capa no mesmo tom jogada de lado, caindo de um ombro; o escudo em pele de cabra, feito por um dos mais conceituados fabricantes de escudos e armaduras da cidade; e o capacete de penacho, feito especialmente para sua cabeça, muito menor do que a menor das cabeças dos soldados; seus cabelos negros aparecendo pelos lados do elmo; o ramo de oliveira na mão direita, onde a coruja pousava serenamente, ela trazia ainda o olhar cativante e misterioso, sempre mirando à frente, como se fora de fato a deusa descida do Olimpo para sua festa e seus protegidos. Até os sacerdotes se emocionaram. Como era linda sua deusa! As pessoas não cabiam em si de alegria e emoção. Não conseguiam largá-la dos olhos.

Um par de olhos, no entanto, tomado pelo batimento descompassado do coração, não se contentou apenas em olhá-la. Teria que tê-la mais perto.

Após passarem pelo Propileu, e reverenciarem a estátua de Atena, o grupo afinal encerrava sua passagem. Aos poucos, lentamente, toda a turba começava a se dispersar, cansados, mas ainda com a emoção da festa a animar-lhes as conversas.

Quando voltava para casa, descendo da Acrópole, caminhando pelo Perípatos,[26] carregando o capacete, os cabelos soltos sobre os ombros, Callíope é parada por um escravo seu conhecido. Trabalhava na casa de Alcibíades.

– Meu amo manda lhe chamar em casa, Callíope!

– Mas....

[26] Caminho circular que circundava a Acrópole.

– Disse ele para você vir comigo agora mesmo, antes de retomar para sua casa.

Callíope não tinha a menor vontade de ir. Soubera como se esquivar dele quando vinha procurá-la na casa de Fócion. Quantas vezes, ao servir vinho e frutas secas aos dois homens, passando por Alcibíades, este lhe segurara pelo braço, tentando soprar-lhe alguma palavra, alguma sugestão, algum convite, e Callíope, desvencilhando-se discretamente, fingira não ouvir ou não entender.

– Meu caro Alcibíades, deixe esta moça em paz.... – dissera-lhe numa ocasião Fócion, que de resto sabia muito bem não ser ele o motivo da visita do notório rapaz.

Mas Callíope não sabia o que esperar de Alcibíades, em sua própria casa.

Contrariada, sem saber se fazia o certo, se devia obedecer ou não àquela ordem de um cidadão que não era seu amo – Fócion sempre deixara claro que não queria entrar em atritos fora da assembleia com seus adversários bem como com seus aliados – começou, aflita, a seguir o empregado pelas ruas pavimentadas dos bairros ricos, aproximando-se do local onde morava o general. Teve ainda um impulso de ir embora correndo, ao chegar à porta.

– O patrão a espera. Queira me seguir – diz o empregado.

A casa estava perigosamente vazia. Certamente todos – mulheres, empregados e crianças – estavam ainda na festa. Callíope segue o empregado que a leva através de grandes salas suntuosas, parecendo palácios ou prédios do governo, ou até mesmo templos. Numa parede ela reconheceu o trabalho de Demétrios, as pedrinhas coloridas formando harmoniosos desenhos referentes à cidade, às lutas, às belas mulheres. Ao ser introduzida numa sala, não viu que Alcibíades já estava lá, e se assusta, virando-se em direção à voz que lhe falava de repente, vendo-o em pé, perto de uma cadeira.

– Que honra receber a visita da própria deusa...

Alcibíades não era exatamente um fervoroso adorador dos deuses. Aquelas palavras, em sua boca, poderiam soar sarcásticas, não fossem sua fala atrapalhada e seu tom desajeitadamente galanteador, embora sincero, o qual confirmava a Callíope suas intenções.

Aos trinta e cinco anos, no esplendor da juventude, saúde e vigor, ele estava ainda mais bonito do que jamais fora. Os escândalos envolvendo sua vida particular assim como a pública o tornavam ainda mais carismático. Era um dos políticos mais ouvidos na cidade, estava no auge de sua carreira de estrategista. Tinha poder e influência nas decisões mais importantes – sobretudo aquelas ligadas à guerra contra Esparta, guerra esta que ele apoiava e incentivava. Sua coragem nas batalhas e seus discursos na assembleia ganharam-lhe o título de general aos trinta anos. Sua tumultuada vida na carreira política, na diplomacia e na guerra haviam lhe trazido muitos altos e baixos, e agora sua popularidade havia se restabelecido, por conta de suas vitórias nas corridas de carros, nas Olimpíadas do ano anterior. Nada lhe era negado, e ele estava por demais habituado a todas as regalias.

– Senhor, me disseram que havíeis me chamado...

Na casa de Fócion, Callíope fora habituada a tratar o patrão, por ordem deste, na linguagem mais informal, como com os empregados e homens livres, sem as barreiras hierárquicas. Com os outros senhores, no entanto, ela sabia que o tratamento deveria sempre ser respeitoso.

Ele dá um passo em direção a ela, que por sua vez dá um passo se afastando.

– Não pude deixar de chamá-la... para dizer que ficou deslumbrante assim, como Atena.

Callíope abaixa os olhos.

– Obrigada, senhor.

O que é que mais lhe chamava a atenção nela? Sua beleza? Sua inteligência? Sua delicadeza? Sua indiferença? O fato é que Alcibíades havia se apaixonado por aquela mulher da mesma forma avassaladora que seu tio Péricles havia se apaixonado por Aspásia.

– Callíope... Será que nunca você vai compreender o que eu quero? – ele diz, aproximando-se dela, amaciando o mais que podia a voz, habituado que estava a dar ordens, e quase sempre rudemente.

– Senhor... – Callíope mais uma vez se afasta.

– Tantas vezes ao longo desses meses tentei chegar perto de você...

Alcibíades ficava pasmo diante da firmeza e indiferença da escrava. Como era possível que ela não sucumbisse ao seu poder, ao seu carisma, à sua beleza? Ela dá mais uns passos afastando-se dele.

– Mas quer ficar parada, por favor! – ele diz, perdendo um pouco da brandura da voz.

Callíope estaca no chão e o olha firme nos olhos, a cabeça inclinada.

Alcibíades treme sob esse olhar diante do qual se encolhia sua altivez.

– Ao meu lado – continua ele, suave outra vez – você poderia ser muito feliz.

Ele se aproxima ainda mais, quase tocando-lhe o corpo. Ela desvia o rosto e o olhar, sem nada dizer.

– Eu poderia tirá-la da condição de escrava... Você viveria em uma casa que eu compraria, só para você, com empregados, com joias...

Callíope mantém os olhos fixos em um ponto na parede. Ele queria transformá-la em sua *hetera!*[27] Alcibíades a vê assim, de per-

---

[27] Amante.

fil, tão próxima dele como nunca estivera, e a sós. Sentia seu cheiro, seu calor, via de perto sua pele, seus cabelos, a forma de seu corpo esbelto e elegante. Com a boca seca, sentindo tontura, o coração querendo lhe sair do peito, fica a ponto de se descontrolar, tomá-la nos braços, para beijar-lhe a boca, o pescoço, e subjugá-la, enfim. Ela se mantém em silêncio.

– Conheço sua dignidade, sei que não ofereço o que está à sua altura – ele se perde nas próprias palavras, no próprio desejo, e na presença embriagante da moça.

A sala parece ir ficando mais escura.

– Ah, Callíope! Não sei se vou poder suportar mais um minuto vendo-a assim tão perto de mim... Preciso de você agora – ele põe uma mão em seu ombro, enquanto a outra lhe segura o braço.

Muda e impassível, ela sabia que ele não se deixaria vencer. Se na voz ele transparecia ternura, a mão dele em seu ombro já fazia uma pressão com a qual ele demonstrava posse. Chegara o momento crucial daquela conversa, cujo desfecho ela temia.

– O que me diz? – ele pergunta.

Callíope fica em silêncio por mais alguns segundos, antes de falar.

– Senhor – finalmente ela começa, devagar, mas firme – Para que quereis a minha palavra? Que posso dizer eu, uma simples escrava? Bem sei, como sabeis o senhor, que devo obedecer ordens... Eu, uma empregada, e o senhor, um cidadão honorário... Que vale minha palavra? Tendes o poder, enquanto cidadão, bem como a força, enquanto homem. Se àquele me oponho com minha vã palavra, a este também me oporei, como puder, com os meus braços.

Era isso, então. Se a queria, teria de tomá-la à força. Alcibíades fica perplexo, sem largá-la do braço e dos olhos. Queria cobrir-lhe de beijos e dizer-lhe quanto a amava. Sentia sua força esvair-se diante da beleza, da honra e da coragem daquela mulher.

– Porque me condenas, você também... a amar sem ser correspondido?... Deixam-me só, com esse sentimento que carrego... o qual eu não posso controlar... não consigo deixar de sentir... Terei que permanecer assim, vendo-a de longe, admirando e amando você... à distância... – falava como um menino derrotado.

Callíope não chega a se impressionar. Sabia que apesar daquelas palavras, podia vir a ser tomada pela força a qualquer instante. E ainda, com todos os sentidos atentos, ela ouve que alguém está entrando na casa e falando alto. Seu silêncio leva o general às últimas consequências, falando num misto de dor e falta de ar, como que prestes a chorar:

– Me diga... o que queres... diga-me do que precisas... eu farei tudo, tudo o que quiseres... Eu abandono tudo. Afasto-me de tudo. De casa, do exército, da política, até da cidade. Dar-lhe-ei o que quiseres. Dai-me a ordem, e o farei, seja o que for!

Um barulho é ouvido e o empregado entra, seguido de Andócides, amigo de Alcibíades, que não espera ser anunciado e vai falando afobado:

– General! Estão atrás de nós! Vêm vindo até aqui alguns membros do Conselho, precisamos tomar uma decisão! Talvez tenhamos que fugir!

– O que aconteceu? – pergunta Alcibíades, retomando a voz normal, com impaciência, aborrecido pela interrupção tão inoportuna, mas percebendo no tom do amigo que se tratava de alguma coisa grave.

– Houve um ato de barbarismo, as Hermas foram todas capadas! Todas, pela cidade inteira! Nenhum dos pedestais sobrou intacto! Alguma algazarra de bêbedos, certamente. Mas estão atribuindo o feito a você, e a mim também! – Andócides não parava nem para respirar – Tudo o que acontece de errado nessa cidade é nossa culpa! Vão dizer que nós atiramos o deus Hermes contra

Atenas, destruindo-lhe todas as suas estátuas! Meu amigo, se se firma esse entendimento, será o nosso fim! Seremos julgados, levados ao ostracismo, ou talvez até condenados à morte! (34)

A notícia havia ensombrecido o rosto de Alcibíades, que via no fato um provável obstáculo aos seus ousados planos estratégicos contra Esparta, já praticamente aceitos e aprovados na Assembleia. Callíope aproveita para ir se retirando.

Qual dos dois havia sido salvo por Andócides? Ela, diante da iminente investida do general, ou ele, que colocara sua palavra e promessas tão radicais à prova?

Ao chegar em casa, tensa e com o nervoso tumultuando-lhe os sentimentos, Callíope é rodeada pelos escravos que enchem de perguntas a amiga, ainda em seu elegante traje de Palas Atena. Demétrios, também fascinado pela notoriedade da mulher, recebe-a nos braços, nos quais ela finalmente chora de aflição, neles encontrando a segurança e a familiaridade que a fazem se entregar ao marido, quando a sós, com uma volúpia tão inesperada quanto bem-vinda para Demétrios.

E na empolgação, esquecem-se, ambos, dos cuidados que deveriam ter tido naqueles dias do mês.

Naquela tarde, não fora apenas Alcibíades quem ficou encantado ao ver a bela Callíope passar com o cortejo, transformada em Palas Atena. No meio do povo, incrédulo e maravilhado diante daquela visão, Theo viu passar a sua deusa, cujo paradeiro ele desconhecia desde que ela havia ido embora, dois anos antes, naquele dia em que Zeus castigara a Terra.

– Ateninha... Atenika... o que é que você tem?

Demétrios se habituara a chamar Callíope assim desde a noite das Panatenéias. Passara a tratá-la com especial deferência. Mas nem por isso se tornara menos interessado nos rabos-de-saia das outras mulheres. Apenas reconhecia que aquela que tinha ao seu lado merecia muito respeito – dentro da sua concepção de respeito, é claro. E havia dias ela vinha se sentindo mal, cansada, indisposta. Desajeitado, ele não sabia o que fazer para vê-la melhor.

– Senhor, preciso lhe falar... – diz Callíope a Fócion uma certa manhã.

– O que é, minha filha? Alguma coisa não vai bem?

– É que eu... estou esperando bebê.

Fócion fica a olhá-la um minuto, sem nada dizer, mais observando a reação da moça do que ocupado com a sua própria.

– Aconteceu, enfim? – pergunta ele.

– Sim...

– E o que você pretende fazer? – sua voz demonstrava a afeição que sentia por ela.

Havia brotado uma relação como de pai e filha entre eles. Callíope buscava junto ao patrão, naquele momento, mais do que um conselho ou uma palavra: queria apoio.

– Senhor, conhece meu pensamento sobre os filhos de escravos... Ao longo desse tempo procurei evitá-los.

– Sempre há a opção de expô-lo. Ou até...

Callíope vira isso aqueles anos na casa. Algumas escravas abandonaram seus bebês. Uma empregada de outra casa havia feito um aborto. A nenhuma delas tais decisões haviam sido fáceis ou indiferentes.

– Senhor, eu quero, eu gostaria de ter o bebê...

Fócion sorriu. Conhecia a história de Callíope tão bem, seus esforços por ter um filho com Cassandro, e depois por não tê-lo com Demétrios. Mas conhecia sobretudo sua vontade de mulher.

– Eu sei – continua ela – que não queria colocar no mundo uma criança para viver e crescer em condições desprivilegiadas...

– Callíope, minha filha, não precisa se justificar, nem deixar seu coração em dúvida. Saiba que aqui nesta casa, seu filho será sempre muito bem tratado e benquisto! Tenha-o, sim. Há tempos não vejo crianças por aqui, será bom – diz o patrão, sorrindo – São o futuro, afinal!

Todas as escravas já sabiam, bastando-lhes apenas ver os sintomas tão comuns, pelos quais quase todas já haviam passado logo antes de o ventre lhes começar a crescer. Só Demétrios ainda não tinha ideia de que Callíope engravidara. Como era possível ele não perceber? De mulheres, ele só entendia aquilo que lhe interessava. Dali para a frente, o assunto não lhe dizia respeito. Se alguma mulher havia tido um filho dele, ele nunca ficara sabendo. Grávidas, alíás, eram uma coisa da qual ele se afastava com medo, nem ele mesmo sabia do quê.

– Sente-se bem, hoje, Ateninha?

– Sim...

– Era bom você tomar alguma daquelas sopinhas que você faz, quando algum de nós fica doente.

– Demétrios, eu não estou doente, estou grávida... – finamente ela lhe revela.

– Como assim?

– Eu vou ter um filho seu.

Demétrios fica olhando a mulher como que sem entender. Nunca havia ouvido aquela frase antes. "Vou ter um filho seu". Tantos amigos lhe haviam contado que saíram correndo diante dessa notícia. Surpreendia-se não tendo vontade de fazê-lo.

– Foi na noite da Ateninha, não é... ?

– Foi sim... eu, na verdade, já sabia desde aquele momento mesmo... E agora tenho certeza...

– Me perdoa, Atenika... foi minha culpa...

– Demétrios...

– É por isso então que você não se sentia bem esses dias! – ele fala, com a voz triunfante de quem desvenda um grande mistério.

– Mas eu já estou bem, é só me cuidar.

Callíope não sabia como dizer para Demétrios que já decidira que ia ter o bebê. Parecia-lhe estranho que ele pouco ou nada tivesse a opinar no assunto, sendo a conversa com o patrão muito mais decisiva. Parecia-lhe que pela primeira vez na vida tomava uma decisão por conta própria. Não se dava conta de que já o havia feito tantas vezes, contrariando as regras vigentes que colocavam as mulheres sob o jugo de um homem – fosse o pai, o marido, o patrão, o amante – nunca dando um passo sem a permissão de um deles.

– E como vai ser... ? Você não queria ter filhos... – diz Demétrios, que também não sabia lidar com o assunto – Você vai abandoná-lo?

Ela cria coragem, e responde, olhando-o firme nos olhos:

– Não, eu vou tê-lo, Demétrios... Uma vez dentro da minha barriga, eu o quero... muito... Meu bebê... Eu quero e vou ter o nosso filho...

Ele fica quieto, o semblante sério, talvez ponderando sobre a notícia, talvez querendo começar uma briga, talvez apenas não atinando em nada. Callíope, no entanto, se prepara para os costumeiros embates.

– Ateninha.... você vai ter... um deusinho!

Callíope sorri e os dois ficam deitados no escuro, conversando baixinho sobre a gravidez, sobre a noite da Atena, sobre parto, sobre túnicas maiores e choro de bebê.

– Ei... Callíope! E então? O que ele disse?... – sussurra uma escrava se aproximando do cubículo, já que aquela conversa tão importante não havia ocorrido nos habituais berros compartilhados por todos os escravos.

– Estou grávido! Vou ter um filho! – ele grita, rindo, abraçando Callíope.

Demétrios a tirava do sério.

Os primeiros meses foram fáceis para Demétrios. Nem parecia que estava grávido pela primeira vez. Parecia que uma aura de maternidade o envolvia e lhe dava um ar de honra e dignidade. Já se habituara aos enjoos, que aliás haviam cessado após algumas semanas. Acariciava a barriga ainda chata nas horas vagas. E gostou especialmente dos seios aumentados.

– Estamos bem hoje, mãezinha? – perguntava ele.

Lá pelo sexto mês, no entanto, Demétrios começou a ficar desconfortável com a barriga que ia crescendo. Não encontrava posição, não sabia para que lado se virar. E acabou finalmente encontrando o lado certo: ao lado de outras mulheres, sem bebês salientes a lhes encher o ventre. Para Callíope aquilo não era nem novidade nem tristeza. Ao contrário, podia então se esparramar à vontade sem que ele viesse procurando uma perna, uma coxa, um quadril. Não que ele tivesse desistido completamente, mas pelo menos já vinha relativamente satisfeito e – isso, sim, novidade – com uma certa dose de culpa. Na verdade, nunca ele se sentira tão feliz. Continuava levando a vida de sempre, tinha uma mulher que dava inveja aos escravos, metecos e cidadãos, ia ter um filho, e era cada vez mais requisitado para os serviços em que era tão hábil e aprimorado. As obras que fazia nos chãos e paredes de edifícios públicos, com os pedacinhos de cerâmica colorida formando figuras harmoniosas, haviam se tornado a sensação das obras arquitetônicas.

E foi essa habilidade que, um dia, lhe trouxe uma mudança que, em outros tempos, o teria feito ainda mais feliz, em seu espírito de aventura. Mas agora o deixava atônito, sem saber o que sentir, e apenas tendo que obedecer.

– Vai aprontar as suas coisas – diz Tártaros. – Você parte amanhã no navio que sai logo cedo para Éfesos, junto com um grupo de artesãos.

A fama de Demétrios havia cruzado os mares. Fócion havia sido intimado, pelo Conselho, a vender o escravo para o Estado para ser mandado àquela cidade, na Ásia Menor, para efetuar seus trabalhos em edifícios locais. Os habitantes de Éfesos eram conhecidos pelo seu gosto por edifícios caprichados, suntuosos, que visavam deslumbrar os olhos. O famoso *Artemision,* Templo de Ártemis, (35) a deusa caçadora, era uma obra que pessoas de todo o mundo gostariam de conhecer. Demétrios deveria ter se entusiasmado com a ideia de ir a tal lugar. Mas assim não ocorrera. Nem a expectativa de conhecer outras mulheres o animava.

– Preciso que vocês saibam que não pude fazer nada para evitar isso, – diz Fócion, frustrado e entristecido, tendo chamado os dois à sua presença para falar sobre a partida de Demétrios.

Não queria ver ir embora um de seus melhores empregados. E achava que Callíope, no fim das contas, estava bem com aquele homem, cujo filho ela trazia no ventre. Tentara convencer os prítanes de que precisava dos serviços daquele artesão, mas os prítanes já estavam convencidos de que precisavam dele ainda mais. Fócion não sabia se era porque ela não amava Demétrios, ou porque já havia sofrido tantas coisas, mas via no rosto de Callíope que ela na verdade não sofria pela separação. Já não podia dizer o mesmo de

Demétrios. Sua desolação era evidente. Gostaria de poder dizer ao casal de empregados que a separação seria passageira, mas sabia que o mais certo era que, após aquela empreitada em Éfesos, Demétrios seria enviado para algum outro local ainda mais distante, a mando do Estado.

Pela primeira vez na vida, Demétrios conhecia o que queria dizer ser escravo, não ter voz nem direitos. Pegar um navio, cruzar os mares, conhecer outras terras, ganhar fama e dinheiro, significava para ele naquele instante a mais pungente falta de liberdade.

– Ateninha...

Separar-se de Callíope lhe causava uma dor que ele jamais imaginara vir a sentir. Olhava seu rosto e sua barriga, e sentia um nó na garganta, pois sabia que provavelmente não a veria mais, nem sequer veria o filho nascer, e com certeza nunca viria a conhecê-lo. Era a deusa Afrodite que se vingava dele, enfim. À porta de casa, com o sol nascendo naquela manhã, carregando um saco contendo algumas ferramentas e poucos objetos pessoais, ele a olhou pela última vez, despedindo-se da mulher de sua vida.

– Mãezinha... Se for menina, você põe nela o nome de Atena?

– Ponho, sim. E a chamarei de Atenika.

Demétrios sorri.

– E se for menino, já escolheu um nome? – ele pergunta.

– Já. Se for menino, ele se chamará Demétrios.

Os olhos dele ficam rasos d'água. E Callíope o abraça forte, os olhos também cheios de lágrimas, por aquele a quem, se não amara, havia respeitado e até obedecido conforme lhe havia sido ensinado em menina, que as esposas deveriam fazer, e cujo filho, chutando em seu ventre, ela já amava com toda a força de seu coração.

Se lhe tivesse sido dado escolher, Callíope talvez não quisesse que Demétrios fosse embora. Junto àquele homem que ela não amara, e ao qual havia sido unida por força do trabalho, havia construído o que mais se parecia com uma "vida a dois", onde o objetivo comum, ao invés de ser a perpetuação da família e dos bens imóveis, era simplesmente a busca da sobrevivência e do bem-estar cotidiano, dia após dia. De alguma forma, esse objetivo lhe parecia fazer mais sentido do que o outro. E, guardadas todas as reservas que ela nutria pelo comportamento exasperante de Demétrios, haviam conseguido alcançar uma ponta desse objetivo comum.

Os últimos meses da gravidez tiveram Callíope quase todo o tempo dentro de casa. Fócion definitivamente a tratava como a um membro da família, e como tal, preferia que ela não saísse muito para a rua. Na verdade, ele jamais conseguira deixar de vê-la como uma "cidadã", e assim a tratava, preservando-a dos olhos do povo, como faziam os cidadãos com suas esposas e filhas. Não fosse a barriga já pesada, Callíope teria se ressentido disso, pois gostava muito de andar pela cidade. Sempre fora uma grande admiradora da *polis*. Atenas lhe aparecia aos olhos como um grande jardim ensolarado, o cheiro das flores de verão perfumando o ar. Era um prazer ir fazer compras na ágora numa manhã de sol, em meio às cores e gritos e toda a vida que aquele espaço aberto encerrava. Os edifícios, os jardins, as estátuas, a harmonia das formas, tudo lhe encantava a vista. Gostava de andar pelas ruas pavimentadas, sobretudo aquelas dos bairros mais estruturados, em traçado quadriculado conforme a recente invenção de Hipódamo, (36) que buscava dar à cidade inteira uma ordem, acabando aos poucos com a falta de simetria e calçamento das estreitas ruas antigas, onde as casas eram pequenas e incômodas, desalinhadas umas em relação às outras, por entre as quais animais soltos chafurdavam pela lama salpicando as túnicas dos passantes. Callíope amava a sua Atenas.

Foram dois meses de sossego dentro de casa, ajudando as empregadas em suas tarefas, e assessorando Fócion em seus ofícios, escrevendo os discursos que ele ditava, opinando aqui e ali sobre uma frase ou uma ideia, anotando recados, imaginando saídas estratégicas para as situações delicadas em que o patrão eventualmente se envolvia. Num desses dias, em meio a um ditado, ela sentiu a primeira fisgada. Fócion imediatamente chamou as outras empregadas e colocou a casa em polvorosa, nervoso como um verdadeiro avô. A coisa parecia que ia ser muito rápida. Alguém devia estar de plantão, porque imediatamente apareceu uma parteira, trazida da cidade.

E assim, num dia de primavera daquele mês de *Mounichíon*,[28] nascia Demétrios.

Enfim tinham um bebê na casa.

Fócion, cujos dois filhos estavam no exército às voltas com a guerra e com as mulheres fáceis, não via para tão cedo a perspectiva de ter netos por perto. Callíope sendo como uma filha, foi com naturalidade que deixou aquela criança e suas gracinhas ir tomando conta de tudo e de todos. Era Callíope quem cuidava para que o filho crescesse conhecendo bem os limites da casa do patrão e do alojamento dos empregados. Com sua maneira prática e objetiva de ver a vida, ela sabia que de nada adiantava alimentar ilusões: ela e o filho eram escravos.

Ser mãe foi uma alegria em sua vida pela qual ela não esperava. Era simplesmente apaixonada pelo menino. Em seus primeiros meses de vida, angustiara-se um pouco, pois o achava muito pequeno. Mas as outras empregadas a acalmaram, dizendo que era assim mesmo. Conforme ele foi crescendo e ficando forte, suas aflições passaram. Olhava-o o tempo todo, como se estivesse vendo um

---

[28] Abril.

milagre. Cada sorriso dele, cada tentativa de falar, cada novo gesto, colocava nos olhos de Callíope uma luz que, antes, não existia.

A experiência de ver a barriga crescer com um novo ser humano se formando lá dentro havia dado a Callíope a oportunidade de observar e aprender mais sobre a gravidez. Depois, com seu pequeno menino nos braços, noite e dia, aprendeu também sobre crianças, suas peculiaridades, sua fragilidade e também a sua facilidade em se recuperar. E logo as mães de Atenas passaram a recorrer àquela moça que já estava habituada a atender a vários doentes, cidadãos e escravos, ricos e pobres, velhos e moços, homens e mulheres. Agora era quase diária a busca pela ajuda de Callíope para os pequenos atenienses, desde os bebês, até os meninos e meninas adolescentes. O que mais impressionava Callíope era ver como as mães não habituavam os filhos desde cedo a uma alimentação saudável, deixando-os às vezes comerem o que quisessem por conta própria, fazendo-os assim crescerem sem os nutrientes necessários e, o que é pior, sem o hábito de comerem aquilo que lhes poderia salvar a vida, um dia. Como a alimentação no campo era melhor! Nunca faltava nenhum alimento, pois plantavam tudo de que necessitavam. Nem a seca ou a guerra dificultavam a vida dos camponeses que, à falta do grão, devido a um capricho de Deméter, a deusa da fertilidade da terra, tinham o recurso da caça sempre fácil. Não era à toa que a gente do campo tinha a fama que tinha! É claro que eram avessos à cidade, que roubava aos homens o tempo e a saúde, sem lhes dar em troca a paz e tranquilidade aos corações!

Assim, as crianças acorriam a Callíope como carros de cavalos em competições esportivas, e era uma dor de barriga aqui, uma febre sem explicação ali, uma dor de ouvido acolá, um pezinho machucado mais adiante, um bracinho quebrado mais para a frente. No começo, Callíope se condoía com cada um dos pequenos que aparecia nos braços da mãe ou ama, os olhinhos cheios de lágrimas ou então apagados de fraqueza. Mas aos poucos foi aprendendo que condoer-se não só não ajudava na cura, como também atrapalhava seu contato com o pequeno doente: todos os enfermos precisam saber que seu médico tem, primeiro de tudo, o domínio de si mesmo, e que é capaz de analisar o caso friamente, para melhor poder conduzir seus pensamentos em direção à solução para cada caso. E mesmo as crianças têm essa percepção instintiva.

Quando não estava atendendo algum doente ou anotando os discursos e recados de Fócion, Callíope ficava junto ao seu pequeno Demétrios – Dimitraki, como ela o chamava carinhosamente, e todos passaram a chamá-lo também – vendo-o crescer e engordar, e começar a andar e a querer falar.

Pã estava voltando para o albergue onde dormia nas noites de inverno quando viu de longe passar Callíope, levando o menino no colo.

– Mas... se não é a pequena Callíope, filha de Ganimedes... a que se vestiu de Atena...

Ele havia justamente recebido alguns trocados de Theo, um ou dois dias antes. Conhecia a família de Ganimedes – como, de resto, conhecia toda a população. Via o rapaz com alguma frequência, mas há muito não via Callíope. E agora ela aparecia com uma criança no colo! De quantas coisas ele não estava a par! Também, a moça há muito tempo não aparecia pela ágora. Seria ela, mesmo?

Pã não tinha mais a mesma memória de antes. Já com quase setenta anos, nem ele mesmo sabia como sobrevivia todos aqueles invernos, morando nas ruas, vivendo de esmolas. Não, era ela sim. É que não a via há um tempo, só isso. E Theo, também, tinha seus dias certos para aparecer. Haveria de informar um e outro, e colocá-los em contato.

Mas aquela era uma noite de um frio excepcional. E Pã parou no caminho, sentindo muita dor em seus membros mutilados. Não conseguindo mais se arrastar até o albergue, acabou passando a noite na rua, com fome, cobrindo-se com alguns farrapos. E amanheceu morto.

CAPÍTULO X

APOLO

Deus da poesia, da música, dos esportes, da caça, e da arte de curar.

— Callíope! O patrão está chamando você, lá dentro! Deixe que eu olho o Dimitraki!

Todas as mulheres gostavam do menino, já agora com quase três anos.

– Senhor... Mandou me chamar?

– Sim, meu bem. Está aqui alguém que veio especialmente para conhecer você! – diz Fócion, tendo ao lado dele um homem muito digno que Callíope nunca havia visto.

– Que alegria poder conhecê-la – diz o homem, fazendo uma pequena reverência com a cabeça. – Fiquei sabendo sobre você ainda ontem, na ágora. Soube que é excelente em curar doentes! Sobretudo crianças!

– Callíope, aproxime-se de nós. Este é Hipócrates. (37) Veio conhecer e conversar com você.

Callíope sente o rosto ficar vermelho.

– Conhecer a mim, senhor!

Todos em Atenas conheciam aquele famoso médico, que costumava viajar pelas cidades helênicas, ajudando pessoas, ao mesmo tempo em que ensinava e aprendia ainda mais.

– Interessei-me por você ao ouvir as coisas que se diz na cidade – continua o médico. – Me pareceu que temos métodos parecidos de tratar os doentes.

Callíope não sabia o que dizer. Ainda estava pasma de ouvir aquele notório cidadão rasgando os elogios para ela.

– Senhor, apenas sigo meu instinto e a observação.

– Pois é o meio por onde se começa, meu bem... E que não deve ser colocado de lado jamais...

– Na verdade vou apenas coletando informações aqui e ali, observando as pessoas, suas reações, sua alimentação.

– Ah, a alimentação! Sim, estamos mesmo de acordo, nesse ponto e certamente em tantos outros!

– Senhor, que sei eu...

– Callíope, estou organizando em Cós, a ilha onde moro, na escola de medicina, um grupo de estudos para ensinar o que sei àqueles que queiram aprender, e também para estudar ainda mais a fundo as questões da saúde... Quero difundir esse estudo, alargar o número de homens – e mulheres – capazes de ajudar outras pessoas a se recuperarem de seus males do corpo. Você gostaria de passar uns meses conosco por lá?

Callíope arregala os olhos. Jamais poderia esperar uma proposta como essa. Sair de Atenas, conhecer uma ilha! Aprender com esse mestre, que havia revolucionado todo o estudo da medicina, tornando-a uma ciência organizada! Ser admitida num círculo onde praticamente mulher nenhuma antes havia entrado! Não sabia o que dizer. Fócion, que havia saído da sala, volta justamente no momento em que seu queixo termina de cair.

– Creio que já disse a ela – diz ele, que conhecia de antemão a proposta que seria feita.

– Senhor...

– Muita alegria me traria se você se juntasse ao nosso grupo.

Callíope olha para Fócion.

– Bem, quanto a mim... – diz ele, alegre e orgulhoso – Não sou eu que tenho que decidir, meu bem...

– Mas, senhor, eu sou sua empregada...

– Mas não é de seu serviço que sentirei falta, enquanto estiver fora, e sim da companhia, da inteligência, da candura! Sem contar estas dores nos joelhos, que só você sabe tratar, com suas compressas de argila!

– Quer ir? – pergunta o médico, ansioso pela resposta. – Serão alguns meses, apenas. Depois você volta para cuidar dos joelhos de Fócion.

– Mas, e meu filhinho?

– Ora, ele vem também, é claro! O ar da ilha lhe fará muito bem! – continua ele, percebendo que ela aquiesceria enfim. – Já esteve fora de Atenas? Vai conhecer a mais bela ilha do Dodecaneso! Um enorme jardim flutuante! Minha família ficará encantada em conhecê-la!

Ela abre um sorriso, imaginando tudo aquilo, mal acreditando no que ouvia, na oportunidade que se abria para ela, em tudo que poderia aprender, na alegria do pequeno Demétrios, em como a vida podia trazer surpresas, ruins e boas também.

Callíope e Dimitraki estiveram fora de Atenas justamente quando da reação dos aristocratas que, durante um curto período, impuseram seu governo de quatrocentos membros ao povo, tentando fazer valer seus pontos de vista sobretudo em relação à guerra contra Esparta, à qual sempre se opuseram. Mas o exército, ocupando a ilha de Samos, conseguiu colocar os democratas novamente no poder, escolhendo Alcibíades como seu líder. Alcibíades que, aos trinta e nove anos, já vira e fizera de tudo em sua vida. Quatro anos antes, havia fugido em função do escândalo das Hermas e, revel, condenado à morte por tal sacrilégio, unira-se aos espartanos no Peloponeso e ainda seduzira a esposa de Ágis, o rei de Esparta, vindo depois a cair na suspeita dos espartanos quando estes foram derrotados em Mileto, indo então tentar negociar a paz entre Atenas e os persas. Parecia não se cansar. Agora, voltava outra vez ao ponto mais alto do exército ateniense.

Mas Callíope e seu filhinho nada viram dessas coisas. Passaram quase um ano na belíssima ilha de Cós.

Lá, ela pode aprender ainda mais sobre o nascimento, a vida, a saúde e a morte das pessoas. Não podia passar tempo integral na escola, pois tinha o pequeno Dimitraki para cuidar, e foi recebida com tanta alegria pela família de Hipócrates, com quem se hospedou durante o tempo que ficou na ilha, que esta não queria deixá-la sair de casa. Mas ajudou o mestre atendendo doentes. Ouviu explicações e teorias de vários estudantes de todos os lugares. Fez várias anotações para Hipócrates, que lhe ditava uma série de verdadeiros tratados, dos quais ela fez algumas cópias para si mesma. Estudou plantas e alimentos. Acompanhou o grupo em estudos feitos diretamente nos corpos dos doentes – e às vezes, nos corpos dos mortos. Aprendeu mais sobre ossos e articulações; pegou nas mãos um fígado; viu pulmões e até um coração. Acostumou-se a ver muito sangue. Estudou a urina e as fezes. Saía com frequência da sala de estudos para vomitar – mas não podia ser acusada de fragilidade feminina, pois não era a única a ter tal reação.

Os outros estudantes admiravam-se de ver aquela moça tão versada em assuntos que eles próprios conheciam muito vagamente. Ela conversava com eles sobre aquelas novas teorias religiosas, aqueles grupos rebeldes alternativos que renegavam a religião dos deuses – coisas das quais ela ainda se lembrava, do tempo em que o falecido Cassandro se embrenhara na questão da salvação da alma. Para eles, era inédito ter no grupo uma mulher, e ainda trazendo pontos de vista coerentes e bem expostos sobre a vida e sobre coisas tão profundas. Um ou outro rapaz se apaixonou por ela. Mas Callíope não tinha olhos para nenhum deles. Seu filhinho, e aquele mundo de informação e estudo, tomavam inteiramente seu tempo. A família de Hipócrates dava-lhe o carinho e a companhia que sua natureza afável pedia. E a esposa do médico, que tinha seus dois meninos adolescentes, Téssalo e Draco, e sua filha já se casando, encontrou em Callíope naqueles meses uma amiga inseparável.

Ao tempo de voltar, no entanto, ela já sentia muita falta de Atenas – quase lhe doía no peito a vontade de ver outra vez a ágora, suas cores, sua agitação, seu povo, os templos, as praças, o Parthenon. E foi com uma festa de abraços que ela e Dimitraki foram recebidos pelos amigos e amigas na casa de Fócion que, com lágrimas nos olhos ao vê-la, disse que seus joelhos não suportariam mais nem um minuto de dor. O único de cara amarrada era Tártaros, o capataz, a quem a popularidade daquela escrava – primeiro junto ao patrão, depois junto aos outros empregados, depois em toda a cidade de Atenas, e agora até nas ilhas – sempre exasperava a um limite insuportável.

Era dia de festa em Atenas. Todo o povo viera às ruas festejar a vitória de Alcibíades, o grande general, que fazia sua entrada triunfante na cidade após os sucessos em Cízico e Bizâncio. As grandes vitórias sempre levantavam o espírito dos atenienses, que estavam sempre prontos a deixar o que quer que estivessem fazendo para irem celebrar os grandes feitos e honrar aos deuses. Ninguém notava que o tempo estava nublado e chuvoso, e que de outra forma, o dia até seria considerado triste. Só Callíope vivia um dia de tristeza – a maior tristeza de sua vida – e não era a chuva que lhe enegrecia a alma.

Estava cuidando de seus afazeres quando ouvira o capataz chamando seu nome, a voz áspera de costume.

– Sim? Me chamou? – ela pergunta, se levantando.

– Vá preparar seu filho, que eu o estou levando.

– Levando? Para onde?

– Ele foi vendido; e não me faça mais perguntas. Vá prepará-lo como eu falei, e me traga o menino, que o comprador está esperando.

– E eu? Vou junto?

– Não, claro que não! Só ele foi vendido!

O coração para de bater, a vista fica turva, e o chão se abre debaixo dos pés de Callíope. Queria achar que o capataz estava de brincadeira com ela, mas percebe que era verdade ao ver as empregadas que estavam perto logo a cercarem, com os olhos esbugalhados, esperando sua reação, que sabiam, seria pesada e sofrida. Callíope põe a mão na boca, sente náuseas e os joelhos dobrando. Uma escrava a segura e a leva para uma cadeira, enquanto outra ia correndo buscar um copo d'água.

– Calma, meu bem – diz aquela que a amparava.

– Isso é normal acontecer, querida. Nós todas sabemos, não é? Você mesma já sabia... – diz a mais velha delas, maternalmente.

– É que ninguém nunca está preparada para isso... – diz outra.

– Esse capataz não me engana... – diz outra ainda.

– Beba isto, vamos. Respire fundo.

– Dimitraki...

– Estão trazendo o menino.

Callíope mal consegue falar. Queria reagir e gritar, queria levantar-se e ir socar o capataz, queria pegar o filho e fugir com ele, queria morrer ali naquele instante. Mas viu que assim assustava ainda mais o menino. E sabia que as escravas tinham razão. Essa era a sorte e o destino dos escravos: não tinham domínio sobre suas vidas, nem sobre as vidas de seus filhos. De nada adiantaria rebelar-se. Quando trazem o menino, ela o olha e o abraça, os olhos cheios de lágrimas, beijando seu rostinho, dizendo que o ama, tentando explicar que ele seria levado embora para longe dela, tentando dar conselhos, arranjando forças para pedir que ele nunca se esqueça de sua mãezinha, que ela jamais pararia um minuto sequer de pensar nele, o mundo desabando em seu coração ao vê-lo se afastando com o capataz.

Orando às deusas Héstia e Atena para que protegessem seu filhinho, Callíope vê o capataz pegar Dimitraki, levando-o para fora da casa, e as pernas se negam a segurar o peso de seu corpo. Sentia que não só estava inerte e sem reação, mas também que iria desabar ali mesmo. De repente, no entanto, uma ideia a acomete em meio ao seu desespero e, dominando o estupor que lhe tomava conta dos movimentos e do pensamento, tomando uma resolução, ela se vira para a escrava que estava ao seu lado:

– Nikippa, me ajude depressa a me arrumar, a ficar bonita!

– Mas aonde você vai?

– Me ajude, minha amiga, que eu estou vendo a minha vida se acabar.

A cidade continuava em festa, mas Callíope não tomava conhecimento das arruaças e cantorias. O entusiasmo do povo lhe era indiferente. Arrumada como uma senhora rica, o rosto ligeiramente pintado, os cabelos presos e enfeitados com uma fita azul, um cinto na mesma cor lhe marcando a cintura, delineando sua silhueta fina, um pouco de perfume acompanhando seus movimentos, ela vai andando num passo um tanto apressado – único indício de sua aflição – pois ela lutava para manter sua elegância habitual. Chega enfim no ponto da cidade em que já estivera anos antes, onde ficavam as residências mais ricas. Ia falar com Alcibíades, o grande general.

Mais de sete anos haviam se passado desde que estivera ali, na casa dele, ainda trajando as vestes de Palas Atena. Ele se lembraria dela?

– Mas o que a senhora quer? – pergunta um empregado que estava à porta, tomando conta.

– Gostaria de ser recebida pelo senhor Alcibíades.

– Essa é boa! Se ele fosse receber todos que querem falar com ele!

– Por favor, diga que é Callíope, do senhor Fócion; ele sabe quem sou...

– Olha, senhora, eu não posso importunar o general...

– Eu suplico, por favor. Diga-lhe que Callíope está aqui...

Diante da aflição da mulher, o empregado vai até lá dentro, pelo menos com alguma intenção de falar dela para o general. Para sua surpresa, no entanto, este deu como que um salto da cadeira quando ouviu o nome dela, e mandou ir chamá-la imediatamente.

"Callíope" pensa Alcibíades, o coração aos sobressaltos, enquanto aguarda. *"Há quanto tempo..."*.

Ele está assim absorto, olhando para o pátio onde volta a cair uma chuva fina, uma série de recordações lhe vindo à cabeça e tomando o lugar de todos os acontecimentos mais recentes – as batalhas, as vitórias, o reconhecimento dos atenienses, o prestígio – quando ouve, às suas costas, uma voz:

– Senhor...

– Atena... – ele diz, voltando-se e vendo diante de si uma Callíope ainda mais bonita do qualquer das suas lembranças.

– Senhor... – ela abaixa a cabeça, pois não consegue controlar as lágrimas e o nó na garganta. Ele logo percebe que algo não vai bem com ela.

– O que aconteceu? O que você tem? – ele pergunta, se aproximando, usando a voz mais terna que consegue, depois de tantos meses habituado aos gritos com os soldados, bem como à ausência de mulheres delicadas.

– Eu tenho um filho... um filhinho... Dimitraki... – e as lágrimas começam a cair, ao mesmo tempo que ela tenta achar forças no meio da dor para enfim explicar porque viera até ele, finalmente ali na casa do general cedendo ao desespero, falando aos borbotões, entre choro e soluços, uma frase sobre a outra, sem parar para respirar – Ele tem seis anos, e o capataz o vendeu... o capataz o vendeu, agora, acabaram de levá-lo sei lá para onde, levaram meu filho! Venderam meu filho! Me ajude por favor! Eu quero o meu filho! Só o senhor pode me ajudar! Me traz de volta o meu filho! Porque eu vou morrer!

"Um filho? Mas...". Alcibíades estava confuso, diante da angústia de Callíope, e também da notícia desse filho que ele desconhecia. Seria dele? Ele se pergunta, atordoado, esquecendo-se de todos os fatos passados, ainda tomado pela emoção de tê-la ali, tão perto dele outra vez. *"Mas nós não... nós nem..."*. Não, o menino não era dele; lembrava-se bem agora – do que *não* acontecera.

– Mas como, venderam? O capataz fez isso? E Fócion foi consultado?

– Fócion não está na cidade... Me ajude... – parando de chorar, ela recompõe o rosto e a voz. – Senhor... eu sei que não tenho o menor direito de estar aqui pedindo isto... Eu suplico sua ajuda... Estou disposta... a qualquer coisa...

A alusão era clara ao que havia se passado entre eles. Um empregado entra, interrompendo:

– Senhor, estão aí alguns senhores do Conselho.

– Agora não posso; estou cuidando de um assunto importante. Que voltem outra hora; amanhã, talvez! Não me interrompa mais! – e virando-se para Callíope, voltando ao tom e à voz suaves – Você sabe para onde foram com o menino?

– Acho que para o mercado.

– Árato! Corra aqui! Depressa! Depressa!! Que lerdeza! – ele grita, chamando o empregado, agora outra vez com a mesma afobação do campo de batalha. – Junte mais dois, três, quantos homens puder; chame alguns guardas, vão já até o mercado e à casa de Fócion. Tratem de descobrir sobre a venda de um menino escravo de mais ou menos seis anos, chamado Demétrios, da casa de Fócion. Digam que eu me oponho à essa venda, que tragam até mim o comprador para que eu desfaça o negócio. Corram! É urgente!

Quando os homens saem, Alcibíades manda trazer uma ânfora de vinho e cálices. Callíope ia negar, pois raramente bebia, mas já começa a dizer "sim", como parte do trato. Alcibíades, de resto, percebe imediatamente essa atitude.

– Não é para embebedar você, é para acalmá-la um pouco, só um pequeno gole, vamos... – sua voz está calma outra vez. – Vamos aguardar que eles voltem...

– Obrigada.

– Callíope, eu quero lhe dizer que quando você disse que faria qualquer coisa...

– Sim, é verdade.

– Deixe-me falar...

– Senhor... – Callíope começa falando pausado, mas vai num crescendo, com a emoção – Que de tudo me aconteça, eu não me importo. Não é a quê estamos sujeitas, as mulheres? Então, que ao longo de minha vida, eu seja privada de minha opinião, de minha vontade, de minha família; que tenha que me deitar no leito de homens conforme a ordem e a conveniência dos outros; que trabalhe no que for; que ouça aquilo que quiserem que meus ouvidos ouçam; que me façam falar ou calar conforme a vontade alheia, que façam o que bem entenderem de mim, mas que não me tirem meu filho! Não me tirem meu filho!

– Callíope... me deixe falar... calma... não chore... Eu quero que você saiba, que você não tem que, não tem que nem pensar que eu queira de você... Quero que saiba... que eu não espero nenhum "favor" seu. Que tudo o que eu quero é ver seus olhos secarem e, no seu rosto, o sorriso, outra vez. Nem pense mais, então. Pode ficar sossegada. Nunca vou tocar em você, se assim você não quiser...

Ficaram assim, em silêncio, pelo que pareceu horas para Callíope. Sentada em uma cadeira, as costas retas, sem encostar no respaldo, os joelhos juntos, as mãos apoiadas no colo, fitava o chão sem vê-lo, a cabeça dando voltas. Apenas o barulho da chuva fina preenchia o vazio. Alcibíades a observava, percebendo que ela se sentia mal, vendo em seus olhos, quando deles tinha um relance, que brilhavam muito, e que seu rosto estava vermelho. Indo até ela, que não o repeliu, talvez já nem percebendo sua proximidade, sentiu com a palma da mão em seu rosto que ela ardia em febre. Foi então aos seus aposentos, e trouxe-lhe seu *himátion* – o manto com o qual entrara na cidade, sob as louvas do povo – pondo-o sobre os ombros de Callíope, como fora feito com seu *himátion,* anos antes, no *symposion* na casa de Fócion, quando ele a vira pela primeira vez.

Os homens demoraram bem umas duas ou três horas para voltarem, e quando o fizeram, Callíope já havia se acalmado um pouco.

– E então? Que notícias vocês me trazem? – pergunta o general.

– Nós sentimos muito, senhor.

– Ah... – Callíope se senta outra vez.

– Como assim? Sentem muito o quê?

– Nós fomos até o mercado e nos informamos; fomos também à casa de Fócion, falamos com o capataz. Perguntamos por toda a cidade.

– E então? Falem logo!

– O mercador já saiu da cidade, e o comprador é desconhecido; perguntamos por todas as casas, para saber quais haviam feito compras de escravos. Ninguém sabia, ninguém pôde informar. Soubemos que alguns compradores de fora haviam feito compras, mas procuramos nas tavernas e nos albergues. Nada. Já deve ter ido embora. Ninguém sabe de nada.

Callíope se põe a chorar outra vez.

– Incompetentes! Saiam da minha frente! Sumam! Vocês não trabalham mais para mim! Fora! Já!

O grande general nada pudera fazer, e Callíope se levanta para ir embora também.

– Eu a acompanho... – diz ele, virando-se para Callíope, vexado pelo insucesso de suas ordens.

– Não, não, já estou indo, não... Vou-me. – ela se levanta, querendo tirar o manto, mas Alcibíades a força a conservá-lo.

Ela vai embora então sem nem mesmo dizer adeus, desorientada, tendo perdido a noção de onde estava e sem saber para onde ia.

Já noite caída, ela vai andando sem enxergar, o corpo todo querendo sucumbir, seus órgãos internos se recusando a funcionar. Dentre todas as coisas pelas quais havia passado em sua vida – a luta por engravidar; as mortes do irmão, na guerra, da sogra, para a doença, de Cassandro, cheio de angústias; o desalento no olhar do pai quando ela se fora como escrava; a separação de seus entes queridos – aquela era, sem dúvida alguma, a maior dor que ela já sentira, a qual ela não conseguia entender e não tinha forças para suportar. Em vão ela busca fazer uma oração para os deuses, por cujas representações ela vai passando ao longo do caminho. Nenhum deles era capaz de lhe oferecer um consolo, de lhe dar uma resposta, de lhe mostrar uma luz. Eram, enfim, apenas estátuas geladas diante dos fatos e da sua dor. Na encruzilhada de seus sentimentos, Callíope trazia a alma órfã.

A uma certa distância, Alcibíades a vê entrar na casa de Fócion. Havia acompanhado a moça de longe, para não importuná-la, e ter certeza que chegava bem em casa, na escuridão daquela noite horrenda, e seus olhos se enchem de lágrimas ao vê-la fechando a porta atrás de si. Já chorara antes, em sua vida. Mas aquela era a primeira vez que ele o fazia pelo sofrimento de outrem, e não pelo próprio. Por si mesmo, sentia naquele momento apenas desprezo, diante da inutilidade de seu poder em ajudar aquela mulher que não deixara de amar, contrastando com as recentes vitórias do exército ateniense sob seu comando. Pífias vitórias, assim ele agora as via, ainda sendo comemoradas por toda a cidade, naquele sinistro e infeliz dia chuvoso.(38)

– Que tristeza, essa vida... Se não é a guerra, é o dinheiro que nos leva os filhos... – diz uma das escravas, abraçando Callíope que, muda, sentara-se no chão em seu cubículo, encostada à parede, os braços em torno dos joelhos. As outras escravas, ao lado, não sabem o que dizer.

– Tártaros – diz enfim uma delas – nunca esqueceu aquele *symposion,* em que levou aquela bronca violenta do patrão, na frente de todos, por causa da Callíope.

Quando Fócion voltou e soube do ocorrido, despediu o capataz sumariamente, tomado de uma ira indizível, aos berros e imprecações, contratando outro homem para seu lugar. E desde então ficou se sentindo em imensa falta para com Callíope, pois além de não ter podido evitar a venda do menino, agora via sua empregada, por quem tinha tanto afeto, entrar numa espécie de torpor, emudecida, o espírito ausente, o olhar distante, sempre muda e inerte em um canto, os dias passando-lhe ao largo, ela indiferente à vida, a vida indiferente a ela. Todos tentavam poupá-la, mas na verdade sabiam que o que ela estava vivendo era o inferno na terra, era o deus Hades trazendo-lhe e impondo-lhe o mundo das trevas, em plena luz do dia.

– Vem, Callíope, vem me ajudar a preparar esta salada, vamos, querida – chama uma das escravas, tentando fazê-la se distrair um pouco.

Aos poucos ela ia voltando a falar, e as pessoas conseguiam conversar com ela, uma frase ou outra apenas, tentando consolá-la, mostrando que a vida, enfim, tinha que continuar.

– Isso... – lhe disse um dia Fócion, tentando consola-la – seria um caminho natural... Eu sei que para uma mãe é sempre difícil aceitar, mas veja, mesmo nas famílias mais ricas, os meninos saem de casa e são afastados das mães, indo estudar nos ginásios, se preparar para a vida, depois indo para a guerra,... Uma coisa pode saber, meu bem: ele não será maltratado. Estará aprendendo um ofício. Se puxou a habilidade do pai e a inteligência da mãe, será um exímio profissional, e um ser humano inigualável!

Passadas algumas semanas, Callíope ia recuperando aos poucos a vontade de viver. As palavras de carinho e incentivo que todos dirigiam a ela – sobretudo os escravos, que um dia, anos e anos antes, haviam-na tratado com tanta hostilidade, mas que agora a queriam tão bem – terminaram por fazê-la ver que, de fato, a vida continuava. Sem jamais mencionar sua dor ou lembrar o episódio da despedida do filho, ela ia adaptando aquele golpe ao seu quotidiano, encaixando aquelas lembranças no compartimento de sua mente que se unia ao seu coração. Erguia o rosto corajosamente, lutando por aceitar em silêncio o que a vida lhe havia reservado.

Fócion terminava de comer um almoço frugal quando o novo capataz vem anunciar uma visita.

Estava habituado a receber visitas. Muitas pessoas vinham ter com ele, com todo tipo de situação, de problema, de queixas. Recebia-os, a todos. Ouvia-os. Compreendia-os, ou pelo menos, esforçava-se por fazê-lo. Naquele dia, porém, o visitante afetava-lhe pessoalmente.

A sós e pensativo, em seguida, após a saída daquela pessoa, enfim chama o capataz, que esperava à porta da sala.

– Bem, traga Callíope aqui, para que eu lhe fale.

Era uma tarde como outra qualquer – sem nenhum fato novo a agitar o povo, que de resto, parecia estar fazendo a sesta, tão calmo e silencioso estava o ar por toda a cidade.

– O senhor me chamou?

– Sim, minha filha. Precisamos conversar. Sente-se aqui.

Sentam-se lado a lado num divã.

– Você sabe que desde que chegou à minha casa, anos atrás, tomei por você uma afeição como a uma filha. E sabe também como me culpo e sofro junto a você pelo que aconteceu.

– Senhor.... não foi sua culpa.

– De qualquer forma, todos esses anos você esteve aqui ocupando uma posição fundamental em minha casa, em minha vida. Foram inúmeras as ocasiões que contei com você e tive seu auxílio em coisas que me eram muito importantes... Várias foram as vezes em que você me alertou e me abriu os olhos para fatos e detalhes que eu não teria percebido.

Callíope não compreendia onde ele queria chegar.

– Por esses motivos, assim como pela sua delicadeza, sua educação, sua meiguice, é que todo esse tempo jamais me passou pela cabeça privar-me de você... que faz parte desta casa, desta família... Conhecedor de sua história, sei bem de tudo o que se passa em seu coração, dos tempos difíceis que você já passou e continua passando... Por isso, jamais imaginaria vê-la longe daqui.

Tomado de emoção, Fócion, pela primeira vez na vida, tinha dificuldade em expor o próprio pensamento.

– Mas quero o seu bem, e sei o que é melhor para você. Por isso, autorizei e acabo de concluir a sua venda.

O queixo de Callíope cai.

– Nunca faria isso, não fossem as circunstâncias.

– Mas, senhor, eu não...

– Eu sei, meu bem, eu sei... Mas acredite em mim... Conheço você, e o que é melhor para você...

– Tenho mesmo que ir...?

– Um homem veio aí, e quis comprá-la, vai levá-la para fora da cidade. Acho que a mudança de ares vai lhe fazer bem.

– Senhor...

– Eu tenho certeza do que fiz, meu bem... Vá... Pegue as suas coisas... e vá...

– Eu vou sentir falta daqui... – ela diz, o olhar perdido.

– Eu também sentirei muita falta de você, minha filha... Mas quero o melhor *para você...*

Depois de se despedir das amigas – tantas verdadeiras amigas havia feito entre as escravas! – Callíope pega um embrulho onde colocara suas coisas, e vai saindo da casa, despedindo-se de cada canto, de cada móvel, de cada lembrança, olhando para trás, guardando tudo na memória, uma sensação de vazio apoderando-se dela. Mais uma despedida dolorosa em sua vida, que teria que carregar no coração. Com a luz do dia ensolarado momentaneamente lhe cegando, ela chega à porta onde uma charrete aguardava, e o capataz lhe aponta o seu comprador. Callíope a princípio não distingue aquela silhueta. Mas enfim consegue identificar, e o coração lhe dá um salto dentro do peito. Era Theódoros.

Por um instante os dois se olham, incrédulos, a apenas uns metros um do outro. Ele lhe sorri com aqueles olhos nos quais, mesmo à distância, Callíope vê seu próprio reflexo, como sempre vira, como nunca se vira nos olhos de mais ninguém. E um pequeno sorriso começa a se esboçar em seus lábios entristecidos.

Ela olha para trás e vê Fócion à porta, que viera acompanhá-la.

– Você não achava que eu a deixaria ir embora com qualquer um, não é? – ele diz, sorrindo, os olhos cheios de lágrimas.

Callíope corre para Theo, e se atira em seus braços, a emoção impedindo-a de falar.

– Theo... Theo... Levaram meu filho, Theo... Levaram meu filhinho... – ela diz, encontrando a voz no meio dos soluços, finalmente colocando para fora toda a dor que trazia embutida na alma.

– Vamos? – ele lhe dá a mão, para ajudá-la.

Subindo na charrete ao lado de Theo, Callíope mal acredita que vai ver o pai e a mãe novamente. Ver Theo já havia sido uma surpresa e uma emoção que havia despertado sua alma acabrunhada. O rosto familiar de Theo. Seu olhar, seus gestos, sua voz que há tanto tempo ela havia julgado que nunca mais ouviria. Aos trinta e quatro anos, como ela, fora alguns cabelos brancos nas têmporas, ele continuava o mesmo Theo que a havia abraçado, naquele fatídico dia de chuva, na torre.

Já para além dos muros da cidade, a caminho das terras de Ganimedes, depois de contar tudo sobre a venda do pequeno Demétrios e detalhar um pouco do que lhe havia acontecido ao longo daqueles anos todos, ela repara na estrada, lisa como um tapete.

– E onde estão os buracos do pai?

– Foram desaparecendo, aos poucos...

– Como estão todos em casa, Theo? O pai? A mãe? A Lypso?

Callíope não sabe por onde começar suas perguntas. Ainda não acreditava no que estava acontecendo. Era imensa sua alegria em voltar para casa, era como um sonho, ainda não conseguia atinar que estava ali ao lado de Theo de verdade, e que voltava para junto dos pais, de volta à sua casa da infância, às suas raízes. Embora não tivesse sido maltratada naqueles anos de escravidão, era na verdade como um longo sonho ruim que se acabava.

– O pai e a mãe não vão acreditar nos próprios olhos ao verem você... Não podem nem imaginar...

– Como eles estão? E a Lypso?

Theo fica sério.

– Calypso... Calypso morreu, Callíope...

O sorriso se desfaz no rosto dela.

– Naquele dia – ele continua. – Naquele dia maldito, ela foi a única que conseguiu se manter melhor... Porque o pai e a mãe ficaram muito mal... Eu também não ajudei muito... Ela nos segurou a todos, foi quem tomou conta da casa por vários dias... Então eu voltei a trabalhar, e ela continuou sozinha com as tarefas até que a mãe melhorou, voltou a falar e tudo... A mãe foi ficando boa aos poucos... E então, uns dois meses depois que você foi embora, Lypso caiu doente outra vez, a mesma coisa que ela tinha tido, lembra? Só que muito pior... E em três dias ela morreu...

– Lypso!

– Acho que ela morreu de desgosto.

– E o pai?

Theo abaixa o rosto.

– O papa ficou muito mal, Callíope... Muito mal. Ele parou de falar.

–... Como assim... ? Ficou mudo?

– Fala uma palavra ou outra.... Lembra quando a colheita de trigo foi tomada, na ágora? Eu vi que o pai já naqueles dias ficou muito abatido... Abatido demais... Ele já não estava bem... Quando o agente do banqueiro veio naquele dia, ele não conseguiu reagir porque já não estava podendo pensar direito. E depois que você foi, desde aquele dia mesmo, ele... quase não falou mais nada...

A voz de Theo fica embargada e seus olhos se enchem de água. Era-lhe muito difícil falar da doença do pai, a quem tanto amava.

– Eu tentei de tudo – continua – Mas ele não reagia... Ficava parado o dia inteiro olhando pela janela, sem falar com ninguém, e às vezes parecia que nem estava conseguindo enxergar... Nunca mais foi à cidade... Não saía daquela cadeira... À noite, se não o levássemos, ele não ia para a cama. Ficava ali, inerte, o único movimento que o víamos ter era balançar a cabeça, como que incrédulo. Parecia... que tinha escorregado para dentro de si mesmo... Cuidei das terras o melhor que eu pude, Callíope... Eu queria que ele viesse à cidade falar com alguém, sobre você, sobre o banqueiro, porque eu achava que aquela história de empréstimo, de hipoteca, não tinha sido certo. Até tentei falar com algumas pessoas, mas ninguém ouve um escravo. E com o pai doente, nada podia ser feito. Nem a mãe nem eu podíamos fazer nada, ela porque mulher, eu porque ex-escravo... Ficamos de mãos atadas... Porque só ele tem poder de decisão...

– Ele está melhor agora?

– Quase nada... Os dois primeiros anos sem você, foram os piores. E eu, por mais que procurasse, não tinha notícias suas... Até aquele dia da festa. As Panatenéias...

– Você estava lá?! – ela se surpreende.

– Estava, e vi você, e fiquei sabendo onde você morava... – ele continua, ficando alegre. – Quando contei para o pai e a mãe que havia te visto, e como você ficou bonita de Palas Atena, que todas as pessoas olhavam você de queixo caído, que você foi o sucesso da procissão, ele sorriu pela primeira vez em tanto tempo.

– Mas então, você ficou sabendo onde eu morava?

– Fiquei, e passei a ir lá sempre que vinha à cidade, para tentar ver você, falar com você, e recomprar você, mas aquele capataz...

– Tártaros... – Callíope fecha o rosto outra vez, cheia de dor, pensando em Demétrios.

– Isso... Ele sempre me impedia de ver você. Eu tentei falar com os guardas, para que me ajudassem, mas Tártaros também falou com eles, disse-lhes que eu era algum bandido, que estava pondo em perigo aquela família, e então eu não podia nem mais me aproximar da casa... Tentei na porta da Pnix, em dias de assembleia, mas ninguém nunca me ouvia, diziam sempre que o pai é que devia vir falar com eles, que a minha palavra nada valia. A mesma coisa no *tholos,* tentando falar com algum prítane. Assim foram todos esses anos. Mas eu nunca desisti... Até que hoje, sem esperar que isso pudesse acontecer... Era outro capataz... E ele logo me disse para esperar, que ele ia falar com o patrão. E foi assim...

– Theo...

– Sim?

– Obrigada...

– Não...

– Obrigada, obrigada, muito, muito obrigada... – ela repete, os olhos cheios de lágrimas.

Continuando a viagem em silêncio, Callíope volta a pensar no filho, e finalmente, depois de tantas noites em claro, é tomada pelo sono, conseguindo cochilar, a cabeça apoiada no ombro de Theo – exatamente como ele um dia, sonhando acordado, levando-a de volta para a casa de Cassandro, a imaginara fazendo. Ele queria finalmente sentir a intensidade do carinho entre os dois, com ela apoiada a ele daquela forma. Mas a tristeza de Callíope o impedia de saborear aquele momento.

– Callíope... Callíope....

A luz volta aos olhos de Ganimedes, junto com as lágrimas, olhando a filha sem acreditar, estendendo a mão para pegar as dela que, também emocionada, sorri sem conseguir falar.

Ao chegarem ao sopé da encosta, Callíope e Theo desceram da charrete para subir a pé, como ela sempre fizera, toda vez que chegava de volta à casa, na infância. Que visão, aquela paisagem à sua frente outra vez, como um quadro que nunca fora despendurado da parede de sua memória! Assim de longe, naquele momento em que chegavam, a casa parecia vazia e silenciosa, não se via ninguém por ali. Ninguém viera olhar pela janela, atraído pelo barulho da charrete. Os dois entram e vão direto para a cozinha – aquela mesma cozinha onde, trinta anos antes, Theo entrara, levado pela mão de Ganimedes – e onde agora Ifigênia preparava um prato, com Ganimedes sentado quieto ao seu lado. E o coração lhes vem à boca ao levantarem os olhos e verem Callíope, parada, à porta, olhando para eles, como num encantamento. Ifigênia, muda de emoção e incredulidade, leva as mãos ao rosto, contendo as lágrimas, e finalmente as estende, envolvendo a filha nos braços.

– Mãe! Papa!

Os três choram abraçados, em pé, sacudidos pelos soluços, enquanto Ganimedes acaricia suavemente os cabelos de Callíope.

– Callíope... Minha filhinha, minha filhinha, você voltou!

Era a primeira frase inteira que ele falava em mais de oito anos.

Callíope acordara aquela manhã depois de dormir por muitas horas, recuperando o sono e a saúde no seu quarto de menina. Ifigênia a aguardava com bolos e queijos na cozinha, arrumando a casa e falando sem parar da filha para as empregadas que não a conheciam.

– Bom dia, mãe!

– Bom dia, meu bem! Como dormiu? Venha comer!

– E o pai?

Ifigênia abre um sorriso:

– Roncou a noite toda, num sono bom e pesado como há muito eu não via! Acordou e perguntou de você; meu bem, fiquei tão emocionada! Ele, que não falava mais! Havia muito tempo não lhe ouvíamos a voz assim! Quando eu disse que você estava dormindo, ele mandou-nos fazer silêncio, para não acordá-la, comeu com muito apetite e foi ele mesmo dormir mais um pouco! – seus olhos se enchem de lágrimas.

– Que bom, mãe! Apetite é o melhor indício de saúde!

– Que o diga eu, meu bem!

– E Theo?

– Saiu logo cedo...

– Mas que coisa! Ele continua o mesmo! Não consigo lhe dizer bom dia!

– Disse que tinha que voltar à cidade, pois muitas coisas que ele havia ido fazer ontem deixaram de ser feitas; disse inclusive que talvez se demore muitos dias, que não devemos nos preocupar! Ele é que tem cuidado de tudo, aqui nas terras, meu bem.

Ifigênia olhava para o rostinho da filha como que não acreditando que ela estava outra vez ao seu lado. Durante todos aqueles anos, passara os dias lutando contra a saudade e o desespero, trabalhando os próprios pensamentos para não piorar as coisas dentro de casa junto a Ganimedes, cuja apatia era então a maior preocupação dela e de Theo. Após comer um pouco, as duas saem para passear pelos jardins e pelos campos, de braços dados, ansiosas por estarem juntas e conversar sobre tudo o que lhes vinha na alma. Eram tantas coisas que Callíope tinha para contar, mas, sobretudo, queria lhe falar de Dimitraki, o netinho que eles tinham e não veriam. Queria dividir com a mãe a dor que a tragédia da separação dela e seu filho lhe estavam causando. Evitara entrar em detalhes na noite anterior, para não entristecer os pais naquele momento de alegria que fora o seu retomo. E não queria desfazer o efeito tão positivo sobre a saúde de Ganimedes, que se recuperara sensivelmente em alguns minutos apenas na companhia da filha. Callíope ficara muito triste ao ouvir o relato de Theo sobre o pai, no caminho de volta de Atenas.

– Foi isso que Theo lhe contou?

– Sim... Por que pergunta, mãe? As coisas não se passaram assim?

– Meu bem, Theo poupou você, ao lhe contar as coisas dessa forma... Depois que Calypso morreu... – sua voz falha um pouco.

Ifigênia também trazia muita dor no coração, e precisava falar, desabafar com alguém.

– Theo, que havia ficado abaladíssimo com sua ida como escrava – continua ela – retomou o trabalho, indo buscar forças dentro de si, certamente por ver que seu pai e eu ainda não dávamos sinais de melhorar. Seu pai, meu bem... Desde a morte do nosso Helios, seu pai já estava diferente... Quando parecia se recuperar, você enviuvou... Foi difícil para ele, aquela época; conheço-o bem. Depois, aquilo... a colheita... você se lembra?

– Se me lembro...

– No dia em que ele voltou da cidade e nos contou sobre o confisco, eu percebi pela voz dele que aquele golpe havia sido muito forte, somado à tristeza que ele já trazia... E então, você foi, Callíope, e ele ficou... muito, muito doente...

– Doente como, mãe? Ele tinha mal-estares? Sentia palpitações? Não conseguia andar? Que sintomas ele apresentava?

– Nenhum desses, meu bem... Ele, além de não falar mais, só uma palavra aqui e ali, ficava parado, parecia às vezes que tinha perdido o juízo... Theo então, além de tomar tudo na lavoura sob sua responsabilidade, ainda tomou o pai para si... Porque seu pai não queria nem comer, só Theo conseguia forçá-lo, e Theo então se levantava, como você sabe, bem cedo, antes do dia clarear, ia para o campo, voltava à hora do nosso desjejum, fazia o pai comer; ia novamente para o campo, mas dava um jeito de voltar mais duas ou três vezes ao longo do dia para alimentar seu pai. Às vezes Ganimedes não queria deixar de jeito nenhum, virando o rosto, grudando os lábios, e Theo, com a paciência de Apolo, dava-lhe de comer na boca, os olhos cheios de lágrimas, às vezes demorando mais de duas horas para fazer seu pai comer um prato pequeno. Isso, todos os dias! Todos os dias, ao longo dos anos, com frio ou chuva, Theo vinha alimentar seu pai na boca... Também lhe dava banhos, e o colocava na charrete para forçá-lo a sair da casa, a andar, a tomar sol, a passear pelas terras, embora Ganimedes parecesse sempre estar ausente, sem nem mesmo entender onde estava... Às vezes Ganimedes se levantava à noite. Theo já havia vindo dormir na casa, no quarto de Helios, como você viu. Creio que Theo não dormiu nem uma noite inteira com sono bom, por estar sempre tomando conta do pai.... E ainda, tinha tudo na lavoura para olhar, e tinha que ir à cidade, em lugar de seu pai...

– Ele me disse que estava tentando falar com alguém da cidade, que o ajudasse.

– Sim... Mas ninguém lhe dava ouvidos. Diziam que trouxesse o pai para que eles o vissem... Várias vezes ele quis levá-lo para lá, para que os prítanes o avaliassem, e pudessem tomar alguma atitude em favor de você, Callíope... Mas toda vez que o momento chegava, que Theo trazia a charrete para a porta da casa, seu pai tinha a pior reação possível... Ele tinha um pavor imenso da ideia de subir na charrete, ele percebia quando era para ir à cidade, e ficava trêmulo, gelado de medo. Os empregados sugeriam a Theo que o colocasse à força, mas Theo não queria fazê-lo, tinha muita pena do pai... A única coisa que Theo forçava era que ele comesse bem...

Callíope... Theo chegou a carregar seu pai nos braços... Ele nunca se deixou levar pelo que diziam alguns médicos que ele trouxe da cidade, de que seu pai havia perdido a razão. Nunca acreditou nesse diagnóstico. Dizia que tinha certeza que o pai estava lá, dentro de si mesmo. Fazia-o se sentar, à noite, ao seu lado, e ficava contando as coisas da lavoura, para que seu pai não deixasse pelo menos de ouvir, ainda que parecesse que as palavras não estivessem fazendo nenhum sentido para ele. Às vezes, um nó subia à garganta de Theo, fazendo sua voz sumir no meio de uma palavra, e ele então não conseguia conter as lágrimas.

Ifigênia nunca fora uma mulher destemida, como Callíope, ou algumas mulheres da cidade. Assim como a maioria das esposas de cidadãos, não havia sido criada para ter iniciativa, mas para viver totalmente sob a proteção e orientação do marido, nada sendo capaz de fazer além de cuidar dos triviais afazeres domésticos, afastada dos olhos do mundo. Quando Ganimedes adoecera e ficara incapacitado de qualquer atitude ou decisão, ela também parecia incapacitada. Chegou a tentar fazer algo, indo à cidade, falar com alguém, achar alguma solução para aqueles reveses que se abatiam sobre a família. Mas temia não saber se expressar, e faltavam-lhe a coragem e a perseverança. Theo, igualmente, tentou tudo o que pode, mas era pouco: não tinha os poderes legais necessários. Se tivessem podido ir juntos, ele e Ifigênia, até a cidade, talvez tivessem conseguido alguma coisa. Mas Ganimedes não podia ficar sozinho, sem pelo menos um dos dois tomando conta: uma vez em que Theo e a mãe estavam no campo, olhando algumas plantações, foram chamados às pressas pelos empregados e chegaram em tempo de evitar que Ganimedes caísse da torre, onde subira e sentara no parapeito. Desde então eles se revezavam, não desgrudando nem um só minuto do pai, com medo dos ímpetos que este demonstrava poder vir a ter.

– Eu cheguei a ir, duas vezes, à cidade – diz Ifigênia – Fui com outro empregado, cheguei perto da casa onde você... trabalhava. Na primeira vez, não tive coragem de fazer nada... E na segunda, fui até lá, mas você estava fora.

– Devia estar fazendo compras, mãe...

– Não... Estava fora de Atenas...

– Ah... foi quando estive por uns meses em Cós.

– Em Cós? Que foi fazer em Cós?

– Ah, é uma longa história... – Callíope sorri.

Andando pelo campo, Callíope conta toda a sua experiência cuidando dos doentes, e quando conheceu Hipócrates, e sua facilidade em tratar de crianças; conta-lhe sobre aquela ilha muito linda onde o famoso médico estava abrindo uma escola para ensinar outros médicos a cuidarem da saúde das pessoas. Enquanto falava ia observando ao seu redor, e não pôde deixar de notar como algumas coisas estavam diferentes na casa e nas plantações. Tudo parecia muito mais organizado; não havia nem um pedaço de terra onde não estivesse plantado um pé de algum fruto. O celeiro estava reformado; as domas e os lagares, onde eram espremidas as uvas e as azeitonas, eram novos e pareciam funcionar com mais eficiência; a casa estava pintada e arrumada, com vasos floridos e um jardim bem cuidado. Ifigênia conta-lhe que tudo era obra do trabalho árduo e incansável de Theo.

– Mas e o dinheiro... ? – pergunta Callíope a Ifigênia.

– Você sabe que Ganimedes paga Theo desde seus dezoito anos. Não sendo afeito às coisas da cidade, não gostando de beber, nem de andar pendurado às meretrizes, ele não teve muito em que gastar, e juntou o dinheiro todos esses anos... Sempre me trouxe todo o resultado das vendas, para que eu conferisse e guardasse, e me mostrava que estava tirando a parte dele, na proporção que

Ganimedes costumava pagá-lo.... E assim, pôde ir à cidade procurar seu... patrão... para recomprá-la... Estas terras prosperaram, Callíope... Depois daquilo, com o trigo, Theo resolveu não arriscar mais... Passou a aumentar a plantação de oliveiras, e assim a maior produção hoje é a de azeite... Ele continuou com o trigo e a cevada, mas não o suficiente para, se pegos de surpresa, ficarmos numa situação difícil outra vez... E ele aumentou a produção do queijo de cabra, você ainda não viu! As cabras, das quais vocês dois gostavam tanto, quando crianças! São tantas! Ele aprendeu a fazer esse queijo, esse que você comeu agora há pouco, e o vende na cidade, para os comerciantes. Diz o empregado que vai com ele à ágora que as mulheres se estapeiam para comprá-lo!

Callíope sorri, os olhos rasos d'água, pensando em tudo aquilo, em como era grata a Theo por tudo o que ele fizera e ainda fazia, por aquele amor tão grande que ele sentia pelo pai e pela mãe, e por estar lá, junto a eles, fiel à família, mais um membro da família.

Embora fosse imensa a alegria de Callíope por estar de volta à casa dos pais, era-lhe muito difícil afastar do olhar aquela sombra, a sombra da lembrança do filho Demétrios. Ficava quase o tempo todo falando com ele, em pensamento: escrevia-lhe cartas imaginárias, que mandava no ar, olhando as nuvens, os pássaros, as estrelas, a eles pedindo que entregassem ao seu pequenino aquelas palavras, e lhe dessem um beijo. Imaginava-o mandando notícias também, procurando visualizá-lo bem, alegre e com saúde.

"Você parece tão feliz! Está crescendo, ficando mais forte!" ela dizia a ele.

"Por encantamento... estas palavras chegam a você, tocam-lhe os *olhos".*

"Mamãe adora você, e está pensando em você neste instante...".

"Boa noite, meu docinho, durma bem".

Com o passar dos dias pôde confiar a Ifigênia sua dor, sem mascará-la, mas procurava o quanto podia evitar que o pai notasse qualquer coisa, uma vez que ele dava sinais de estar em franca recuperação. Ganimedes, porém, ainda que fisicamente enfraquecido, não estava – nem nunca estivera – surdo, nem débil. Sua alma aparentemente adormecida continuava lá dentro, todos aqueles anos, e não lhe passou despercebida aquela luz que faltava aos olhos da filha.

– É comum, Theo ficar assim tantos dias fora? – pergunta Callíope aos pais, certa tarde após comerem, sentados juntos na sala, conversando.

Era uma tarde preguiçosa, as mulheres haviam trabalhado na cozinha mais do que de costume, e o calor as deixara ainda mais extenuadas. Um certo torpor tomava conta de todos, e o silêncio ao redor convidava a um repouso, a uma conversa sossegada.

Ifigênia, numa cadeira próxima à de Ganimedes, costurava a barra de um khitón.

– Ele sempre tem muito o que fazer, na cidade... – responde.

– Mas lá se vão já mais de sete dias.

– É verdade, nunca se ausentou assim, mais do que um ou dois dias....

– Não se preocupem... – diz Ganimedes.

As duas mulheres já haviam se acostumado ao fato de que o pai vinha melhorando, e não pulavam mais de alegria, como nos primeiros dias, fazendo um estardalhaço cada vez que ele falava alguma coisa, demonstrando que seu raciocínio e capacidade de articular frases voltavam ao normal. Callíope orientara a mãe e os empregados para que tivessem uma atitude de completa naturalidade em relação a isso.

– Tem razão, Ganimedes... São várias as pessoas com quem ele tem que falar, por lá.

– As nêsperas começaram a brotar, mãe – diz Callíope, lembrando-se de ter visto as árvores carregadas de frutas naquela manhã. – Vamos fazer compotas, como antes?

– Sim! Já avisei as meninas que preparem os potes, porque não temos tido desperdício de nenhuma fruta! Todas são colhidas e dão para o doce, ficamos com potes que não acabam mais!

– Ouvi um barulho de charrete... – Ganimedes se levanta, indo até a janela.

– É o Theo, afinal – diz Ifigênia, levantando-se também, olhando lá fora.

Lá embaixo, no sopé, a charrete vinha subindo, trazendo Theo e Stratos, o empregado que o havia acompanhado.

– Mas, quem está com ele? – pergunta Ganimedes, apertando a vista para enxergar melhor.

– O Stratos, que foi junto – diz Callíope, sentada, bocejando.

– Não... É verdade... Tem mais alguém, sim... – diz Ifigênia.

– Parece.... uma criança... – completa Ganimedes.

Callíope sente os pêlos dos braços se eriçarem, enquanto se levanta, numa fração de segundos, para ir espiar pela janela. E o coração lhe falha uma batida. Descendo da charrete, junto a Theo, ainda lá embaixo, não havia dúvidas, não era um sonho, não era miragem. Lá estava ele, ele mesmo, o seu pequenino Demétrios.

– Dimitraki! – a voz lhe sai em falsete.

E ela se põe pela porta afora numa chispada, desembestando-se para fora da casa, o coração batendo como que para sair do peito, os pensamentos voando em disparada dentro da cabeça, em total contraste com o tempo, pois parecia-lhe que tudo ia mais devagar, seus movimentos e passos lentos demais, o espaço e os segundos que a separavam do pequeno Demétrios não querendo mais terminar.

– Dimitraki!

Tropeçando no khitón, os cabelos se soltando, as lágrimas correndo pelo rosto, descendo aos trancos e barrancos pelo caminho até a charrete, ela vê o pequeno vir correndo também, seus olhos não acreditando no que viam, o mundo girando em torno dela.

– Dimitraki! Dimitraki!

– Mamãe!

O sol, a casa, as árvores, a vida, tudo parecia de repente parado, nada parecia realmente existir, só o filho, o pequeno Dimitraki, que ela via em sua frente, como que caído do céu.

Mal conseguindo chegar, já perdendo o equilíbrio, Dimitraki correndo em sua direção de braços estendidos, aqueles metros parecendo que nunca mais teriam fim, o rostinho do filho lhe aparecendo nítido, seus olhinhos e seu sorriso, sua voz de criança chamando por ela, até que finalmente só um passo a separava da felicidade, e enfim ela o toma nos braços, girando-o no ar, seu bebê, seu tesouro, sua vida.

– Mamãe! Mãezinha!

– Dimitraki!

Enchendo-o de beijos, ela o põe no chão e agacha-se para olhá-lo, segurando seu rostinho nas mãos, mal conseguindo vê-lo por entre as lágrimas, sorrindo, chorando, o coração batendo com tanta força que até doía.

– Olha, mãe! Eu ganhei esse cachorrinho, do Theo! – ele mostra um filhote que viera cambaleando logo atrás.

Virando-se, ela vê Theo a uma pequena distância, e se levanta, correndo para ele, ainda tomada pela avalanche de emoção, e cai de joelhos aos seus pés, pegando sua mão e beijando-a sem parar, os olhos fechados e as faces molhadas das lágrimas que não paravam de correr.

– Obrigada... Obrigada... Obrig.... – sua voz não conseguia sair.

– Callíope...

Ele tenta levantá-la pelos ombros, mas ela não quer se erguer nem lhe largar a mão, que continua beijando, descontrolada pelo choro. Então ele se ajoelha também, abraçando-a, e Dimitraki vem junto aos dois, em pé, envolvendo-os com seus bracinhos, num longo e apertado abraço, o cachorrinho girando em torno deles, correndo, pulando, balançando o rabo.

E naquele instante, com as lágrimas levando embora todo o resto de dor que ele trazia na alma, Ganimedes recuperava completamente a saúde perfeita e, junto à Ifigênia, assistindo à cena pela janela, vendo o netinho pela primeira vez, mudos de emoção e inertes de felicidade, os dois velhos nasciam de novo.

CAPÍTULO XI

AFRODITE

Deusa da beleza e do amor.

—Vô! Vó!

Era isso o dia inteiro.

No dia em que Theo trouxe Dimitraki de volta, soltando-se dos braços um do outro, tendo cessado as lágrimas convulsivas de Callíope, ela logo passou os braços novamente no filho para levá-lo até os avós, enquanto o menino falava sem parar sobre a viagem, sobre o cachorrinho, sobre Theo, a quem ele adorara, logo de início. Quando entraram na casa, Dimitraki correndo se atirou no colo de Ganimedes que, superando a fraqueza dos seus setenta anos, segurou-o com as forças que sentia voltando-lhe rapidamente aos membros. A alimentação forçada de Theo valera muito mais do que eles imaginavam.

E Dimitraki não conseguia controlar a alegria de ter um avô e uma avó, como as crianças ricas da cidade! Foi imediata a afinidade entre os avós e o netinho. Desde cedo, de manhã, habituara-se a correr para junto de Ganimedes, puxando-o para fora de casa, pulando em seu colo e segurando-se em seu pescoço, querendo ir andar e correr pelo jardim, pelo celeiro, ver os animais, conhecer todos os empregados, ouvindo as antigas histórias dos avós, mexendo em tudo e falando sem parar.

– Vô! O que é aquilo?

– É o lagar, onde se amassam as uvas para fazer o vinho.

– Vamos ver?

Não parava de fazer perguntas, e tudo queria saber. A família logo percebeu que deveriam comprar um escravo-professor que viesse ensiná-lo a ler, a contar, a somar, e tudo o mais. Às vezes ele falava coisas que arrancavam risadas da família inteira e também dos empregados, e o sucesso junto à sua plateia enchia Dimitraki de animação.

– Bem, boa noite, crianças!

– Não, vozinho! É hora da estória!

À noite, ele gostava de contar estórias para o avô. Ganimedes então sentava-se com ele no colo, e ouvia interessado as coisas vindas da imaginação de Dimitraki, que misturava tudo o que havia visto em sua longa vida, criando personagens, inventando lugares, sem conseguir dar fim às narrativas. Alguém tinha que intervir para que se pudesse finalmente ir dormir.

– Então, ele subiu no navio e foi-se embora para sempre – dizia Callíope, em tom de final de livro, querendo abreviar a noite.

– Não! Como, subiu no navio? – ralhava Dimitraki – Não tinha nenhum navio!

– Subiu na mula, então! E foi-se embora para sempre.

– Mas que mula, mãe? – ri Dimitraki – Onde você encontrou a mula?

– No Conselho da bulé: lá você encontra quinhentas mulas, todas juntas! – diz Ganimedes, definitivamente recuperado.

Ifigênia também estava inchada de alegria. Passava o dia inteiro dando risada, cozinhando, arrumando as roupas de Dimitraki, preparando-lhe o banho, querendo saber de Callíope todos os detalhes do nascimento dele, olhando e ouvindo o netinho como a um pequenino deus.

– Mãe!

Callíope frequentemente flagrava Ifigênia na cozinha, no meio da tarde, dando pedaços de bolo de maçãs, peras e amêndoas para Dirnitriki.

– É só um pedacinho, Callíope!

– É o terceiro, que eu vejo!

– Ora, ele gosta!

– E como é que se fala, Dimitraki...?

– Obrigado, vovó! – responde ele, de boca cheia.

– De nada, meu tesouro!

Mas os olhinhos do pequeno Demétrios brilhavam mais, mesmo, quando ele estava com Theo. Tinha verdadeira paixão por ele. Queria imitá-lo em tudo, desde os gestos até o modo de falar. De natureza completamente diferente um do outro, Dimitraki admirava o silêncio e quietude mansa de Theo. Junto a ele, sentia a segurança que toda criança instintivamente percebe. Theo o levava para andar pelo campo, tomando-o pela mão, e Dimitraki então se deixava conduzir, tentando ficar quieto, mas finalmente era vencido pela própria falácia, e punha-se a contar coisas, a falar de tudo, a fazer perguntas, que Theo respondia com toda a paciência, sorrindo para si mesmo. Na verdade, a ninguém a conversa do menino agradava mais do que a Theo. Na companhia um do outro, o silêncio ou a conversa eram igualmente prazerosos.

– Theo, como eu vou retribuir você por tudo, tudo o que você fez e faz por nós...? – pergunta-lhe Callíope, um dia, olhando os pais brincando com Dimitraki, sentados no chão da sala, o cachorrinho em volta deles fazendo festa.

Na verdade, vê-la feliz, vê-la ali, já era tudo para Theo.

– Callíope... Não há nada a retribuir... Porque eu é que devo tudo a vocês... Toda a minha vida... Ao papa... À mãe... Lypso... Helios... Você...

– Como eu vou retribuir você por me haver trazido de volta meu filho? – continua ela, vendo-se nos olhos dele, como sempre havia se visto.

Theo havia rodado toda a Ática em busca de Dimitraki.

Fora primeiramente ao mercado, na ágora, onde pouco pudera saber. Depois, à casa de Fócion, conversando com este, com os outros empregados, e com o novo capataz, conseguiu achar o rastro de Tártaros e descobrir seu paradeiro, indo até ele. Fócion também tinha todo o interesse em encontrar Dimitraki, e também a Tártaros, pois arrependia-se de haver demitido o capataz sem maiores punições: querendo, ele poderia tomar providências legais mais drásticas em relação àquela vil insubordinação. Tártaros conhecia muito bem o apreço de Fócion por Callíope e o menino, e seria fácil prová-lo às autoridades.

Não fosse sua pressa e aflição em encontrar a criança, talvez Theo o tivesse matado porque, enfurecido, não foi sem grande revolta que viu-se cara a cara com o ex-capataz de Callíope. E Tártaros queria dinheiro para passar a informação.

– Escute bem – disse Theo, a voz lhe saindo por entre os dentes cerrados, encostando Tártaros pelo pescoço contra a parede com uma das mãos apenas, fulminando-o com os olhos. – Eu tenho aqui muito dinheiro, e o que eu quero saber vale mais do que todo o dinheiro do mundo, mas você vai me falar já, sem ver o brilho de uma moeda sequer, ou vai falar para os magistrados! Escolha!

– Ora, até...

– JÁ!!

Qualquer um perceberia que Theo não era de brincar, e que por trás daquela mansidão, havia um touro disposto a lutar até morrer pelo que tivesse a defender. Tártaros acabou falando tudo. Dimitraki, embora não estivesse em Atenas, nunca saíra da Ática.

Theo afrouxou o gancho no pescoço de Tártaros, soltando-o e, enfim, virando-se para ir embora, o ex-capataz recuperando o fôlego.

Theo era ponderado, prudente, quieto e bom. Tinha alma nobre e honrada. Mas também era gente. De carne e osso. Também tinha sangue correndo pelas veias. Voltou-se e, num golpe só, firme e violento, acertou um murro, um único, contendo toda a sua raiva, no meio do rosto de Tártaros, que caiu para trás, como uma árvore, estatelado no chão. Theo esperou para ver se o outro estava vivo, se queria mais. Mas vendo-o choramingar, incapaz de se levantar, foi-se embora sem mais ter o que falar com aquele infeliz.

Numa busca incansável, acabou achando a casa que comprara o filho de Callíope, e em cinco minutos os donos o revenderam pela alta quantia que Theo ofereceu. E ele nunca iria esquecer o momento em que, junto ao menino pela primeira vez, viu seus olhinhos brilharem quando lhe disse que ele iria voltar para sua mamãe.

– Sou eu que vou ter para sempre o que retribuir, Callíope... Você se lembra... Eu tinha a idade de Dimitraki, quando Papa Ganimedes me trouxe... – a simples lembrança daquele dia lhe umedecia os olhos. – Eu é que tenho a agradecer... Sempre vou dever tudo à sua família...

– Theo, você também é da família.

A noite muito quente encontrara a todos cansados, aquele cansaço que se abate sobre as pessoas quando o calor é excessivo, e nem uma brisa vem amenizar a respiração difícil, o desconforto na pele, os membros pesados, o sono fora de hora. Pouco depois do jantar, Ifigênia e Ganimedes já foram se recolher, vencidos pelo calor, e até Dimitraki se deixou ir logo para a cama, depois de um banho refrescante, em busca de encontrar no sono a fuga àquele mal-estar. Callíope e Theo ficaram ainda na sala, não tinham vontade de ir dormir tão cedo.

Callíope havia recuperado completamente o espírito, o ânimo e a alegria. De volta à casa dos pais, com o filho junto a si, e todos com saúde, nada mais lhe pesava na alma. Conversando com Theo, era como se nunca tivesse saído daquela casa. Pela segunda vez na vida, sentia como se o passar de tantos anos tivesse sido apenas um sonho. Ainda mais bonita e elegante do que nunca, vestida em uma túnica azul-escuro de um ombro só, debruada de dourado, ela tocava sua cítara, tirando suavemente aqui e ali uma ou outra nota, inventando na hora uma melodia, enquanto Theo, à janela, observava a quietude da noite, o ar estagnado, um torpor tomando conta da vida lá fora.

– Callíope, vem ver... Vem ver o céu... está mais iluminado do que eu jamais vi!

Era uma daquelas noites de muito calor em que o céu está tão límpido e claro, e a lua tão grande no alto, tudo ao redor parecendo ter sido pintado à mão, os contornos absolutamente nítidos, as cores fortes e profundas, sob o manto escuro do céu.

Callíope deixa a cítara e vai junto a ele.

– Vamos lá fora? – ele propõe.

Saindo da casa, para o jardim à porta, a luz da lua lhes ilumina o caminho, tingindo de prateado os vasos, as árvores, a torre, para a qual eles vão caminhando devagar, comentando baixinho sobre a beleza das cores, sobre as flores nos vasos, o cheiro doce das plantas enchendo o ar. Sob aquele luar encantado, parecia-lhes que as suaves notas da cítara de Callíope os acompanhavam, no perfume da noite, na delicadeza daquele momento.

Lado a lado, na torre, os cotovelos apoiados na mureta, olhando toda a terra lá embaixo, Theo vai contando sobre as coisas da casa, sobre as mudanças que haviam sido feitas durante aqueles anos, enquanto Callíope o ouvia, atenta, silenciosa, os olhos fixos em algum pontinho reluzente qualquer.

– Você se lembra daquele jardim, lá embaixo? Aquele onde nós costumávamos ir brincar? – ele pergunta.

– Onde nos escondíamos da mãe e da Lypso?

– Está todo novo, fizemos um canteiro, com algumas árvores, colocamos um banco, com um arco por cima, está todo com flores agora, fiz pensando em você. Você tem que ir ver, Callíope, vai adorar, ficou muito bom.

Callíope o olhava, observando-lhe o rosto, um sorriso nos lábios, a cabeça um pouco de viés.

– Você precisa ir ver – ele continua, sem graça.

– Por que eu preciso ir ver...? – ela diz, sorrindo suavemente. – Eu não preciso ir lá ver, não... Eu vejo tudo nos seus olhos, Theo...

Mudo, um frio inédito lhe tomando conta do estômago, Theo olha Callíope diante de si, ali, tão próxima. Sob a luz do luar, o suave som da cítara ainda nos ouvidos, a terra parada ao seu redor, como numa revelação, ele se vê nos olhos dela, claro e nítido como num espelho, como jamais havia se visto lá, ou em qualquer outro lugar. E como um ímã poderoso e irresistível, os olhos de ambos se aproximam, finalmente fechando-se, no exato momento em que se tocam os lábios.

– Callíope...

Ele não sabe o que dizer. Mas Callíope continua sorrindo, com aqueles olhos, e Theo não tem mais porque falar, ou porque pensar, nem o que temer, ou duvidar. Lá estava ele, refletido nos olhos dela, bem-vindo nos olhos dela. Enlaçando-lhe a fina cintura, sentindo os braços dela nos ombros, e aqueles lábios com os quais sonhava há vinte anos, agora enfim lhes provando o sabor, era a sua vez de nascer de novo.

Para onde fora o mundo, que só existiam eles dois naquela torre? A torre onde por anos ele sonhou com ela, a sós ao final de um dia cheio de trabalho; a torre de onde ele viu o espartano, mexendo-se ameaçadoramente ao longe; a torre onde ele abraçou Callíope, toda molhada da chuva, naquele fatídico dia, cuja noite o viu ali mesmo, chorando desesperado por perdê-la para a lei; a torre de onde Ganimedes quisera se jogar, a alma desnorteada; a torre que agora testemunhava e abrigava aquele beijo...

– Callíope... eu... Como eu vou... Eu sou só um ex-escravo miserável, Callíope...

– Psiu! – ela lhe põe delicadamente o dedo indicador nos lábios. – Não diga isso nunca mais, Theo... Porque você é o homem mais digno, mais honrado, mais corajoso e íntegro que eu já conheci. E não há nenhum cidadão, nem político, nem estratego, nem magistrado, nem artista, nenhum, em lugar algum, que se compare a você, que chegue aos seus pés...

– Papa... eu gostaria de falar com o senhor, se o senhor puder...

– Algum problema, meu filho?

– Papa, eu creio que sim.

Theo não conseguia encontrar as palavras. Desabituado a falar, achava difícil a tarefa que tinha pela frente. Callíope, que viera junto para a conversa, fica quieta aguardando as palavras dos dois homens.

– Sim? – pergunta Ganimedes.

– Papa...

– Vocês dois querem se casar!

O casal se olha e sorri.

– Puxa, pai, mas como o senhor é perspicaz! – diz Callíope.

– Perspicaz? Sou é observador, crianças! Observador! Ou pensam que me escaparam os olhares, nos últimos dias, heim? Theo, de resto, nunca me foi estranho o que você sentia por minha filha.

– Papa, me perdoe – diz Theo, tenso, sem saber qual seria a decisão.

Ganimedes olha uma e outro, e outro e uma, que esperam, respeitosamente, suas palavras.

– Meus filhos... Fico muito feliz em saber que vocês dois se amam e gostariam de se casar. Mas eu lamento lhes dizer que, pelos meus planos, vocês iam ter que se casar, mesmo que não se amassem!

Callíope e Theo se olham, riem, e dão-se as mãos.

– Você vai ser meu paizinho! – diz Dimitraki, pulando no colo de Theo, radiante de alegria com a notícia.

– E eu? – diz Callíope, fingindo ciúmes daquele abraço.

Callíope e Theo quiseram contar logo a Dirnitriki assim que tiveram a bênção de Ganimedes. Sabiam que ele gostaria da novidade, mas não imaginavam que ele seria o mais contente de todos. Dimitraki tinha verdadeira paixão por Theo.

Ifigênia, assim como Ganimedes, já havia percebido uma certa mudança no ar, naqueles dias. Certos olhares prolongados em uma ou duas frações de segundos; um sorrisinho extra após uma palavra; um tom de voz mais suave do que de costume. Uma mulher percebe muito bem essas coisas.

Nada poderia encher mais os corações de Ganimedes e Ifigênia de alegria do que a união de Callíope e Theo. A vida parecia renascer nos dois velhos, que até dias antes achavam que nada mais lhes restava no mundo, a não ser aguardar a morte!

Ganimedes retomara o problema da sucessão, que por todos aqueles anos ficara de lado. Se pudesse adotar Theo e fazê-lo seu herdeiro! Desde muito pequeno o rapaz havia conquistado a afeição dos velhos, e agora, com tudo o que haviam passado juntos, Theo era de verdade um filho para eles. Mas não era possível adotar um não-cidadão, ainda que ele fosse um homem livre.

A situação exigia muito estudo, com os conselhos de um bom entendedor da questão sucessória e dos vários aspectos legais.

Ao tornar-se escrava, Callíope perdera o vínculo com o pai. Não tinha mais família. Não era mais ligada a um homem, um cidadão – pai ou marido -, a quem ou de quem, intermediariamente, passasse bens. Não podia mais gerar filhos que herdassem do avô. Recuperara a liberdade, mas não recuperara também a condição de *epiclera* – filha do cidadão Ganimedes. Era apenas uma ex-escrava, assim como Theo. Callíope não era filha de Ganimedes, e Theo não era um cidadão. E os filhos que tivessem também não o seriam.

Que diziam as leis? Poderia afinal adotar um ou outro? Poderia testar em favor deles?

Se Callíope pudesse voltar a ser sua *epíclera,* e Ganimedes a casasse com um cidadão, este sim herdaria do sogro. E ele certamente encontraria na Pnix vários cidadãos entusiasmados com a ideia de desposar sua filha. Mas Ganimedes nem cogitava essa hipótese. Amava igualmente Callíope e Theo. Já vira a filha sofrer muito; conhecia bem os sentimentos do filho. Agora pensava na felicidade dos dois, e haveria de encontrar um meio para alcançá-la. Se as leis barravam o caminho, as leis teriam que mudar! Ganimedes sentia outra vez todo o ímpeto de cidadão titular de direitos correndo-lhe às veias. E ainda, trazia no coração a lembrança hedionda do momento em que vira Callíope ir-se embora como escrava. Queria reparar de qualquer forma um erro seu que provocara tanta dor a tantos. Queria a filha de volta, pela lei.

– Pai... Por que não vai à cidade, conversar sobre isso com Fócion?

– Mas, filha, ele é seu ex-patrão.

Horrorizava-o pensar que Callíope tivera um patrão.

– Pai, bem lhe contei, já. Fui tratada por ele como uma filha. Creio que ele é o homem que poderá lhe ajudar nas respostas jurídicas que o senhor procura...

– Aqui! Mais para cá! Está bom! Podem parar!

Os empregados de Ganimedes ajudam com as charretes que haviam chegado, puxadas sofregamente por vários cavalos, levando-as para o local onde haviam determinado os patrões, para descarregar sua pesada carga.

– Atenção! Cuidado! Não pode quebrar!

Atrás do celeiro, os marceneiros que trabalhavam alguns pedaços de madeira, fazendo uma grande mesa e bancos, para o banquete, interrompem a martelação para ir ajudar a descer os grandes pedaços de mármore que Ganimedes comprara, vindo do Pentélico, a jazida perto de Atenas.

– É daquela moça, Papa Ganimedes? – pergunta o escultor, vendo Callíope descer de outra charrete que chegava da cidade.

– Desça do mármore, Demétrios! – grita Callíope para o filho, que já havia escalado a enorme pedra e se sentara lá no alto, as perninhas balançando.

– Sim, dela e de meu filho, também – e ele vai ao encontro da filha e da mulher, ver as compras do dia.

A família ia quase todos os dias à cidade, na preparação para o casamento.

Ifigênia colocara de lado a má impressão que sempre tivera do tumulto de Atenas e passara a ir junto pois, animada, queria ajudar a filha nas compras, nas arrumações, nas encomendas, nos arranjos de flores, etc. E voltavam para casa carregadas de potinhos de cremes, óleos e essências; de contas e pedras; de tecidos, borlas, galões, franjas e passamanes, e de todos os aviamentos que abundavam na cidade, vindos de todos os cantos da terra, vendidos nas lojinhas junto ao Pórtico Pécilo, cujas famosas pinturas finalmente Ifigênia pode apreciar. Callíope gostava de experimentar as novidades, como as sandálias com saltinho, os pozinhos coloridos para mudar a cor dos cabelos, e umas massas grudentas, que estavam usando as mulheres, para arrancarem os pelos das pernas e das axilas, num sofrimento atroz, porém de efeito duradouro. Tudo em nome da beleza e vaidade femininas.

– Vamos hoje, outra vez! – dizia Callíope, pela manhã.

– Sim – respondia Theo, já esticando a mão para lhe entregar mais moedas.

E a cada volta da cidade, a família se reunia na sala, ou na cozinha, ou no quarto de Callíope e Dimitraki, para verem tudo o que haviam trazido, dando palpites, admirando tudo, extraindo daqueles momentos toda a alegria que eles continham, enfim respirando aliviados.

– Trouxemos o tecido para minha túnica do casamento – diz Callíope certa tarde, na torre.

– E há algum problema com ele? – pergunta Theo, notando um tom estranho na voz da noiva.

– Ele é branco. Eu não queria trazê-lo, mas papa insistiu...

– E qual é o problema de ele ser branco?

– Você não acha errado eu me casar de branco? Afinal, branco é a cor da pureza, Theo...

Ele lhe pega o rosto nas duas mãos, fitando-a nos olhos.

– Se assim é, Callíope.... então não existe branco que seja branco o suficiente para você...

Ganimedes decidira presentear a *polis* com estátuas como ofertas votivas, em honra de Atena, por tantas graças que a família havia recebido, e contratara na cidade aquele escultor, juntamente com Fócion, seu novo e maior amigo, que achara a ideia muito boa e aproveitava o artista.

Era um dos ajudantes do grande escultor Míron, aquele que havia feito a escultura do atleta – o discóbolo – com quem havia trabalhado em diversas de suas obras e, recomendado pelos cidadãos, vinha esculpir algumas estátuas para Ganimedes, na própria casa. Ganimedes iria ofertar à deusa Atena, nas próximas Panatenéias, as estátuas de Callíope e Theo, colocando-as na Acrópole, junto ao Parthenon, onde já se encontravam tantos mármores e obras doadas por cidadãos que, assim como Ganimedes, desta forma procuravam agradecer à sua deusa. E, entusiasmado com a ideia, encomendara igualmente duas estátuas dos filhos para ficarem na casa, à entrada. Fócion, totalmente envolvido e emocionado com os últimos acontecimentos nos quais, ao lado de Ganimedes, tivera um papel fundamental, mandava fazer uma estátua de Callíope para ele também.

– É a moça que se vestiu de Palas Atena! – comenta o escultor que, observador, lembrava-se desse episódio ocorrido lá se iam já mais de sete anos.

– Ela mesma – responde Ganimedes. – E estive pensando, o que achas, se a estátua dela for justamente com a indumentária da deusa, como na procissão? É em honra de Atena, afinal...

– Acho uma excelente ideia! O elmo, o escudo, a armadura, a coruja! Excelente! E o rapaz?

Os noivos também estavam gostando daquilo. Theo, embora muito tímido, havia aberto seus horizontes desde que vira sua imagem nos olhos de Callíope, e aceitava de bom grado todas aquelas novidades.

– O que você acha, Theo? – perguntara Callíope, mostrando ao noivo as túnicas que escolhera. – Com qual *khitón* eu devo posar?

– Eu gosto... desse aqui... – ele diz, escolhendo a túnica azul-escuro, debruada de dourado, da noite de luar, na torre – Será que ele consegue esse tom de azul para pintar?

Os dois tiveram que posar para o escultor, o que fez Dimitraki achar muita graça. Callíope tinha um pouco de trabalho, porque o menino, à sua volta, aproveitava a paralisação temporária da mãe para fazer suas corrimaças e travessuras, e encher o escultor de perguntas.

– Vamos, Dimitraki! Venha comigo até a plantação – chamava-o Theo, tentando dar um pouco de paz ao artista e à mãe.

Mas Dimitraki não sossegava.

– Será que não vai sobrar uma pedrinha para fazer uma escultura de mim?

Theo acabou encomendando uma pequena escultura do menino, para adornar o jardim do qual ele falara para Callíope, na noite em que, na torre, Afrodite lhes unira os olhos, os lábios, e os corações.

A Callíope da Acrópole, com o equipamento hoplita, em azul-claro, tinha um porte sóbrio e elegante, porém natural e agradável. Callíope procurou adotar o mesmo olhar e postura que havia tido durante a procissão, conforme as indicações do corêgo Danilos. E Theo era sério, com o ar compenetrado – ele não tinha muita paciência para posar, mas o escultor, também, achava mais fácil esculpi-lo, dado que as formas eram mais retas, o manto caindo liso e pesado até o chão.

A Callíope da casa, com a túnica de um ombro só escolhida por Theo, sorria e tinha a cabeça inclinada, o corpo num certo movimento, uma pequena ondulação, uma perna reta e a outra ligeiramente dobrada no joelho, um pezinho aparecendo por sob a barra do *khitón,* os braços delgados segurando com delicadeza um jarro. Para ela, Callíope teve que se contorcer até que o escultor achasse a posição mais feminina, mais leve, mais graciosa. O *khitón,* caindo suavemente em pregas, era o trabalho mais primoroso daquele artista. Seu noivo trajava a túnica curta, branca, numa posição mais relaxada, o peso do corpo sobre uma perna, demonstrando ao mesmo tempo força, confiança e sobriedade.

A Callíope de Fócion, com a armadura da Atena, só que sem o elmo, nem a coruja, sorria placidamente, olhando para o lado, como que satisfeita e feliz.

Mas todas as Callíopes e todos os Theos tinham nos olhos exatamente aquela mesma expressão, aquele olhar, que o escultor, com a alma e percepção que só os artistas possuem, conseguiu capturar e passar para o mármore, e que encantaria a todos os que veriam tais esculturas.

Assim, levando-as para a Acrópole como oferenda votiva, Ganimedes, transbordando de alegria e agradecimento, dava de presente à cidade aquela arte, aquelas belezas, que representavam tudo o que se passava em seu coração, que tanto continham da história de sua família e, principalmente, tanto contavam de sua *pólis,* Atenas.

Em casa, voltando da procissão das Panatenéias, Fócion também estava tão contente quanto Ganimedes. Sua Callíope lá estava, adornando sua porta de entrada. E ele pensava no casamento, no dia seguinte, daquela moça a quem tomara quase como sua própria filha, e cuja família agora, mais do que grandes amigos, o recebia como um deles, enchendo seu coração de nova vida. Ele jamais iria se esquecer dos caminhos que tiveram que trilhar para que aquele casamento se realizasse. Fócion se lembra do dia, quase um ano antes, em que conhecera Ganimedes, pouco depois de ter entregue Callíope de volta a Theo...

...A família chegara a Atenas pouco depois do almoço, e foram diretamente à casa de Fócion. Ifigênia não quisera ir: diminuíra sua aversão ao tumulto da cidade, mas ela nunca fora de exagerar em nada. O capataz foi dizer a Fócion que a família havia chegado e gostaria de falar com ele.

– Ora! Papa Ganimedes! Que honra conhecer-vos finalmente! Mas... meus olhos me enganam! Dimitraki!

Fócion não sabia que o pequeno havia sido encontrado. Sua alegria em vê-lo novamente junto a Callíope quase igualava-se àquela do próprio Ganimedes.

Vinha despedindo-se de um rapaz com quem estivera conversando, filho de uma família importante, a quem Callíope já havia visto na casa algumas vezes, e a quem ela fora acudir certa noite, dois anos antes, quando ele acabara de completar dezoito anos.

Chamada às pressas, encontrara-o passando muito mal. Acabara sendo nada mais que um excesso de vinho: pouco habituado à bebida, cujo abuso era comum entre os amigos, ele cambaleara de volta para casa depois de um *symposion,* com Atenas girando em torno dele. Callíope o amparara enquanto ele vomitava e depois fez que ele bebesse água com um pouco de mel. Desde então, ele perdeu completamente o gosto pelo álcool, e via em Callíope, não sem um pouco de embaraço, uma cúmplice daquela noitada.

– Como vai, Callíope? E você, Dimitraki? – diz o rapaz, brincando com o menino.

– Vamos bem, muito bem! – Callíope sorri. – E você? Como está sua família?

Callíope e Theo não quiseram entrar, preferiam deixar Ganimedes e Fócion conversarem a sós. Assim, seguiram com Dimitraki pelas ruas até a ágora, acompanhados do rapaz, cujo caminho era aquele também. Pela primeira vez a conversa de alguém da cidade interessa a Theo, normalmente tão avesso às bobagens que os citadinos gostavam de falar.

– Bem, tenho que ir – diz o moço, após avistar a um canto da ágora um grupo de cidadãos, rodeando aquele careca barbudo com quem Theo havia falado, tantos anos antes, quando do episódio do espartano. – Que as coisas saiam bem para vocês! Adeus, Dimitraki! Obedeça sempre à sua mãe! E estude bastante, aprenda as coisas, e pense sobre elas![29]

---

[29] Platão nasceu em 428 a.C., de família muito importante. Dedicando-se primeiramente às letras e às artes, chegou a compor tragédias. Depois, tendo conhecido Sócrates, interessou-se pelas preleções do mestre, ouvindo-o durante anos. Aristocrata por nascimento, admirador das instituições espartanas, as quais tomou como base para esboçar um estado ideal, jamais conseguiu tomar parte nos negócios públicos de Atenas. Consagrou sua vida ao ensino, tendo escolhido a Academia, à noroeste do Cerâmico, perto da Porta do Dípilo, como seu local de preleções. Morreu em 347 a.C. Aristóteles, seu discípulo, foi mestre de Alexandre, o Grande, filho de Filipe da Macedônia.

– Então, eles vão se casar! – diz Fócion, pegando da bandeja as duas taças de vinho que trouxera o empregado, servindo uma a Ganimedes.

Os dois velhos sentem uma afinidade imediata em companhia um do outro, e bebem juntos com prazer. Um pequeno *symposion* após o almoço! Por que não?

– Não posso dizer que seja uma surpresa para mim... – diz Ganimedes, que há muito conhecia os sentimentos de Theo.

– Nem eu tampouco...

– Mesmo?

O pensamento básico de sua filosofia é a distinção que se deve fazer entre a suposta ciência, que só chega a conjecturas e probabilidades, e a verdadeira ciência, a dialética, que atinge a verdade; entre o mundo sensível, que nada mais é do que falsas e enganosas aparências, e o mundo das ideias, princípios de conhecimento e princípios de existência, que é a única realidade verdadeira. Seu meio de expor seu pensamento é através do diálogo, onde apresenta Sócrates e seus amigos, usando a linguagem da classe mais culta de Atenas.
Contrário ao ensino das epopeias homéricas, que em seu entender levavam os jovens a um mau juízo das coisas, considerava a educação e a justiça social os pilares sobre os quais deveria se apoiar a democracia. Para Platão, a educação é moralizadora, e o aprendizado é constante. O melhoramento do homem se dará através da educação, que o tirará da ignorância. Ninguém, quando conhece o bem, que lhe é útil, vai preferir o mal, que o prejudica. O Estado, por sua vez, garante a justiça social, aplicando-a de forma eficaz. Justiça, com a verdade, a simpatia e o perdão. A bravura, com o sacrifício. A sensatez, com a vontade, o autocontrole e a serenidade. A santidade, com o conhecimento de Deus e o desenvolvimento do sentido religioso. São estas que constituem a quintessência da virtude, aliada à prudência e à liberdade, que é o meio pelo qual se manifestam as particularidades do homem. Na obra platônica "Protágoras", Sócrates e Protágoras discutem sobre o que é a virtude, se é ensinável ou não, se nossos pensamentos e atos têm sua procedência no livre arbítrio de pensar e agir ou são consequências de outros fatores, como o ambiente e a educação recebida, etc. Concluem ambos que a virtude é mesmo ensinável, e que cada homem se torna virtuoso ou não conforme aquilo que recebeu desde criança até sua maioridade. A. Jardé, o.c.; Dimitrios N. Zikas, "A Democracia Ateniense segundo Platão".

– No dia em que Theo veio buscar Callíope, e me contou toda a história de sua busca incessante por reencontrá-la e levá-la de volta à sua casa, era visível o que ele sentia... Honrado, perguntou-me o valor que devia, por Callíope... – Fócion dá um sorriso. – Como se eu pudesse avaliar um valor desse, em dinheiro... Quando eu lhe disse que nada me devia, ele insistiu em pagar... Nesse momento, eu concedi a liberdade a Callíope, desobrigando-o de qualquer pagamento... Ele me pareceu contrariado... Mas nada se compara àquele olhar que vi em ambos, quando face a face... Eram como dois espelhos um em frente ao outro... Seus olhos brilhavam da mesma forma intensa e profunda... Naquele instante percebi tudo. Parece um ótimo rapaz.

– Nem tens ideia do quanto...

– Creio que o decepcionei, ao libertar Callíope. Creio que ele queria ser o homem que a libertaria.

– Não... Conheço meu filho, ele não pensa assim... É todo humildade... Para ele, o que importava era trazê-la de volta, tanto fazendo quem a havia libertado... Tem honra e alma como nunca vi em ninguém.

Ganimedes começa a contar a parte da história que Fócion não conhecia.

Sua doença e incapacitação; o empenho e o amor de Theo com ele e com as terras; a volta de Callíope à casa; o milagre dele haver reencontrado Dimitraki.

– Ele virou a Ática do avesso; não descansou um minuto sequer na busca pelo meu neto. Tanto eu como minha esposa nascemos de novo graças a esse moço, nosso filho...

– Sem dúvida!

Mas ainda que Theo merecesse todos os elogios, o que trouxera Ganimedes até Fócion era algo mais prático. Queria consultar o grande orador sobre a situação de Callíope. Contando toda a história desde o empréstimo junto a Pásion, o banqueiro, Fócion ouvindo silenciosamente todos os detalhes, foi mostrando ao novo amigo em que circunstâncias as coisas haviam se passado.

– Se tivesses procurado um especialista antes de assinar essa hipoteca – diz Fócion, ao final do relato. – É o que todos devemos fazer, sempre que se estiver envolvendo um bem imóvel, ou um interesse da família... Nossa simples assinatura num pedaço de papel pode pôr em risco tantas coisas...

– Bem o sei, agora – diz Ganimedes, a quem doía a lembrança do dia na ágora em que o banqueiro lhe concedera o empréstimo. – Se você visse com que entusiasmo Pásion me passou aquela quantia.

– Conheço as artimanhas desses homens. São hábeis em envolver o interessado, que já lhes vêm em uma situação debilitada. Tens consigo o documento?

– Sim, ei-lo – diz Ganimedes, tirando das dobras do khitón o papel enrolado, que Theo havia guardado todos aqueles anos numa arca junto a outras coisas da casa que julgava importante guardar, mas que não queria ter que ver.

Fócion examina o papel cuidadosamente, lendo as cláusulas e valor do empréstimo, os juros estabelecidos, as datas, e enfim, a última cláusula, escrita ao final, a garantia.

– Esta cláusula – diz ele devagar – não poderia ter sido exigida, pelo menos não desta forma... Várias coisas maculam os feitos que levaram Callíope a se tornar escrava... Primeiramente, atrelar o pagamento do empréstimo ao evento da safra e venda do trigo é prática inadmissível, por nossas leis... Quando você foi pagá-lo, antes da data, ele teria que ter aceito o pagamento e quitado a dívida.

Fócion fica pensativo, olhando o papel, matutando frases e conceitos na cabeça, juntando os fatos, argumentos e conclusões. Sempre soubera, pelos relatos dela mesma, que a situação de

Callíope não só tinha pontos obscuros, mas também era no mínimo irregular. Mas havia fechado os olhos, fora egoísta, não querendo se imiscuir no caso, pois gostava da moça como a uma filha, e não queria vê-la ir embora. O que no fim acabou acontecendo, de qualquer forma. Sentia-se tanto ou mais culpado do que Ganimedes pelo que acontecera a Callíope. Se a Ganimedes havia faltado prudência e saúde, a ele havia faltado alma. Agora, tendo a chance de recuperar-se de sua omissão, de seu erro, iria fazê-lo com toda certeza.

– Creio que são muito boas as nossas chances de obtermos sucesso junto aos magistrados, Papa Ganimedes.

– Acha mesmo? – Ganimedes enche-se de esperança.

Mas ainda não era tudo. Ele tinha mais uma questão jurídica a consultar com Fócion. Após expor mais alguns fatos e detalhes, finalmente conclui o pensamento e aguarda a resposta do novo amigo, seu consultor, seu *synégoros,* representando-o junto aos homens da lei.

– Tens noção de que se trata de uma causa raríssima, de imprevisível desfecho?

– Achas que seria aceita?

– Bem, poderia até ser aceita, pois tens o direito de propô-la e buscar ver a decisão legal. Mas o resultado, quanto a este, nada posso afirmar-te... É de fato uma situação interessante. Nobre. Mas muito difícil.

– Talvez se eu lhe contar mais pormenores dessa história e os méritos envolvidos, entendas meu empenho. Há pouco menos de trinta anos, quando dias mais alegres agitavam o horizonte ateniense sob o comando de nosso grande Péricles, passava eu na ágora certa vez quando vi o mercador de escravos terminando a venda do dia, levando embora um garotinho de cerca de seis ou sete anos. Minha filha Callíope tinha a mesma idade, tendo nascido em circunstâncias muito especiais para mim e minha esposa....

E à sombra, no pátio da casa de Fócion, Ganimedes vai contando a história de sua família para o novo amigo que o ouvia silencioso, compenetrado, absorvendo cada palavra que ouvia, entusiasmando-se e emocionando-se com o relato como se fora uma verdadeira epopeia.

Lá fora, mais uma tarde ia caindo na cidade, tornando-a toda dourada, com o mercado encerrando o dia, as barracas sendo desmontadas, as pequenas lojinhas fechando as portas, e as pessoas indo enfim embora para suas casas, quando Ganimedes termina de falar e, após um pequeno silêncio, Fócion apoia a mão em seu ombro:

– Papa Ganimedes, meu amigo, creio que temos sim alguma chance! Pode contar comigo em sua causa! Vou já começar a analisar todas as questões envolvidas nesse caso; imagino que toda a cidade ficará sabendo desse julgamento! Vamos tentar encontrar uma saída para essa situação! Já pensou em escrever todos esses fatos? Daria uma peça de teatro premiada!

Ganimedes ia pedir à Assembleia do Povo que concedesse a cidadania ateniense a Theódoros.

CAPÍTULO XII

POSSÊIDON

Deus do mar.

As semanas que se seguiram foram de trabalho intenso para Fócion. Logo ele percebeu que aquelas duas causas seriam as maiores que já teria patrocinado em sua vida enquanto cidadão, talvez justamente porque não só versavam sobre temas tão profundos em suas raízes legais, religiosas e políticas, mas tratavam ainda diretamente de pessoas a ele tão caras.

Porque afeiçoara-se à família de Callíope da mesma forma que havia se apegado à própria moça. E era com novo sangue que se levantava todos os dias e desde cedo punha-se a fazer contatos, conversar com pessoas, levantar dados e documentos, informar-se das agendas dos tribunais, dos nomes dos magistrados em serviço aquele ano, suas características, e até suas vidas pessoais. Toda noite voltava para casa e fazia um inventário de nomes e datas, riscando uns, colocando um sinal em outros. Escrevia longos discursos e relia-os em voz alta, procurando o tom certo, sem exageros, mas dando a ênfase necessária.

A questão da hipoteca seria julgada pelo tribunal da *heliéia,* com o grande júri popular – os *heliastas,* escolhidos entre os cidadãos maiores de trinta anos[30] – cujo número de integrantes o magistrado determinaria conforme entendesse a importância da causa.

O pedido de cidadania de Theo seria apreciado pela *Ekklesía,* a Assembleia do Povo, e seriam necessários seis mil votos favoráveis entre os presentes para obtê-la. Tal propositura deveria ainda ser previamente aprovada pela *bulé,* para então entrar na pauta.

Fócion informou-se dos nomes de todos os quinhentos buleutas daquele ano e, após detalhado estudo, encontrou aquele mês cujos cinquenta prítanes lhe pareciam os mais inclinados à aprovação. Era mês bom, de tempo ameno, sem chuvas ou secas fortes, nem muito menos tempestades de relâmpagos. Nenhum mau presságio levaria o magistrado ou o epístata – presidentes do tribunal e da assembleia – a suspenderem ou adiarem as respectivas sessões. Fócion até consultou um oráculo: queria obter de todos os lados, senão a garantia de que tudo sairia bem, pelo menos a certeza de que nada atrapalharia os caminhos. Iria, tal Posseidon, agitar os mares das ideias dos cidadãos sobre a lei e o direito.

A causa da hipoteca seria primeiramente submetida aos cinquenta prítanes daquele mês, que então a levariam à assembleia, e esta certamente receberia o pedido como uma causa pública – uma *graphè*(39) – dado que se originava de um delito de ilegalidade, e ainda versava sobre a questão da cidadania, indiretamente. E aí o caso seria remetido ao tribunal da *heliéia,* para ser julgado pelo júri popular, certamente com um alto número de heliastas. Nesse caso Fócion agiria como promotor público, não podendo abandonar o

[30] Trata-se do mesmo tribunal que julgou e condenou Sócrates à morte, por sacrilégio, com um júri de 500 heliastas, em votação de 280 a 220.

pleito, e correndo o risco de condenação à multa caso não obtivesse um quinto dos votos favoráveis, e ainda perderia o direito de interpor outra *graphè* no futuro – o que impediria a outra causa, a da cidadania.

Mas ainda assim, estudando todos os pontos da situação, articulou-se como só ele era capaz de fazê-lo com o fim de conseguir que as duas causas fossem julgadas em dois dias consecutivos, que ele conseguiu marcar com todo o tato, naquele mês que julgara o mais favorável. No primeiro dia, a causa da hipoteca, buscando solucionar a situação de Callíope. E logo no dia seguinte, dia de assembleia, a solicitação de cidadania ateniense para Theo. Estava lançada a sorte daquela família.

– Acalme-se, Ganimedes – diz Fócion, sentando-se ao lado dele, após terminados os sacrifícios e as orações. – Tudo está sob controle; quando for chamado, responderá às perguntas que eu fizer, como combinamos. Não tenha medo de gaguejar: todas as pessoas ficam nervosas nessa hora, é normal. O magistrado e os jurados sabem muito bem o que você está sentindo. Melhor uma gagueira natural do que uma autoconfiança forçada: desta, eles desconfiam. E você não terá que mentir, portanto apenas confie nas minhas perguntas e dê as respostas.

Fócion orientara da mesma forma todas as pessoas que arrolara como testemunhas, inclusive Theo, que aguardava ao lado de fora o momento em que seria chamado a depor.

Nesse dia, a família veio toda à cidade, até mesmo Ifigênia. Mas não podiam entrar no tribunal, e portanto ficaram ao lado de fora, aguardando. Theo não escondia um certo nervosismo. Queria que as coisas saíssem conforme a vontade do pai, para vê-lo bem, para que este não sofresse mais uma decepção. Callíope estava ainda tão encantada com a volta do filhinho, que nada mais parecia lhe importar. Escrava, mulher livre, "cidadã", tudo isso era sem importância, contanto que Dimitraki estivesse bem, ao seu lado. E Theo, também.

O dia era muito claro, porém sem aquele calor intenso tão comum na cidade. As duas mulheres se sentaram à sombra, perto da porta, junto com Theo, os olhos grudados em Dimitraki, que já tratara de encontrar outras crianças por ali, e faziam corrimaça em torno das fontes, das estátuas, dos canteiros.

– Cuidado, Dimitraki! – Callíope lhe chama a atenção. – Não pise nas flores!

– Veja só! – sorri Ifigênia, vendo o netinho fazer uma roda de crianças e falar longamente enquanto os outros ouviam quietos. – Como é levado! Tudo quer pegar, com todos quer falar! Veja! Os outros se põem a rir do que ele fala! Que temperamento! A quem terá puxado, esse menino?

Callíope levanta as sobrancelhas, ironicamente.

– Demétrios! Não puxe o cabelo da menina!

Pásion havia sido chamado a comparecer ao processo e, ainda que não figurasse exatamente como réu, dado que Ganimedes não pedia sua condenação, ele havia também recorrido a um amigo que o defenderia, como seu *synégoros*. Ambos os *synégoros* já haviam levado ao magistrado, em outro dia, prestando juramento, os documentos que consideravam úteis para a instrução do processo: textos de leis, o contrato de empréstimo, o rol de testemunhas que pretendiam chamar, seus argumentos por escrito.

Fócion decidira não buscar a condenação de Pásion pela ilegalidade e má-fé da cláusula hipotecária no contrato de empréstimo. Tal atitude levaria o banqueiro a se defender como pudesse, e dado o seu poder financeiro e influência junto a certos cidadãos – ele conhecia todas as pessoas na cidade –, o resultado da ação poderia ser funesto para Ganimedes e Callíope. Não era vingança que movia Ganimedes, mas sim sua vontade de ver a filha restituída às barras da cidadania. Assim, Fócion optou não exatamente por poupar Pásion, mas chamá-lo como testemunha, corroborando os fatos. Desta forma, Pásion viria perante o magistrado e os jurados, os *heliastas* – para aquela causa, em número de trezentos, conforme decisão dos magistrados – e ali, exposto em toda a sua vileza, daria aos heliastas a chance e a liberdade de, apreciando o caso de Callíope e Ganimedes, julgarem indiretamente aquele que a tantos já havia prejudicado.

De todos os testemunhos, certamente aqueles que mais tocaram os heliastas e ainda todos os presentes – que eram muitos, Fócion havia feito uma verdadeira campanha para encher o recinto – foram os de Theo e Ganimedes, relatando, através das perguntas de Fócion, todos os detalhes do empréstimo, da tentativa de pagamento antecipado da dívida, da excelente lavoura de trigo saindo daquelas terras inóspitas e quase incultiváveis, do confisco, da tarde em que o agente do banqueiro viera cobrar a dívida, do triste momento em que Callíope fora embora, da doença de Ganimedes, e dos anos de mãos atadas em face da lei. Os testemunhos do ex-agente de Pásion; de Teárion, o padeiro; de alguns empregados de Ganimedes; de dois dos *sytophylakes* – os fiscais do trigo na ágora; de alguns médicos que Theo havia levado para examinarem Ganimedes; e do próprio banqueiro, vieram confirmar aquilo que estava sendo relatado.

Não eram em grande número as leis que regulavam a vida dos cidadãos em Atenas. A defesa de Fócion então baseava-se mais em conceitos, em princípios, nas normas gerais estabelecidas pelos grandes oradores, e sobretudo na Constituição, norteando os valores de justiça, legalidade, legitimidade e cidadania.

Após ouvirem as testemunhas, Fócion lembrou, em seu discurso final, cuja duração era regulada por um relógio de água, todos os argumentos que sustentavam sua posição: a cláusula hipotecária era nula, dado que atrelava o pagamento do empréstimo a fato futuro e incerto, impedindo o resgate antecipado da hipoteca; o postulante havia buscado pagar a dívida antes do termo, e não pudera fazê-lo dado a recusa do banqueiro em receber o valor; o credor então constituiu-se em mora, deixando o devedor desobrigado na conservação da coisa devida, fosse o dinheiro, fosse a safra; o confisco do trigo ensejava a renegociação da dívida, quando não a extinção da mesma, posto que caso fortuito independente da vontade o devedor; o banqueiro, na qualidade de homem livre, porém não cidadão, não poderia vir a entrar no gozo da propriedade do bem dado em garantia; e ainda, e principalmente, a venda da moça Callíope como escrava escapava a todas as normas estabelecidas pelo grande Sólon, cujas leis promulgadas havia mais de cento e cinquenta anos e inscritas nos prismas de madeira, giravam em torno de seu eixo no Pritaneu, à vista de todos os cidadãos, junto ao fogo sagrado da cidade, a todos mostrando que práticas como a venda de um filho ou filha de cidadão, salvo raríssimas exceções, não tinha mais lugar naquela sociedade de homens de bem, e que Ganimedes, tomado por um torpor e desgosto que o debilitaram por mais de oito anos, desde o episódio do confisco, nada pudera fazer vendo a filha única ir-se embora não mais como filha do cidadão honrado e honesto que ele sempre fora. Assim sendo, diante dos fatos e leis relatados e provados, dado o irreversível e irrecuperável lapso de tempo durante o qual a família havia se privado de seus direitos, de sua saúde e, sobretudo, da companhia de sua filha única, não vinha o cidadão Ganimedes pedir o ressarcimento pecuniário, posto que irrelevante diante do mal maior; vinha, sim, buscar o restabelecimento do estado de direito.

– "Solicitando a este tribunal tão-somente a declaração irrefutável de nulidade da referida cláusula hipotecária, com efeito retroativo, anulando também os atos e feitos dela decorrentes, restituindo a Sra. Callíope, filha de Ganimedes, viúva de Cassandro, à sua condição original e indelével de filha de cidadão proprietário e residente na Ática, como deseja a família, como manda a lei, e como ordenam os deuses e deusas da cidade de Atenas".

Os populares que assistiam aos debates ficaram mudos de emoção.

Alguns jurados enxugavam as lágrimas do canto dos olhos com os dedos.

O *synégoros* de Pásion via que seu amigo era capaz de ainda sair dali preso, talvez até linchado. Achou por bem não contra-atacar, uma vez que nada lhe era pedido a não ser seu depoimento confirmando os fatos. Alegou apenas, sobre as ilegalidades, que Pásion, enquanto ex-escravo, não tinha total domínio das leis dos cidadãos, e desconhecia serem proibidas certas práticas como a da referida cláusula e a da venda da filha de um cidadão. Uma boa defesa saindo pela tangente, embora fosse mentira, pois ele conhecia muito bem todas as leis, melhor ainda do que a grande maioria dos cidadãos. Mas nada haveria de temer Pásion e seu *synégoros,* enfim, pois o magistrado não poderia proferir uma sentença fora do pedido, que era apenas de declaração de nulidade de uma cláusula de contrato e seus efeitos.

– Que os heliastas passem à votação – determina o magistrado, após um breve silêncio.

Após deliberarem entre si rapidamente e sem ruídos, os trezentos heliastas ordenadamente vieram um a um depositar seus *jetons* nas urnas. Cada um tinha dois *jetons* – pequenos discos de metal, com um furo no centro, atravessados por uma trave: oca em um deles, maciça no outro, de modo a serem reconhecíveis a um simples toque de mão. O *jeton* de trave maciça servia para absolver ou conceder o pedido; o de trave oca, para condenar ou negar. Cada heliasta depositou em uma urna seu voto, e em outra o *jeton* restante, para controle.

O magistrado então, com seus auxiliares, contaram os votos.

– "Contados os votos dos heliastas após a discussão e debates de acordo com as leis da pólis, passo a deliberar. Este tribunal, por meio de seus membros, por unanimidade de votos, houve por bem acolher o pedido do cidadão Ganimedes em favor de sua filha única. Conforme os poderes que me são conferidos pelas leis da pólis, declaro nula de pleno direito a cláusula hipotecária constante no contrato de empréstimo celebrado entre o cidadão Ganimedes e o senhor Pásion, banqueiro, para todos os efeitos legais. Declaro ainda, por conseguinte, da mesma forma, nulo de pleno direito o ato pelo qual foi efetuada a venda da Sra. Callíope, filha do cidadão Ganimedes, viúva de Cassandro, restituindo-a à sua condição de filha epíclera, ressalvados os direitos de terceiros de boa-fé que porventura vieram a ser lesados pela aquisição, posto que eivada de nulidade".

Neste momento, Fócion se levanta e pede a palavra, interrompendo a deliberação do magistrado, que o olha impaciente – nenhum magistrado gosta de ser interrompido.

– Excelência – começa ele. – Com a vossa permissão. Eu sou o terceiro que adquiriu a Sra. Callíope. Neste ato, na presença de Vossa Excelência, de todos os heliastas que deliberaram nesta causa, e de todos os cidadãos aqui presentes, renuncio ao direito de ação contra Pásion pela referida venda ilegal.

Fócion não iria entrar na vil questão de brigar na justiça pelo valor de sua querida Callíope. Queria, tanto quanto Ganimedes, apenas ver o restabelecimento das coisas em seu devido lugar.

– "O cidadão Fócion – retoma o magistrado – comprador de boa-fé, neste ato, abre mão do direito de regresso contra aquele que o prejudicou através de referida venda.

Nada mais havendo a deliberar e decidir; é a sentença.

Declaro encerrado este processo.

Que Themis, a deusa da Justiça, nos conduza e ilumine,

E que Atena nos proteja".

Ganimedes abaixa a cabeça, os olhos apertados segurando as lágrimas, o coração querendo explodir.

– Obrigado, meu amigo! Muito obrigado! – ele diz a Fócion, enfim, os olhos marejados, as palavras não conseguindo sair-lhe da boca.

– Eu é que agradeço, meu irmão – diz Fócion, emocionado também. – Por ter-me dado, a mim, a oportunidade de recuperar Callíope!

Ganimedes olha seu novo amigo, sem encontrar as palavras que expressem o que tem a dizer. Aquela sentença lhe dava de volta a filha. E oito anos de vida. E a honra de pai e de cidadão.

– Quantos você contou até agora?

– Mais de mil, mas creio que podem ser quase o dobro, só aqui neste lado, pois muitos chegaram em grupos, não pude contar todos.

Fócion havia colocado alguns empregados em torno da Pnix, contando os cidadãos que iam chegando para a Assembleia. Precisava encher o recinto com o máximo possível de cidadãos, de modo a conseguir, na hora da votação, os seis mil votos necessários para a vitória. Havia muito tempo nenhum assunto da pauta conseguia trazer à Assembleia todos os cerca de vinte mil cidadãos inscritos na *pólis*. Na maioria das vezes, compareciam, quando muito, cinco mil. Esse era o primeiro obstáculo a ser ultrapassado por Fócion. Mas o sucesso estrondoso na *heliéia,* no dia anterior, servira como chamariz da atenção de todos para o pedido de cidadania de Theo, logo no dia seguinte, justamente como ele previra.

Na verdade, não se falava em outra coisa na cidade.

Fócion estava ansioso. Mas ainda era cedo, Atenas preguiçosamente avançava manhã adentro.

O dia havia amanhecido já cheio de um ar diferente, principalmente para a família de Ganimedes que, de resto, mal havia conseguido dormir naquela noite, tanto de alegria com a vitória de Callíope, quanto de apreensão pela Assembleia. Um clima de decisão se apoderava de todos eles. Certamente nem os atletas, em dia de competição final, sentiam a mesma ansiedade. Theo, o pivô da questão, até o dia anterior, guardara uma certa reserva indiferente em relação ao pedido de cidadania, mas naquela manhã, ao acordar, abrira os olhos ainda no escuro com uma sombra desconhecida encobrindo-lhe a alma. Por que tanto alarde com o assunto? Em que aquilo haveria de mudar-lhe a vida? De que forma seu sangue correria diferente nas veias, caso se tornasse cidadão? Ele se perguntava essas coisas, andando pelo jardim da casa antes do desjejum, vendo o amanhecer iluminar os campos que ele conhecia tão bem, quando a noiva foi ao seu encontro.

– Não vem comer? – ela lhe pergunta, sorrindo.

– Não tenho vontade...

Pensativo, ele caminha ao lado dela para dentro da casa.

Novamente, Theo, as duas mulheres e Dimitraki ficaram de fora, à entrada da Pnix, ao lado de um arqueiro que tomava conta da chegada dos cidadãos. Quando Ganimedes tomou um lugar bem à frente, junto a Fócion, mais de quinze mil homens já estavam ali reunidos, e muitos ainda vinham chegando.

Desta vez, Fócion não teria ninguém a chamar para vir depor ou responder perguntas. Seria ele, sozinho, a falar na tribuna, defendendo aquela causa, patrocinando aquele pedido. Mas a decisão, esta seria o que deliberassem em conjunto os cidadãos. Muito dependeria de como Fócion iria falar, mas também daquilo que ia na alma daquelas pessoas. E nem tudo ia bem na cidade, nos últimos tempos. Sempre vibrante, Atenas parecia ter em seu povo uma força inabalável. Mas na política, as coisas não eram bem assim. Enganavam-se os que acreditavam que a guerra contra Esparta caminhava para o êxito ateniense. O grande Alcibíades acabava de ser vencido, nas ilhas jônicas, e acabrunhado, cansado, triste, optara pelo autoexílio na Trácia. Como estaria a animosidade daqueles homens ali, diante de um pedido de cidadania?

O sol muito forte num imaculado céu azul dava a todos a certeza de que os deuses concordavam com aquela assembleia. Começavam bem.

Os sacerdotes ofereceram os sacrifícios dos animais imolados, depois espargiram a terra com a água lustral. Um deles então fez a oração, invocando todos os deuses e deusas da cidade para que, naquele recinto sagrado, tudo ocorresse conforme a vontade dos céus. O secretário leu o nome da tribo que detinha a pritania naquele mês, do arconte que dava nome ao ano, bem como o do epístata, que presidia a sessão, a quem passou a palavra. O epístata então enunciou os projetos e pedidos em pauta naquele dia. De modo a ser ouvido e compreendido por todos, falava pausado, muito alto, e essa cadência tornava o ato ainda mais solene do que de costume. Esse era um momento importante para Fócion. Ele queria que o pedido de Ganimedes fosse um dos primeiros a serem passados a discussão e votação.

– Cidadão Ganimedes, residente na Ática, proprietário de terras produtoras de oliveira e trigo. Pedido de cidadania ateniense para o ex-escravo de nome Theódoros, de trinta e cinco anos de idade, há trinta anos servindo em terras de seu ex-senhor.

Fócion fixa um ponto com os olhos e concentra nos ouvidos toda sua atenção. A deliberação é rápida.

– Recebido o pedido pelo Conselho. Antes da votação, algum cidadão fará o uso da palavra?

Fócion então se levanta e vai até a tribuna, onde um oficial toma seus dados, confere sua situação de cidadão maior de trinta anos, proprietário na Ática, viúvo, dois filhos no exército, reputação ilibada, em dia com as obrigações para com os deuses. Um dos cidadãos mais respeitados de Atenas. O oficial lhe coloca a coroa à cabeça, tornando-o, naquele instante, sagrado e inviolável, e ele sobe à tribuna, tendo uma visão geral da Assembleia, quase vinte mil pares de olhos e ouvidos voltados a ele, aguardando silenciosamente suas palavras. Por alguns segundos ele percorre com os olhos a audiência e então, tomando uma respiração profunda, começa a falar, pausadamente:

"Que iluminados por Zeus, guardados por Apolo, guiados por Héstia e protegidos por Atena, saibamos nos portar e deliberar conforme a vontade de todos os deuses desta cidade, e assim possam prevalecer a prudência e o entendimento mais sábio. Senhores, magistrados, sacerdotes, cidadãos de Atenas. Grande é a emoção que me traz hoje à esta tribuna. Muito pela mesma razão que emociona a todos os oradores que aqui sobem para vos falar, que é a honra de dirigir a palavra àqueles que decidem, com seu voto, os destinos da *polis*. Mas principalmente por poder estar hoje aqui vos falando de um homem de inigualável valor.

"Senhores, ao discorrer sobre este homem, mais do que vos falar de uma única pessoa, estarei sim falando de toda uma nação, a pátria ateniense. Porque o homem a quem hoje se busca conferir a cidadania ateniense encerra em si mesmo tudo o que nossos ancestrais lutaram arduamente para defender, preservar, manter vivo, que é o espírito helênico. Senhores, quem somos nós? De onde viemos, nós, cidadãos atenienses? O que é "ser ateniense"? Certamente, dirão uns, é amar esta terra, a ela nos entregarmos de corpo e alma, tudo abandonarmos em seu nome e em sua honra, e em honra de seus deuses. Mas, dirão os mais profundos, é também, e ainda mais, nascer de outros atenienses, que por sua vez nasceram dos atenienses que aqui se firmaram em tempos remotos. Para estes, ser ateniense está mais no sangue do que na alma. Para estes, servir o exército desta cidade e por ela lutar em batalhas é o suficiente para se constituir um cidadão. Mas, senhores, quantos de nós tivemos que enfrentar a ameaça verdadeira de tudo perder – as terras, o fogo sagrado, a família, a vida – como ocorreu com o rapaz de quem ora falamos, Theódoros? Sim, muitos aqui hão de se lembrar, foi ele mesmo quem, anos atrás, só, tendo apenas seu próprio corpo e alma onde buscar forças, enfrentou o enviado espartano, invasor das terras de Ganimedes, na Ática, às portas de Atenas. Diante de um adversário tanto mais poderoso quanto mais hostil e melhor equipado, Theódoros tinha ao seu lado algo que seu antagonista jamais poderia conhecer: o verdadeiro amor pela pátria ateniense, pelo solo sagrado de nossos ancestrais e heróis. Um amor desligado de formalidades, de instruções, de ordens de superiores. O amor ao seu senhor, Ganimedes, em primeiro lugar. Depois, o amor à sua casa, ao seu lar e seus deuses, posto que enquanto escravo à esta família ligado, foi introduzido nos ritos e sempre os respeitara, como seus, desde a mais tenra idade. E finalmente, o amor à terra, a terra que ele próprio fez produzir, fez brotar, fez gerar os frutos que identificam a presença helênica sobre o chão: a vinha, o trigo e a oliveira. Diante do perigo, não hesitou em combater por essa pátria, e defendê-la energicamente, embora desprovido de qualquer treinamento militar, apenas com a alma ateniense alimentando sua vontade, pronto a perecer em nome de tudo aquilo que nossos ancestrais, geração após geração, nos ensinaram e mostraram ser digno de luta, louvor e respeito. Naquele instante, como uma muralha intransponível, mais forte e poderosa do que as pedras dos muros que circundam Atenas, impediu a passagem do inimigo em sua marcha rumo à cidade, assim guardando nossos deuses, protegendo nossas vidas, e salvando nossa honra e dignidade de homens. Senhores, talvez mais do que qualquer um de nós, Theódoros tenha demonstrado trazer em si o espírito helênico onde a maior virtude é a coragem. Mas ele foi ainda mais longe. Talvez muito mais longe do que qualquer um de nós jamais pensaria em ir. Com a bondade, a prudência e a sabedoria que só aos iluminados acontecem, ele houve por bem não tirar a vida daquele invasor, mas poupá-lo, posto que já vencido, e fora de perigo a terra, a família e a alma de seus antepassados, para desta forma nos mostrar, a todos nós, aonde mora o verdadeiro espírito ateniense. Que não é só a capacidade de orar, de se entregar, de lutar, e de morrer pela *polis* e seus deuses, mas depois de tudo isso, ainda conhecer o espírito humano e o que nele há de divino.

"Porque nós, aqui na cidade, cheios de ideias e prontos a aprendermos tudo o que nos cai sob as vistas, novidades e pequenezas que mais nos atordoam os ouvidos do que nos acrescentam à inteligência, nos arvoramos em enaltecer as qualidades e finezas urbanas. Mas ele, o rústico, aquele que mora nela e trabalha a terra e que, sem mais rodeios, produz aquilo que nos sustenta e nos mantém em pé, que é o alimento, ele sim, é o depositário dos antigos valores de nossos ancestrais. Encontrando-se na junção entre o selvagem e o civilizado, conhece os caminhos da civilidade, os atalhos que levam à ordem, a ordem que nós, cidadãos, há muito lutamos por ver vitoriosa...

"Ser cidadão. O que é ser cidadão? Eu vos pergunto, a todos. Com certeza os helenos, dos quais todos descendemos, vindos das longínquas terras do norte há mais de dez séculos em busca do local ideal para viver e prosperar, ao acenderem o fogo sagrado sobre este solo que deles herdamos e hoje habitamos, tinham uma noção muito clara daquilo a que hoje chamamos "ser cidadão", e para que estipularam as regras que até hoje obedecemos. Seguir os ritos. Crer e temer os deuses da cidade. Jamais vilipendiar o sagrado. Lutar pela *polis* em tempos de guerra. Servi-la em tempos de paz. Amá-la e obedecê-la, em seus benefícios e rigores. Senhores, tudo isso fazemos sem mesmo pensarmos nas origens de tais mandamentos. Já ele, este homem cuja coragem e nobreza de alma foram postas à prova e se destacaram indiscutivelmente, ele traz dentro do peito, ele traz no âmago de seu ser essa noção, esse respeito, este ímpeto de lutar e morrer pela pátria ateniense sem que lhe seja dada uma ordem para fazê-lo, mas porque está nas suas entranhas o amor a esta terra. Desde cedo, em criança muito pequena, foi introduzido no lar e nos ritos desta família da Ática. E ainda que tendo aprendido através destes atenienses sobre a tradição e a história do glorioso povo helênico, nunca lhe foi impingido reverenciar os nossos ancestrais. Tanto mais valoroso, portanto, o sentimento que o moveu toda a sua vida a honrar e respeitar esta família, e mais do que isto, a amá-la, bem como à sua história, seus deuses e heróis, sem jamais nada reclamar para si próprio, tomando sobre seus ombros, no momento de grave crise, a responsabilidade e riscos durante todos os anos em que o *pater* se encontrou acometido de problemas de saúde, que o impediram de qualquer ato de cidadão, lutando agora não contra o inimigo de outra *pólis,* mas contra os desmandos da própria vida, da saúde, das intempéries, das injustiças. Eis, senhores, o que certamente nossos ancestrais chamariam de um verdadeiro cidadão ateniense.

"Senhores, conceder a cidadania a tal homem é uma honra e um orgulho, não para ele, pois àquele que traz já dentro de si tais valores, desnecessário se torna vê-los alardeados. É, sim, honra e orgulho para nós, por termos em nosso meio um homem de tamanho caráter e nobreza, e em cuja alma todos deveríamos tentar nos espelhar e, cheios de orgulho, podermos então dizer que somos atenienses, como ele.

"Que a todos nós ilumine e proteja nossa deusa, Atena".

A assembleia fica muda, tomada de assalto pelas palavras de Fócion. Todos sempre gostaram de ouvir os antepassados lembrados, os valores helênicos enaltecidos. Cada homem pensa em tudo o que a vida já lhe havia proporcionado ou infligido. E todos admiram tanto os feitos de Theo, quanto a forma de Fócion para expô-los.

– Mais algum cidadão deseja fazer uso da palavra? – pergunta o epístata.

Ninguém se manifesta.

– Passemos à votação. Aqueles dentre os cidadãos aqui presentes que concordam com a concessão da cidadania ateniense ao ex-escravo Theódoros, conforme pleiteado e exposto, que levantem a mão direita, e a mantenham levantada para a contagem.

Fócion e Ganimedes, a respiração suspensa, atentos aos movimentos dos cidadãos, viram a audiência composta de milhares de homens formando um compacto bloco de khitóns e himátions na maioria brancos, de um só momento ser como que coberta por uma nuvem amarelada, praticamente todos os braços levantados, numa silenciosa e solene aprovação.

– Meu amigo, meu irmão – diz Fócion a Ganimedes, tomado de emoção – creio que...

Ganimedes não conseguia articular nenhuma palavra. Apenas olhava todos aqueles braços estendidos, não conseguindo realmente acreditar no que via.

Os funcionários, dispostos por todo o recinto, iam cada um contando os votos daquela parte da assembleia que lhe cabia – há muito não tinham tanto trabalho – e, um a um, vinham trazendo ao epístata as suas respectivas contagens, que outros funcionários à mesa iam então somando. Quando a soma já ultrapassava dez mil votos, vários cidadãos começavam a falar, a pedir a sequência do feito, e o epístata tomou então a palavra:

– Que entre Theódoros, e se aproxime desta tribuna.

Um funcionário vai então até a porta e, já fora, aproxima-se de Theo, convidando-o a acompanhá-lo. Theo olha para Callíope, que lhe toma as mãos e o olha fixamente também, sorrindo.

– Que Atena esteja ao seu lado, meu querido! – diz Ifigênia, vendo-o seguir o funcionário, o arqueiro lhe dando passagem.

E as duas mulheres ouvem, vindo de lá da assembleia, os cidadãos irromperem em aplausos e gritos de "Salve!" e "Louvado seja!"

– Mãe, ele conseguiu! – diz Callíope, os olhos cheios de lágrimas.

Theo entra na Pnix, aquele local sagrado reservado apenas aos cidadãos atenienses. Em pé à entrada, as pernas recusando-se a se mexer, sente o coração lhe falhar uma batida. Naquele instante, vendo praticamente todos os cidadãos de Atenas ali reunidos deliberando sobre a cidade e seu destino, sentiu a magnitude daquela instituição. Começava a compreender os profundos valores e sentimentos que levaram Papa Ganimedes a obstinadamente insistir em sua aceitação no meio deles. Um nó se forma em sua garganta conforme tem uma visão geral de todo o recinto, e seus olhos finalmente se enchem de lágrimas ao ver Ganimedes olhando para ele, sorrindo satisfeito.

– Aproximai-vos, meu rapaz – diz o epístata.

Junto à mesa, Theo é chamado a assinar uns papéis e, ouvindo algumas deliberações dos prítanes, é levado à tribuna junto ao sacerdote, que toma a palavra:

– Iluminados por Zeus, Héstia, Apolo e Atena, neste ano do Arconte Evágoras, em deliberação desta Assembleia dos cidadãos da cidade de Atenas, com dezesseis mil, seiscentos e vinte e cinco votos favoráveis, a cidade de Atenas concede a cidadania a Theódoros, ex-escravo purificado e aceito pelos deuses junto ao lar de Ganimedes, que fica inscrito a partir desta data como cidadão ateniense na mesma tribo de Ganimedes, passando agora ao juramento solene.

Theo posta-se ao lado do sacerdote, que asperge mais uma vez a água lustral sobre o chão que ele iria pisar, e também sobre seus ombros e cabeça, dizendo-lhe, ao colocar-lhe à cabeça a coroa:

– Devagar, e em voz alta, meu rapaz.

Theo ia repetindo as palavras do sacerdote:

– "Kaì tà hierà tà patria timeto amuno dè hupèr hierôn".[31]

Ganimedes fecha os olhos para ouvir melhor aquele juramento, e assim mesmo, de olhos fechados, ouvindo a voz de Theo, ele diz em voz baixa a Fócion:

– Obrigado, meu irmão, muito obrigado. Atena, deusa da minha cidade, minha deusa da paz, da sabedoria, nossa protetora, obrigado. Irei sem demora mandar fazer estátuas em vossa honra, as quais doarei à vossa cidade, à minha Atenas.

E finalmente Theo termina o juramento, confirmando o feito e sua legalidade, estando assim, a partir daquele dia, admitido no número de cidadãos atenienses, aceito à mesa da *polis*.

–... meteînai tôn nirôn.

Entrava desta forma Theo, como cidadão, na partilha das coisas sagradas da cidade de Atenas.

---

[31] Juro praticar o culto dos deuses da cidade e por eles combater.

Novamente os homens explodiram em aplausos, enquanto Theo, tendo devolvido a coroa ao sacerdote, ia até Ganimedes e, beijando-lhe a mão, abaixa a cabeça, emocionado.

– Obrigado, papa...

Comovido, mal conseguindo falar, Ganimedes o abraça.

– Meu filho... meu filho!

– Papa, não se canse, venha se sentar.

À mesa, o epístata retoma a palavra após pedir silêncio:

– Próximo assunto na pauta: envio de tropas às ilhas Arginusas, proposta dos estrategos. (40)

Lá ia a cidade para mais uma investida naval, acabando com as finanças do Estado, subestimando o poder de liderança dos espartanos e, principalmente, sem uma forte liderança eles mesmos, assim caminhando a passos largos e firmes para a derrocada final.

E nos meses que se seguiram, quase todos os meninos que nasceram na *polis* receberam o nome de Theódoros.

Lembrando dessa tarde tão solene na assembleia, alguns meses antes, quando defendera com sucesso a concessão da cidadania a Theo, Fócion fica ainda alguns minutos olhando pela janela, apreciando o final daquela noite de verão, após chegar da distribuição da carne do sacrifício, que se seguiu ao cortejo do último dia das Panatenéias, véspera do casamento de Callíope e Theo.

Na Acrópole já vazia, sob o luar do verão ateniense, as estátuas dos noivos, firmes no chão, belas, nobres, carregadas de história, lá colocadas por Ganimedes naquele dia especial em honra da deusa, passavam a primeira noite em sua morada onde por toda a eternidade, por desejo do doador, deveriam permanecer intocadas, junto às outras que já lá se encontravam, encantando aos deuses e aos homens que as fossem visitar, mostrando ao mundo o agradecimento daquela família helênica à sua deusa protetora, Palas Atena.

Agrupados à porta, em silêncio absoluto, os convidados observavam o pai e os noivos. Junto ao fogo sagrado da família, durante toda a cerimônia em que o pai fez as orações e votos, Ganimedes, Callíope e Theo eram como uma pessoa só. Pareciam envoltos numa aura de magia, destacados do resto do mundo, transportados para uma dimensão especial, que conferia ao momento toda a solenidade a ele atribuída pelos antepassados, pelos deuses, pela alma dos homens. Unidos estavam no propósito, na sinceridade, na harmonia e na alegria daquele ato. Emocionados, os três tinham a mesma dificuldade em conter as lágrimas. A voz traía Ganimedes em suas frases.

"Oh deuses e deusas desta cidade de Atenas e da Ática – dissera ele. – Diante do lar dos meus antepassados, com a permissão e bênção dos deuses desta família, entrego minha filha Callíope ao meu filho Theódoros para, junto a ele, nesta casa, que é a casa de ambos, manter aceso, oferecer libações e orar junto ao lar do esposo, meu filho Theódoros, gerar os filhos dele, honrá-lo e respeitá-lo, submetendo-se a ele, continuando juntos as orações e ritos desta família, que é a família de ambos. Que Zeus, Hera, Hestia e Afrodite protejam os meus filhos que ora se unem em matrimônio, dando-lhes saúde e abundância de bens, e que os deuses recebam este casal que eu abençoo".

Os três ficam a se olhar, mudos, os gestos paralisados, as vozes presas nas gargantas, os olhos molhados de emoção. Experimentavam a profundidade e o valor sagrado daquela cerimônia. Só eles conheciam em seus corações exatamente o árduo e tortuoso caminho que haviam trilhado em suas vidas, ao longo de tantos anos, para finalmente estarem ali.

E tendo a mão beijada primeiro por Theo, depois por Callíope, Ganimedes pegou por sua vez as mãos do filho e da filha, beijou-as e, segurando-as por alguns segundos, olhando nos olhos os filhos, uniu-os, sentindo nesse instante a maior alegria que já tivera em toda a sua vida.

Cansado, mas experimentando uma inaudita alegria de viver, Ganimedes já havia ido se deitar, após a saída de todos os convidados – uns animados, dizendo frases maliciosas para os noivos; outros, sonolentos, despedindo-se cheios de admiração pelo lindo banquete – enquanto Ifigênia leva Dimitraki para a cama, uma lamparina nas mãos iluminando-lhe o caminho.

– Vó! Por que a mamãe e o meu paizinho não vêm dormir aqui comigo nesse quarto? Aqui é bem grande.

– Eles querem um quarto para eles, meu bem! E querem deixar este aqui só para você! Boa noite, querido.

– Vó! Vamos amanhã ver a minha estátua?

– Vamos sim, meu bem! Agora, durma, vamos – ela diz, à porta do quarto.

– Vó!

– Sim, meu tesouro?

– O que é “desatar o cinto”?

Dimitraki a tirava do sério.

No quarto dos noivos, ao amanhecer, ambos nus em meio à confusão dos lençóis, ainda não acreditando que o destino lhe reservara aquela felicidade, Theo fica secretamente saboreando a visão de Callíope ao seu lado: o contorno do rosto, a linha dos olhos fechados, a boca num sorriso descansado, os longos cabelos negros, soltos, espalhados pelo travesseiro. Haviam demorado para dormir...

– Bom dia! – ela diz, abrindo enfim os olhos para ele.

– Bom dia!

A luz da manhã, clareando o quarto, anunciando um novo dia, convida a viver, prediz uma nova vida e novos sonhos a serem alcançados.

– Eu não acredito! – diz Callíope, um tom alegre na voz.

– No que?

– Finalmente consigo dizer "bom dia" para você!! – com os dedos, ela lhe acaricia os cabelos.

Ao longo de todos os anos cheios de revezes pelos quais passara, Callíope nunca deixara de pensar nele com todo o carinho, seu eterno e melhor amigo, seu herói, sua alma gêmea. Mas naquela manhã seguinte à noite de núpcias, após abraçarem-se e se amarem longamente entre os macios lençóis chegando a um ápice até então desconhecido para ela, o sol viera acordá-la e a encontrara feliz, realizada, com um novo sorriso nos lábios e, pela primeira vez na vida, completamente apaixonada.

EPÍLOGO

O festival de Posseidon, no templo do Cabo Sounion, sempre fora um dos preferidos dos atenienses, que gostavam especialmente daquele local de beleza abençoada, aquele pedaço de terra elevado acima das águas, adentrando no Mar Egeu, precipitando-se em direção às ilhas Cíclades, à ponta do qual ficava o templo do deus dos mares.

Era ano solar, quando terminava o ciclo ao fim do qual era restabelecida a concordância entre os anos solar e lunar, acrescentando um mês intermediário de trinta dias – o *Poseideón deúteros* – entre os meses Poseideón e Gamelión,[32] no auge do inverno. E então era celebrado o festival.

Apesar do frio, toda a cidade acorre ao litoral para ver aquela beleza elevada sobre a montanha em honra do deus dos mares, e venerá-lo. Theo prometera levar toda a família, por isso saem muito cedo do campo, pois ele também tem assuntos a resolver, como sempre, inclusive falar com alguns proprietários de casas na cidade: estava pensando numa possível mudança da família para Atenas, deixando as terras e a produção dos queijos e óleo aos cuidados de empregados, os quais passaria a fiscalizar indo até lá a cada dois ou três

[32] Equivalente a Janeiro.

dias. Há muito as hostilidades espartanas já vinham cansando as famílias de camponeses, e ele achava que já era tempo de poupar a sua daqueles medos e incertezas, principalmente agora que Callíope carregava no ventre mais um bebê... Além disso, Dimitraki, que ele acabara de adotar, estava em idade de ir à escola e eles não queriam se afastar dele por tantas horas, gostariam de estar por perto e vê-lo todo dia, a toda hora. Callíope também gosta da ideia de ir morar em Atenas: sentia saudades da vida na cidade que aprendera a amar. Só o pai e a mãe estão reticentes pois, já envelhecidos, sentem-se cansados e sem coragem para uma mudança tão radical. A vida toda moraram no campo, e a agitação de Atenas não os atrai como aos mais jovens. Mas estão prontos a fazer da forma que Theo decidir.

É uma tarde de muito sol, apesar da época do ano, e a charrete vai levando a família por entre a multidão que vai a pé. Desde cedo, naquele dia, o povo já havia começado a sair de casa, levando crianças, velhos, cachorros, etc., e carregando cestos de provisões para o dia, pois a caminhada era longa, íngreme e cansativa. Na chegada ao topo de Sounion, todos estavam esbaforidos e quase sem condições de apreciar a maravilhosa vista de quase trezentos e sessenta graus de mar e céu azul que circunda o templo dentro do qual se encontra a estátua de Posseidon, apontando para o mar. Alguns já iam com bastante vinho na cabeça, tornando-os uns engraçados, outros corajosos, outros ainda bastante inconvenientes, falando obscenidades para as mulheres, inclusive as acompanhadas, dando um trabalho imenso aos guardas espalhados ao longo do percurso, que a toda hora tinham que intervir em alguma briga, pois não faltavam socos, pontapés, cabeças rachadas por potes arremessados, etc. Theo ia parando aqui e ali, para apreciar a vista, para descansar os cavalos, para Dimitraki fazer xixi. Chegaram em tempo de encontrar um lugar de onde pudessem ver a procissão entrar no templo e de onde poderiam sair mais depressa, sem serem pisoteados pelas pessoas que, ao final desses festivais, já não tinham mais paciência para andarem devagar, e pisavam mesmo em tudo e todos que lhes aparecesse na frente. E conforme toda a população vai chegando e se acomodando, nenhum espaço visível para mais ninguém, uma massa compacta de gente ali reunida para um mesmo fim, vão aos poucos se aquietando, e enfim um silêncio sóbrio e respeitador toma conta do santuário.

Apertados uns contra os outros no meio da multidão, Dimitraki entre Theo e Callíope, segurando um pacotinho de figos secos passados no mel que os avós lhe haviam comprado de uma barraquinha na estrada, eles apreciam esse raro momento cujo esplendor a todos havia levado ali naquele dia de inverno: o entardecer ensolarado naquele horizonte infinito, mudando as cores do céu, do azul muito claro e brilhante, para um rosado, que vai se transformando em lilás, para finalmente ficar um vermelho forte, incandescente, com o gigante sol mergulhando lentamente no mar, as colunas do templo adquirindo um tom primeiramente muito branco, depois dourado pelo pôr-do-sol. Ifigênia e Ganimedes têm os olhos cheios de lágrimas, pela beleza, pela solenidade, e pela lembrança de seu filho Helios. Callíope, absorta em pensamentos, lembra nesse momento de tudo o que lhe havia acontecido, e à sua família, e à sua cidade, naqueles anos todos. O nascimento de Dimitraki. A dor na ausência de seu filhinho. A morte dos entes queridos. Os desmandos da política e da guerra. As dúvidas e o peso nos corações de tantas pessoas. O labirinto de emoções do povo ateniense. A alegria de estar enfim novamente com a família. O novo bebê que vinha vindo. E Theo...

– Olha, mãe! Lá em cima! A primeira estrela!! Como é grande!! – diz Dimitraki, apontando o céu com seu dedinho besuntado.

Callíope olha para cima e vê no céu avermelhado do entardecer uma enorme estrela solitária, uma estrela diferente, nunca antes vista, muito alta, a primeira da noite, brilhando forte, intensa e soberana no firmamento, como que dominando totalmente não apenas Sounion, mas também toda a Terra, iluminando céu e mar, cidades e campos, estradas e casas, palácios e templos, pessoas e animais, pensamentos e gestos. Maravilhada pela visão, os olhos magnetizados naquele brilho, o tempo lhe parece parar, e uma paz inaudita lhe inunda o coração, vinda daquela poderosa estrela, com sua Luz levando embora todo o amargo daqueles anos tão difíceis, libertando sua alma, trazendo todas as respostas, toda a verdade, e toda a paz. Uma paz profunda, verdadeira, total, absoluta e eterna. Encantada, renascida, renovada, levantando-se para irem embora, ela não desprende os olhos do céu, que vai escurecendo pouco a pouco, outras estrelas se juntando àquela, ofuscando-lhe a luz, finalmente fazendo-a se perder entre tantas, e, com um suspiro, Callíope sente a certeza, no fundo do coração, de que aquela estrela misteriosa virá outra vez brilhar naquele mesmo pedaço do céu, e seu brilho magnânimo trará aos corações de todas as pessoas e cidades do mundo aquela mesma paz infinita que se apoderava dela naquele momento. Com o brilho da estrela impresso nos olhos e na alma, ela volta o rosto para Theo, tomada de emoção, sem conseguir dizer nada. Mas não eram necessárias palavras. Ele lhe sorri com a mesma paz, seus olhos já refletindo o mesmo brilho. Theo sempre vira tudo nos olhos de Callíope.

APÊNDICE

(1) As *nómimoi* – Assembleias Ordinárias – eram convocadas por editais, onde se apresentava a pauta, sendo possível acrescentar outros assuntos na ordem do dia, conforme a urgência. Era feito um controle dos cidadãos à entrada; quem se atrasasse não tinha direito ao salário. Depois de uma cerimônia lustral – onde se aspergia o chão com a água purificada –, o arauto pronunciava uma oração. Não havendo presságios negativos, era aberta a sessão, lendo-se os projetos de lei remetidos pelo conselho – o *proboúleuma* – e então se procedia a uma votação preliminar para decidir sua viabilidade, se devia ou não passar à votação efetiva. Qualquer cidadão podia pedir a palavra – mas precisava provar estar no gozo dos seus direitos políticos, não ser devedor do Estado, ter costumes puros, estar legitimamente casado, possuir bens na Ática, haver cumprido seus deveres para com os pais, e ter servido o exército com honradez. Os que se apresentavam para falar eram classificados por idade e subiam à tribuna sucessivamente, após colocarem uma coroa na cabeça, que lhes conferia caráter sagrado e inviolável. Encerrada a discussão, era feita a votação por meio das mãos erguidas.

A Pnix era o lugar onde eram realizadas as assembleias, a oeste da Acrópole. Espaçoso terraço em formato de semicírculo, artificialmente elevado nas encostas da rocha, comportava cerca de 20.000 pessoas, em bancos de pedra; a tribuna era também entalhada em pedra sobre uma plataforma de 9m x 2m, elevada a um metro do solo. (Jardé, Auguste "A Grécia Antiga e a Vida Grega"; Fustel de Coulanges, "A Cidade Antiga"; Dimitrios N. Zikas, "Grécia").

(2) As Guerras Médicas – como ficaram conhecidas as investidas dos persas na Grécia continental – tiveram início em 492 a.C. quando, após aqueles invasores tomarem e destruírem a cidade de Erétria, os atenienses e seus aliados de Plateias saem vitoriosos na batalha de Maratona. Após um período de construção da frota ateniense, bem como de um novo e melhor equipado porto para Atenas – o Pireu, sob o comando de Temístocles, Atenas é outra vez ameaçada pelos persas, que fazem nova investida, com seu exército seguindo por via terrestre, em território grego, enquanto sua frota acompanha por mar, ao longo da costa. Por volta de 482 a.C., à frente do exército grego está o rei de Esparta, Leônidas, que em vão tenta deter os avanço dos persas, no desfiladeiro de Termópilas – passagem espremida entre a cordilheira do Eta e o mar, na Tessália – onde morre, junto com seus soldados, enquanto a Grécia central é invadida e Atenas tomada e arrasada. A bem preparada frota ateniense, no entanto, consegue vencer os persas na baía de Salamina. *(Jardé, A. ob. cit.).*

(3) Nascido à 499 a.C., Péricles não só colocara em prática, quando subiu ao poder em 444, todos os princípios democráticos aprendidos em sua notável educação – e que já havia visto triunfar anos antes, junto a Efialtes, quando da reforma do Areópago, ao tirar desse tribunal quase todos os poderes, assim derrubando o partido aristocrático, – mas ainda trouxera da ilha de Delos para Atenas o tesouro, que consistia os fundos da confederação helênica, tornando a cidade repentinamente rica e próspera. Introduzira o pagamento

de salários para o exercício de funções públicas, e instituíra os trabalhos públicos, dando à arte da Ática sua grande chance de expansão, ao mandar construir grandes monumentos, a maioria deles supervisionados por Fídias, arquiteto e escultor, que tinha a seu serviço todo um número de trabalhadores, escultores, pintores, etc., dentre os quais se destacam Ictino e Calícrates, que construíram o Parthenon. Envelhecido e cansado dos desmandos da política e da guerra contra Esparta, Péricles vinha enfrentando seus adversários em diversos processos, e ainda tinha sua vida particular tomada por um drama à parte, com a morte de dois filhos levados pela peste, e a tentativa de legitimar outros filhos que tivera com Aspásia. A população, comovida com as desgraças que se abatiam sobre o velho general, e arrependida de haver sido tão ingrata com ele, já cogitava sua reabilitação no poder. Mal fora reconduzido ao cargo pelo povo, no entanto, já estando debilitado pela tristeza, foi finalmente atingido pela peste. Moribundo, rodeado por amigos que haviam ido visitá-lo ao pé do leito, ouvia-os que se deixavam levar em digressões sobre os grandes feitos do general, crendo que este não podia ouvi-los. Lembravam suas grandes virtudes, seu poder, suas belas ações e inúmeras vitórias. Mas ele ouvira tudo o que fora dito e tomou a palavra, de repente: "Surpreende-me que, malgrado tão boa memória, não mencioneis aquilo que há de maior e mais glorioso em minha vida: que é de não me haver feito inimigo mortal de nenhum ateniense". Péricles morreu em 429 a.C.

(<http://agora.qc.ca/reftext.nsf/Documents/Pericles—Vie_de_Pericles_par_Plutarque> L'Encyclopédie de L'Agora: Vie de Périclès).

Areópago: Conselho dos Anciãos – os arcontes. Era o tribunal mais antigo de Atenas, que levava o nome da colina rochosa a sudoeste da Acrópole, onde se reunia, ao ar livre. De caráter aristocrático, dado que seus membros eram escolhidos entre os cidadãos das classes mais altas, e cujas funções eram vitalícias, suas atribuições mais primitivas eram mal definidas, porém muito amplas, tornando-o uma corte de justiça e um conselho político que efetuava pesada vigilância sobre a cidade e suas leis. A reforma promovida pelos democratas, em 462, tirou desse tribunal quase todo o poder político, reduzindo suas funções à esfera judiciária unicamente e, com o tempo, mesmo estas foram sendo reduzidas. *(Jardé, A. ob. cit.).*

(4) Não há que se confundir a escravidão da antiguidade com aquela promovida nas Américas dos séculos XV a XIX d.C. em relação aos povos africanos. Enquanto esta tinha por base uma suposta e hedionda pretensão à "superioridade de raças", e se configurava em uma efetiva falta de liberdade física, com os escravos presos, humilhados e muitas vezes acorrentados, não podendo se deslocar da propriedade onde eram escravizados, aquela era fruto das conquistas sobre outras terras e outros povos, trazendo aquelas pessoas dominadas para virem aumentar a força de trabalho, frequentemente recebendo alguma gratificação monetária, podendo vir a comprar sua liberdade, sendo na maioria das vezes bem tratados, e a escravidão se configurando na falta total de direitos civis ou políticos. (Nota da autora).

(5) Conselho de Estado e comissão executiva, a bulé preparava a pauta das assembleias, estudando os projetos de lei., decidindo sobre assuntos rotineiros e com grande poder no que se referia à administração e à política. Era composta por 500 cidadãos, maiores de 30 anos e designados anualmente por sorteio. Reuniam-se diariamente, salvo feriados, no *buleutério,* próximo à ágora, e recebiam um dracma por dia a título de indenização. Dividia-se em dez comissões de *50 buleutas* cada uma, assim organizadas por Clístenes, em 507 a.C., quando completou a obra do grande Sólon redistribuindo os cidadãos atenienses em 10 tribos, baseado na circunscrição territorial da cidade, onde todos os atenienses eram inscritos de

acordo com o domicílio, cada tribo reunindo cidadãos de diferentes origens, fortuna e residência. Cada comissão de buleutas tinha o nome de *pritania* – seus membros eram os *prítanes*. Cada pritania exercia o poder pelo tempo de uma das dez frações em que se dividia o ano. Os prítanes tomavam as medidas urgentes, encaminhavam as investigações, convocavam a bulé e a assembleia, e podiam requerer a intervenção de força policial. Seu presidente era o *epístata,* escolhido por sorteio, que exercia a função por um dia, não podendo ser sorteado outra vez. A ele eram confiadas as chaves do tesouro público e a chancela do Estado. *(Jardé, A. ob. cit.).*

(6) Os gregos – ou os helênicos – são descendentes dos povos *helenos* que, vindos do norte, entre os séculos XVI e XII a.C., deram origem à civilização micênica, e afinal povoaram toda a região hoje conhecida como Grécia. O nome do país em sua língua original, nos dias de hoje, é "Helláda", sendo seu nome oficial "República Helênica", tendo recebido o nome de "Grécia" pelos turcos, quando de sua ocupação e domínio sobre o povo helênico entre os séculos XV e XIX d.C. *(Jardé, A. ob. cit.;* Editions C. Gouvoussis. *Athina).*

(7) Os *metecos* eram os estrangeiros que viviam em Atenas, e não tinham direitos civis ou políticos. Assim como os escravos libertados, não tinham direito ao casamento legítimo, à sucessão e à propriedade. A acumulação de riqueza para eles tinha que ser feita através da moeda ou de bens transmissíveis por tradição. Destarte, não podendo ter bens de família, tinham que trabalhar para sobreviver, e a maioria se ocupava no artesanato ou no comércio, ondem muitos enriqueciam, e alguns enriqueciam bastante. Assim, formou-se toda uma gama de homens ricos que, não obstante a falta de cidadania, defendiam a democracia, que lhes era favorável, e tornavam-se influentes na política, indiretamente, através de sua situação pessoal. Essa inversão econômica, onde os metecos ficavam ricos e crescia

o número de cidadãos pobres que não conseguiam obter o sustento através do Estado, somada à decadência de uma cultura baseada no poder patriarcal e de culto aos antepassados, que já vinha se operando nos últimos tempos, e ainda às guerras que extenuaram o povo e os cofres públicos, levou às consequentes revoluções sociais que afinal viriam a dar espaço para novos conquistadores tomarem o poder, acabando com a democracia clássica. *(Jardé, A. ob. cit.;* Mossé, Claude *"O Homem Grego").*

(8) A expressão "calcanhar de Aquiles" apareceu impressa pela primeira vez na literatura inglesa numa citação de Samuel Taylor Coleridge, em "The Friend", 1810. Há divergência na opinião dos estudiosos sobre a versão do episódio do calcanhar de Aquiles, no original da Ilíada, de Homero. (Macrone, Michael *"Isso é Grego Para Mim"*).

(9) A rigidez de Hesíodo – cerca de 800 a.C. – talvez se deva a razões pessoais. Era camponês e cultivava as pequenas terras deixadas pelo pai, cuja herança trouxera desavenças entre ele e o irmão Perses, que não ficou satisfeito com o quinhão recebido, e conseguiu corromper com presentes os juízes, obtendo uma decisão favorável – com prejuízo de Hesíodo. Mas Perses era preguiçoso e perdulário, logo perdendo todos os bens e ficando na miséria. Hesíodo, então, tentou ministrar-lhe alguns conselhos, no poema Os *Trabalhos e os Dias.* (Crosher, Judith "Os Gregos"; *Jardé, A. ob. cit.*).

(10) A *cratera* era um recipiente em forma de uma grande taça, em cerâmica onde era misturado o vinho à água, em diferentes proporções, conforme a cerimônia, a ordem do dono da casa, ou o motivo sendo celebrado. Tratava-se de um vinho licoroso, na sua forma original, antes de misturado à água.

A comensalidade sempre foi um aspecto muito importante na cultura grega, mas no mundo antigo se tratava de bem mais do que uma simples questão alimentar. De fato, como um primeiro ponto, os gregos se consideravam civilizados em oposição aos bárbaros através, entre outras, da distinção de seus modos de se alimentar, chamando-se a si mesmos de "comedores de pão", considerando o pão o sinal distintivo entre os dois povos – acrescentando também o vinho e o óleo: o homem civilizado – agricultor, sedentário – é capaz de *produzir* seus alimentos, enquanto os bárbaros se satisfaziam na coleta do que encontravam na natureza e na caça – característica dos povos nômades. Mostra disso era que, nas suas conquistas de outras terras, os gregos consideravam sua *pátria* qualquer lugar "onde cresçam o trigo, a vinha e a oliveira", significando que qualquer lugar onde haja um grego, essas plantas serão cultivadas.

Mas a distinção entre o homem civilizado e os bárbaros ainda vai mais longe, num segundo ponto, pelo fato de os civilizados "comerem junto", como mostra Plutarco, ao dizer:

"Nós não nos sentamos à mesa para comer, mas para *comer junto*".

Os bárbaros, embora conhecessem o que fosse uma refeição em comum, não a praticavam amiúde como os gregos; comiam desordenada e individualmente, sem uma referência a um horário fixo para as refeições. A tradição grega do comer junto veio a trazer a prática dos *banquetes* que, mais do que refeições feitas junto, representavam verdadeiramente o conjunto social e político das cidades-Estado, sobretudo no período arcaico (secs. X a VI a.C.), quando a aristocracia organizava grandes banquetes aos quais eram convidados todos os *cidadãos,* com a publicação de regulamentos para os mesmos, determinando como se passaria o banquete, quais os convidados e os excluídos, etc. Tal a importância da comensalidade para os gregos na época arcaica, que os banquetes comuns encerravam de fato as divisões sociais, delineando a própria estrutura da pólis, definindo a cidadania e o acesso aos poderes a ela inerentes.

Há que se notar que havia dois tipos de banquetes: o particular, oferecido por um cidadão por um motivo familiar, como um casamento, e o público, de grande caráter cívico, como por exemplo em honra de alguma divindade.

No entanto, se assim ocorreram na Grécia arcaica, onde o acesso à *cidadania* era muito restrito, os banquetes comuns, enquanto evidência de cidadania, evoluíram, à época clássica, para tornarem-se menos cotidianos para o conjunto dos cidadãos. Havia então, por exemplo, os banquetes dos cinqüenta magistrados que representavam a *polis* por um determinado período de tempo durante o ano, fazendo juntos, por delegação, uma refeição quotidiana em nome de todos os atenienses. Os cidadãos, como um todo, passaram a participar de banquetes comuns apenas em grandes festividades, como as Panatenéias, organizadas pelo governo e subsidiadas por um cidadão rico sorteado para tanto, que fornecia os animais a serem sacrificados. Assim, se na época arcaica – secs. X a VI a.C. – os banquetes comuns eram verdadeiros delineadores de poder, na época clássica – sec. V a.C., quando da extensão dos direitos de cidadania – eles deixam de sê-lo, perdendo essa função para outras instituições mais aptas a expressar a igualdade, como as assembleias, os tribunais, e as magistraturas. (Pantel, Pauline Schmitt, *A História da Alimentação*).

(11) A festividade de Olímpia, congregando nessa cidade os jovens de toda a Grécia, encerrava laços religiosos e políticos que uniam esses atletas em sua determinação de estarem "sempre prontos e imbuídos do desejo de se sacrificarem pelos ideais da pátria e da liberdade". Durante a realização dos Jogos, através da Trégua Olímpica – que era um ato de paz, um cessar fogo, – formavam-se entre todas as cidades helênicas relações internacionais, mais flagrantes em Olímpia em virtude deste evento importante e de aceitação absoluta, em seu formato de festa sagrada, e de sua tradição naquele

santuário sagrado. Instituição que é, a Trégua nasceu de costumes e de leis não escritas, nos quais se baseia a lei dos tratados entre cidades-Estado independentes entre si, desta forma criando uma justiça interestadual de aceitação comum.

A Trégua Olímpica é uma regra legal fundamental que sintetiza a concepção interestadual e a relação de justiça entre as cidades-Estados e seus membros que, na grande celebração dos Jogos Olímpicos, expressam a suprema razão de viver, o desejo de paz entre todos os membros da sociedade na antiguidade.

Tais relações inter-helênicas forjaram a união das cidades Gregas contra inimigos comuns, a Trégua Olímpica lhes dando a ocasião de, através de uma trégua entre si mesmos, encontrarem-se num lugar comum a todos, assim formando a consciência política pan-helênica. Nos Jogos Olímpicos modernos, nenhum ato político reconhecido manifesta uma instituição internacional semelhante. Não obstante, uma tendência nessa direção vem expressa no "Estatuto Olímpico", no que concerne a Paz e a Amizade.

(Prof. Dr. Dimitrios Panagiotopoulos, Professor Assistente na Faculdade de Direito da Universidade de Atenas, Grécia, em "Instituição da Trégua Olímpica", em apresentação no 10º Simpósio Internacional organizado pelo Centro de Filosofia Internacional e pelo Centro de Filosofia Olímpica, em Olímpia, Grécia, 29 de Julho à 3 de Agosto de 2000)

Estátua de Zeus, em Olímpia: Uma das Sete Maravilhas do Mundo Antigo, a estátua de Zeus, em Olímpia, foi construída por Fídias, o mesmo que havia desenhado a estátua de Atena no Parthenon. Ele esculpiu a estátua de Zeus numa oficina atrás do templo, terminando-a em 432 a.C. Quando, mais tarde, expulso de Atenas acusado de malversação de fundos para realizar a estátua, Fídias refugiou-se em Olímpia, junto à sua obra, amargurado e desenganado. (The New Grolier Multimedia Encyclopedia; *Jardé, A. ob. cit.*).

(12) No início da civilização grega, mais de mil anos antes de Cristo, quando ainda não haviam as cidades, os núcleos sociais eram as famílias, espalhadas pelo campo aleatoriamente. A família era um grupo de pessoas ligadas umas às outras pela genealogia do primogênito, que era quem sucedia ao pai – o *pater,* que exercia sobre todos os membros da família um poder de vida e de morte, o chamado tríplice poder: senhor, magistrado e sacerdote. A família acabava então se compondo de famílias menores, formadas pelos filhos do *pater,* mas era o primogênito quem o sucedia, exercendo sobre todos – irmãos inclusive – o poder recebido, e por sua vez legava ao seu primogênito a herança paterna. Entre os atributos recebidos estavam certas obrigações, principalmente manter sempre aceso o fogo sagrado – o *lar:* "lar extinto, família extinta". As famílias compreendiam ainda os escravos que lhes serviam, que eram aceitos nos ritos sagrados, e de certa forma passavam também a ser parte da família, porém como *inferiores,* e seus filhos seriam sempre escravos daqueles senhores. A religião era o elemento constitutivo e norteador desses núcleos familiares. Era ela que ditava a lei e os costumes. Vigorava o regime da "vendetta", onde qualquer homicídio gerava um estado de guerra entre as famílias envolvidas, e o sangue derramado clamava por vingança, gerando uma série de mortes em cadeia, de cuja responsabilidade a família só se desobrigava se rompesse com o culpado, ou o entregasse à família da vítima. Acreditavam na vida após a morte – não da forma contemporânea dessa crença, de que o espírito volta a viver em outro corpo, mas que uma vez enterrado, junto com o corpo, na sepultura, ficava também a alma do falecido. Por isso a necessidade de continuar oferecendo a todos os antepassados as refeições e sacrifícios, pois se acreditava que os mortos eram deuses, que cuidavam da vida dos vivos e zelavam por eles. Assim, era imprescindível a continuidade da família, pois se esta se acabasse, extinguia-se a existência daqueles antepassados. Tal era a crença muito antes de se formarem as cidades, e

cada família era um grupo totalmente independente e autônomo, os ritos não eram comuns, e o membro de uma família não podia nem assistir aos ritos de outra.

A evolução dos tempos e, sobretudo, o aumento do número de membros das famílias, foi gradativamente trazendo mudanças, e a rivalidade entre famílias levou um *pater* a se contrapor a outro, levando enfim à criação da monarquia, onde um rei se sobrepunha a um número de famílias, todas elas de certa forma agrupadas em uma localidade. Assim começaram a se formar as cidades, por volta de 900 a.C. O grande número de *inferiores* – irmãos do sucessor, escravos libertos e *possuidores* (não *proprietários*) de terras, etc. – fomentou a revolta silenciosa por mudanças naquelas leis antigas, sobretudo no tocante à sucessão e à propriedade, levando sucessivamente aos movimentos da aristocracia, da tirania, da oligarquia e finalmente da democracia. O crescimento das cidades trouxe também o fim da religião doméstica, odiosa aos inferiores, e a criação de deuses comuns a todos os cidadãos: já não se venerava mais a um antepassado divino; novos heróis foram escolhidos entre as personagens antigas, conservadas com boa lembrança, e as *demos* adotaram uniformemente deuses protetores como *Zeus, protetor da muralha,* e *Apolo paternal.* Só então a mitologia grega começou a se firmar.

Assim, se os homens antigos estavam submetidos a uma religião – tanto mais poderosa sobre suas almas quanto grosseira, religião esta que lhes ditava o direito e as instituições políticas – a transformação da sociedade colocou fim ao seu domínio. O regime patriarcal que essa religião engendrara dissolveu-se, com o tempo, no regime da cidade. Graves alterações aparecem de imediato. A mais notável talvez seja o *direito* ter sido escrito, codificado, assim se tornando de domínio público, conhecido por todos. Já não é sagrado e misterioso, conhecido só dos sacerdotes. O direito desaparece dos rituais, perde seu mistério. Antes, a lei era decreto de religião, passava por revelação dos deuses para os antepassados. Nos novos códigos, já não é mais em nome dos deuses que o legislador fala, mas em nome de um povo que o investe de poderes para tal.

Primeiramente o código de Drácon, em 682 a.C., ainda com resquícios fortes da mentalidade antiga, mas abolindo, por exemplo, a "vendetta", substituindo-a por julgamento e punição pelo Estado, inclusive separando os homicídios voluntários dos involuntários e em legítima defesa, cabendo aos tribunais, e não mais às famílias, não só a busca e aplicação da justiça, mas também descobrir *quem* matou, *como* e *porque*.

Depois, o código de Sólon, em 594 a.C., este sim uma lei que reflete a grande revolução social que se passara, ampliando os direitos, acabando com os privilégios das castas superiores, pondo fim à lei da primogenitura, afastando-se do direito antigo em diversos pontos, e abrindo a porta para as maiores vitórias que ainda estavam por vir. Perguntado se julgava ter dado à sua pátria a melhor constituição, Sólon teria respondido: *"Não, mas aquela que melhor lhe convém"*. Com esta frase o grande legislador demonstrava que os detentores do poder já reconheciam, pelo menos em tese, que a lei tem que acompanhar a evolução e as circunstâncias da sociedade a que se aplica.

Embora as cidades conservassem os *aspectos exteriores* da época precedente, nada se alterando nas cerimônias da religião pública em relação à doméstica, com as refeições, os sacrifícios, as orações, etc., na realidade, tudo mudara. Nem as instituições, nem o direito, nem as crenças, nem os costumes, foram então o que haviam sido antes. As formas, apenas, se mantiveram. *"É normal no homem, quando rejeita velhas instituições, desejar guardar delas pelo menos as aparências"*. (Fustel de Coulanges, N. D., *A Cidade Antiga;* Jardé, A., *ob. cit.*).

(13) A longuíssima duração da Guerra do Peloponeso – vinte e sete anos, de 431 a 404 a.C. – pode ser atribuída à indecisão e

despropósito nos quais ambas as partes incorreram. Num primeiro momento, Esparta e seus aliados tentaram uma invasão direta na Ática, e foram malsucedidos devido à estratégia de Péricles de evitar uma batalha terrestre, enquanto desgastava o inimigo por meio de incursões devastadoras feitas pela marinha ateniense, muito superior à espartana, à costa do Peloponeso. Cada um dos lados tinha sua superioridade, mas nenhum conseguiu se impor através dela. Esparta não conseguia forçar Atenas à batalha, nem penetrar seus muros. Atenas não conseguia, com sua frota, invadir o Peloponeso. Péricles havia previsto tudo isso, numa guerra que ele sabia duraria muitos anos, e na qual ele havia entrado originalmente para quebrar a Liga do Peloponeso e seu poder nos negócios internacionais. Infelizmente para Atenas, a peste de 430 a enfraqueceu nesta campanha de desgaste moral e econômico, e em 426 a estratégia de Péricles, então já falecido, deu lugar à estratégia de ação direta, de Cleon. As opiniões eram divididas em Atenas, sendo que os aristocratas eram contra a guerra, por apoiarem o regime aristocrático de Esparta; mas o poder estava nas mãos dos democratas, que tinham todo o apoio da classe comercial, esta sim interessada na guerra por querer manter o poderio econômico nas mãos de Atenas. Em 421 foi assinada a Paz de Nícias – general que conduzira as negociações por vias diplomáticas – com a restauração de todos os lugares; o retorno dos prisioneiros de guerra; e um compromisso de submeter todas as disputas entre os dois lados à uma arbitragem. Mas desde a morte de Péricles, Atenas estava desunida, e tal paz viria a ser quebrada, com a guerra irrompendo novamente, e Atenas, politicamente enfraquecida e financeiramente arruinada, foi finalmente derrotada por Esparta em 404 a.C. (Jardé, A., *ob. cit.;* Yvon Garlan, *O Homem Grego;* B.H. Liddell Hart, *As Grandes Guerras da História;* Encyclopedia Britanica).

(14) Que o aspecto lúdico da batalha hoplita não iluda quanto à sua realidade: a violência dos confrontos individuais causavam baixas pesadas, na ordem de 14% no lado dos vencidos, e 5% naquele dos vencedores. Longe de terem apenas que avançar lado a lado, como num jogo de *rugby,* para conter e fazer recuar o adversário, os hoplitas tinham que se enfrentar pessoalmente, primeiro com a lança, depois com a espada. As primeiras alas a triunfar provocavam a desarticulação da falange inimiga. As falanges macedônias eram as mais fortes, e seus soldados da primeira linha seguravam a lança horizontalmente. Aos poucos foi-se introduzindo o elemento surpresa, a traição e a habilidade técnica. Tudo isso, entre outros fatores – somados ao total enfraquecimento das duas cidades em tantos anos de luta, após a breve hegemonia de Esparta, vencedora da guerra do Peloponeso –, viria a decidir, mais tarde, o curso da grande história, com a tomada do poder pelos macedônios: primeiramente Felipe e, em seguida, seu filho Alexandre, pondo fim à época clássica e dando início à era helenística na Grécia, no século IV a.C. (Yvon Garlan, *O Homem Grego;* Jardé, A., *ob. cit.*).

(15) De família rica e influente, Tucídides nasceu em 471 a.C. e morreu em cerca de 395 a.C., tendo papel importante na política ateniense, sendo eleito estratego e estando à frente das tropas da cidade na Trácia, quando Brásidas, general espartano, conquistou Anfípolis, o que levou Tucídides ao exílio. Nesse tempo, começou a escrever a história da Guerra do Peloponeso, que acreditava terminaria em 421 a.C., com a Paz de Nícias, aquele estratego aristocrata que queria colocar um fim à guerra de forma diplomática. Tucídides acreditava que a guerra poderia tornar-se célebre, e que seu testemunho poderia ter valor permanente, pois tais conflitos poderiam vir a acontecer no futuro "enquanto a natureza humana permanecer a mesma". (Jardé, A. ob. cit.; New Grolier Multimedia Encyclopedia).

(16) Dentro da regra do banquete como símbolo de cidadania, o Estado ateniense tinha um lugar, este sim verdadeiramente democrático, para certo tipo de refeições públicas. Os 50 membros sorteados para formar os conselhos da bulé – os 50 prítanes (ver nota n. 5) – trabalhavam juntos e faziam as refeições num lugar chamado *tholos*. Era um edifício circular, forma esta que não se adequava ao banquete tradicional, por não poder abrigar tantos divãs, de modo que eles não faziam as refeições reclinados, mas sim sentados, posição considerada de uma classe social mais baixa, e pouco honorífica. (Oswyn Murray, *O Homem Grego*).

(17) Inicialmente formado por cidadãos, pouco a pouco foram sendo recrutados para o exército soldados de outros locais, mais habilidosos no uso das diferentes armas: arqueiros de Creta, fundeiros de Rodes e arremessadores de dardos da Etólia. Na Arcádia, a carreira militar era o sustento de muitos. Ao mesmo tempo, cidadãos que se recusavam ao serviço militar pagavam estrangeiros para substituí-los: os chamados mercenários. (Jardé, A., *ob. cit.*).

(18) Tais movimentos foram proeminentes ao final do século V e sobretudo durante a primeira metade do sec. IV a.C. Os cínicos, liderados por Antístenes, discípulo de Sócrates; o mais famoso sofista, Protágoras; e ao final do século IV, Zenon de Cítion, o principal estóico, são alguns exemplos de reação à ordem vigente. (Fustel de Coulanges, *ob. cit.;* Macrone, Michael, *Isto É Grego Para Mim*).

(19) A preocupação da religião em perpetuar-se a família era tão grande que, segundo a leis dos arcaicos – secs. X a VI a.C. –, no casamento estéril por causa do marido, um parente deste deveria substituí-lo, e a mulher deveria entregar-se a esse homem. A criança nascida dessa ligação seria considerada como filha do marido e continuadora de seu culto. Essa religião patriarcal dos arcaicos estava

menos preocupada com a propriedade do que com a continuação dos cultos aos antepassados, estes sim, ligados à terra eternamente, posto que ali enterrados. (Fustel de Coulanges, *ob. cit.*).

(20) Os banqueiros existiram, num primeiro momento, ainda na Grécia arcaica, como simples intermediários nos negócios do comércio, ficando como depositários do contrato – a *symgraphê* – que fixava a modalidade do empréstimo concedido pelo rico cidadão (normalmente um concessionário explorador das minas de prata, como a do Láurion) ao comerciante propriamente dito. Este último, vale lembrar, não era nem um rico importador nem um humilde meteco: cidadãos e estrangeiros se encontravam lado a lado diante das mercadorias no cais do Pireu e negociavam em iguais condições. O chamado banqueiro então funcionava como um cambista, montando sua banca – a *tràpeza* – na ágora, onde o mercador de passagem podia arranjar moeda local e avaliar as moedas estrangeiras que possuía. Mais para o século V a.C., na época clássica, é que o banqueiro passou a ter uma função parecida com a que hoje tem essa atividade, como um organismo de crédito, recebendo depósitos em dinheiro de seus clientes para depois restituí-los, certamente com altos lucros para os banqueiros. (Claude Mossé, *O Homem Grego*).

(21) Embora fosse um dos negócios mais rendosos, posto que empréstimo de risco – chegando a 30% de juros – o *nautikón*, como era conhecido, podia levar à ruína o banqueiro, pois tendo sido o navio ou o carregamento dado em garantia, caso este se perdesse no mar, o tomador do empréstimo ficava com a dívida quitada, e não eram poucos os devedores desonestos que não hesitavam em tramar um naufrágio. (Jardé, A., *ob. cit.*).

(22) Mesmo na época clássica persistiam ainda vestígios do direito familial. O homicídio, ainda que voluntário, não era causa de ação pública – de iniciativa do Estado – como nos dias de hoje. Os parentes do assassinado é que tinham a iniciativa da ação, únicos titulares do direito de acusação. Se nada fizessem, o assassino não podia ser perturbado. Se dessem início a um processo, e depois o retirassem, o processo acabava. (Jardé, A., *ob. cit.*).

(23) Segundo Xenofonte – historiador grego nascido a 430 a.C. – a grande diferença de idade não contribuía para que marido e mulher criassem laços afetivos, e também o fato de as mulheres se casarem tão cedo era a causa de sua falta de acesso à educação.

(Giuseppe Cambiano, *O Homem Grego*).

(24) Epidauro, cidade no Peloponeso, perto da cidade do Corinto, é um dos sítios arqueológicos mais bem preservados, aberto à visitação, com um museu onde se encontram instrumentos cirúrgicos raros, inscrições e estátuas, e o famoso teatro, datado do século IV a.C., com lugar para 14.000 pessoas e acústica perfeita, onde até hoje acontece todos os anos o festival grego de teatro.

(25) Pásion de fato existiu: ex-escravo, tornou-se banqueiro e tinha uma fábrica de escudos, indústria que exigia muito capital para a matéria-prima e mão-de-obra. Tendo obtido a cidadania ateniense de maneira obscura, deixou para seus herdeiros a fábrica e as terras que ele finalmente conseguiu comprar, e onde seu filho Apolodoro foi viver, com ares de um *lord* proprietário, assim concretizando a escalada social tão almejada pelo pai. (Clause Mossé, em *O Homem Grego*).

(26) Fócion, o Bom, – este sim, personagem verídico – muitos anos mais tarde, no século IV a.C., quando das investidas de Filipe da Macedônia, viria a se tornar um dois mais famosos oradores atenienses. Completamente contra a demagogia, sua honestidade era notória, bem como sua educação, boas maneiras e falta de malícia com todos, inclusive com seus oponentes – quando fora da assembleia. Seus discursos e posições visavam o bem-estar de toda a população, sem procurar agradar aos atenienses de imediato. Tal postura nem tão amigável mostrou-se eficaz, e ele foi o general ateniense que mais vezes foi reeleito ao posto: 45 vezes. Quando a situação ficava realmente séria, o povo tinha o bom senso de buscar o mais sábio dos líderes.

Nascido a 402 a.C., estudou na academia de Platão, e seus discursos eram famosos por serem breves e concisos, encerrando no menor número de palavras as maiores e mais sensatas mensagens, tornando impossível o improviso por seus opositores diante de uma austeridade tão contundente. Dotado de bom senso e seriedade, trazia o semblante sempre fechado, embora fosse muito bom e gentil. Enquanto Demóstenes era o orador mais famoso da época, Fócion era aquele que tinha mais poder. Preferia sempre as soluções pacíficas e, embora fosse contrário à guerra, não deixava de cumprir seu dever quando esta chegava. Sua meta política era restaurar a Atenas da época de Sólon e Péricles. Fócion, o Bom, era tão contrário às adulações públicas que uma vez, ao ser muito aplaudido após um discurso, virou-se para um amigo e perguntou: *"Eu disse alguma besteira?"*.

(<http://www.e-classics.com/phocion.htm> F W K I W N PHOCION *"The Good"* 402 – 318 B.C. by Plutarch.).

Plutarco nasceu na Queronéia, perto de Delfos, à cerca de 46 d.C. e morreu por volta de 120 d.C. Sua obra mais famosa são as "Vidas

Paralelas", onde faz a biografia em duplas, entre personagens famosos gregos e seus paralelos em Roma. Tornou-se sacerdote em Delfos; fez inúmeras viagens por toda a Grécia, Egito e Roma, e aprendeu Latim, o que lhe permitiu aprofundar-se em suas pesquisas. As versões para o Inglês destes trabalhos feitas por Sir Thomas North em 1579 forneceram a Shakespeare o enredo para *Coriolanus, Julius Caesar,* e *Antonio e Cleopatra.*

Suas visões filosóficas baseavam-se naquelas de Platão. Embora fosse grego, Plutarco admirava os feitos e qualidades dos romanos e aceitava o domínio destes sobre a Grécia sem questionamentos.

(Auguste Jardé, o. c.; New Grolier Multimedia Encyclopedia).

(27) O *symposion* era uma espécie de festa reservada aos homens, após o banquete, onde se bebia vinho misturado à água, reclinados nos divãs, e se conversava, ouvindo música e anedotas. Evitava-se falar de política. Na época arcaica – secs. X a VI a.C. –, não era incomum que alguns derivassem para o excesso, com mulheres e rapazes contratados para "distrair" os convidados. Na época clássica – séculos V e IV a.C. – passariam a ter uma conotação de encontro para beber vinho, trocarem ideias, e relatarem suas próprias experiências, tais como viagens, situações jurídicas, detalhes financeiros, etc., desta forma passando uns aos outros essas informações e notícias, que não seriam veiculadas entre os cidadãos na ausência dessa ocasião.

O *symposiarchos* era o homem escolhido entre os presentes – normalmente o dono da casa, ou o mais velho – para controlar a mistura do vinho à água, nas *crateras,* determinando quantas crateras serão preparadas e em que proporção devem ser feitas – e a iniciar os cantos e falas dos convidados, que o faziam cada um à sua vez. (Oswyn Murray, *O Homem Grego*).

(28) Tendo ficado órfão muito cedo, aos quatro anos de idade, Alcibíades foi criado por seu tio, o general Péricles. Partidário dos democratas e da guerra contra Esparta, teve papel fundamental nos conflitos entre as duas cidades. Discípulo de Sócrates – este lhe salvara a vida quando ele tinha 18 anos, ao guerrearem juntos na batalha de Potidéia – sua fascinação e adulação não correspondida pelo mestre é descrita por Platão em O *Banquete,* dando origem à expressão "amor platônico".

(Jardé, A., *ob. cit.;* Macrone, Michael, *Isso É Grego Para Mim,* e <http:// www.san.beck.org/Alcibiades.html>.).

(29) As Panatenéias eram a maior festa ateniense. Celebrada de quatro em quatro anos em honra de Atena, a Protetora da Cidade, eram observadas por todas as tribos da Ática. Com a duração de 12 dias, no mês de Julho, tinha eventos esportivos como lutas; corridas a pé, a cavalo, de tochas, e de carros; eram recitados poemas de Homero, eram feitos sacrifícios de bois, e havia enfim a grande procissão, onde era levado o manto à estátua de Atena, na Acrópole. Toda a população tomava parte e um cidadão escolhido entre os mais ricos da cidade – o liturgo – se encarregava de arcar com as despesas e o fornecimento da carne, o que era considerado uma honra. (*Athina,* Editions C. Gouvoussis).

(30) Heródoto – historiador grego nascido em Halicarnasso em cerca de 480 e falecido em tomo de 425 a.C., escolheu como tema as Guerras Médicas, contra os persas, mas contou em longas digressões a história anterior de todos os povos que participaram das lutas, deixando-se arrastar pela imaginação, em textos extensos e em dialeto jônico, o que levou sua obra a se aproximar bastante da epopeia. (Mario Vegetti, *O Homem Grego;* Jardé, A., *ob. cit.*).

(31) Aristófanes, poeta cômico, nascido a 445 a.C., partidário dos aristocratas moderados, defendia a paz com Esparta e escreveu peças que alegravam e descontraíam o povo na época da guerra do Peloponeso. Ninguém escapava à sua língua mordaz, que a todos perseguia em suas peças. Em uma de suas primeiras comédias, a tal ponto ridicularizou Cleon, demagogo chefe do partido democrático, que este o processou, tentando condená-lo como usurpador da cidadania. Em "Nuvens" ele injustamente satirizou Sócrates, identificando-o como sofista. Tendo composto aproximadamente quarenta comédias, apenas algumas delas chegaram até nossa época, sendo as mais conhecidas a "Lisístrata" e "Assembleia das Mulheres", a primeira onde as mulheres de Atenas e de Esparta se unem em uma greve de sexo, objetivando o fim da guerra; a segunda onde as mulheres tomam o poder vestindo-se de homens e votando em Assembleia. (Jardé, A., *ob. cit.*).

(32) Os "sacerdotes" não eram parte de um "clero", assim entendido como uma organização religiosa. Não viviam em isolamento, nem tinham obrigação de ensinar dogmas ou pregar moral, dado que não haviam dogmas na religião antiga – o caráter e a virtude da religião da antiguidade não era educar a inteligência humana na concepção do absoluto, de abrir um caminho em cuja extremidade julgasse entrever Deus. Trata-se de um conjunto desordenado de pequenas crenças, com suas práticas e ritos, nada nela havendo como matéria para reflexão, sem uma doutrina sobre Deus. Assim, os sacerdotes eram simplesmente encarregados de supervisionar as cerimônias e verificar se eram feitas de acordo com as tradições e os ritos. Era uma posição que se alcançava mediante privilégios de certas famílias, sorteio, eleição, ou até mesmo pela compra do título. (Fustel de Coulanges; Jardé, A., *obras citadas*).

(33) As clerúquias eram colônias fundadas por Atenas em pontos estratégicos no Mar Egeu e que serviam como base de operações para a frota ateniense. Serviam também para acomodar o excedente de cidadãos sem recursos, que recebiam nesses locais um lote de terra. As clerúquias não eram independentes: os cidadãos aí residentes conservavam os direitos de cidadãos atenienses e estavam sujeitos às leis e aos magistrados de Atenas.

(Encyclopedia Britannica).

(34) As Hermas eram bustos do deus Hermes sobre pedestais quadrangulares cuja face frontal ostentava um falo. Serviam para demarcar limites tanto em residências particulares quanto em santuários e prédios públicos, trazendo-lhes a proteção do deus. A violação da estátua de um deus era considerada sacrilégio, e passível das mais severas punições. O episódio envolvendo Alcibíades trouxe desestabilização à cidade, que sempre se influenciou muito por questões religiosas, no momento em que esta se preparava para um dos maiores empreendimentos de sua história, a expedição à Sicília – colônia grega na então chamada Magna Grécia. É o ano de 415 a.C. Apesar do escândalo, que ficou conhecido como a Mutilação das Hermas, cuja autoria nunca foi realmente provada como sendo de Alcibíades, este foi nomeado junto com Nícias e Lâmaco como comandantes da frota ateniense para conduzir a magnífica expedição, que ele mesmo havia sugerido, e para cujo grandioso embarque toda a cidade descera até o Pireu. Sua estratégia em ir até a Sicília era de atacar não Esparta, diretamente, mas sua aliada comercial: Siracusa. Assim, aniquilando seus fornecedores, enfraqueceriam Esparta. Logo após chegarem à Sicília, no entanto, Alcibíades foi intimado a retornar a Atenas para responder ao processo sobre o escândalo das Hermas, mas ao invés de fazê-lo, fugiu para o Peloponeso e aliou-se aos espartanos, persuadindo-os e até mesmo ensinando-os como

fazer malograr seu próprio plano, e ainda teve tempo de seduzir a esposa de Ágis, o rei espartano.

Enquanto isso, a expedição à Sicília, sem a sua liderança, terminava desastrosamente, nas mãos de Nícias, que sempre havia sido contra tal expedição, uma vez que era favorável à paz com Esparta, tendo ele mesmo, anos antes, obtido a pouco duradoura paz com essa cidade por vias diplomáticas, a chamada "Paz de Nícias", de 421 a.C. (Jardé, A. *ob. cit.;* B.H. Liddell Hart, em *As Grandes Guerras da História;* Romilly, Jacqueline, em *Alcibíades* – Os *Perigos da Ambição).*

(35) A cidade de Éfesos, na Ásia Menor, colônia grega, na atual Turquia, já havia construído vários templos à deusa Ártemis (Diana). Este da estória, datado de 560 a.C., com uma base de 115m X 55m, sem teto, abrigando a estátua da deusa e relíquias de personagens míticos, em particular, veio a ter um fim bastante trágico: no ano de 356 a.C., na mesma noite em que nascia na Macedônia Alexandre, o Grande, esse templo foi tomado por um incêndio de proporções gigantescas, incêndio causado por um mendigo desatinado. A população observava, desolada, arder em chamas e desabar rapidamente aquilo a que haviam dedicado suas vidas a construir. Jurou-se solenemente construir um novo templo, ainda mais suntuoso do que o destruído, o que foi feito em poucos anos, com a ajuda de ricos e pobres, e artistas especialmente contratados. – entre eles o escultor Scopas, que já havia trabalhado no Túmulo do Rei Mausolo, outra das Sete Maravilhas do Mundo. Em estilo jônico, com o teto sustentado por 127 colunas de 20 metros de altura, 36 delas trabalhadas em baixo-relevo, a esbelteza do edifício formava uma perfeita harmonia de simplicidade e equilíbrio. Este foi o Templo de Diana que ficou conhecido como a mais bela das Sete Maravilhas do Mundo Antigo. Quinhentos aos mais tarde, os gôdos invadiram a Grécia e depredaram-no completamente.

(Grolier Multimedia Encyclopedia; Nosso Universo Maravilhoso Editora "Brasil Lê" S.A.).

(36) O arquiteto Hipódamo de Mileto, c.500-c.408 a.C., o primeiro urbanista, construiu a cidade do Pireu e aplicou suas teorias em Rodes, bem como em outras cidades. Foi o responsável pela adoção do inovador planejamento das cidades, de acordo com projetos regulares e geométricos, com as ruas se cruzando em ângulo reto. (Jardé, A. *ob. cit.*).

(37) Hipócrates, que ficou conhecido como "o pai da medicina", nasceu a 460 a.C. e não se tem notícia exata da data de sua morte, estimando-se que tenha vivido mais de 90 anos. Fundou uma escola na ilha de Cós, sua terra natal, no Dodecaneso. Deixou trabalhos escritos sobre doenças, cirurgia, fraturas, anatomia, e sonhos, bem como uma crítica veemente ao entendimento da época de que as doenças tinham origem divina. Era tido em altíssima conta entre seus contemporâneos, sendo considerado simultaneamente um grande médico e um grande filósofo, mencionado com respeito por Platão em "Protágoras". Junto a seus discípulos, fez da medicina uma verdadeira ciência com vínculos estreitos com a observação, a lógica e a experiência. Inovou, ao ver que os homens são "argolas" que se unem com o universo e têm seu princípio nas indivisíveis células, até chegar aos sistemas planetários, estabelecendo uma relação direta entre o micro e o macrocosmo. Para Hipócrates, um médico devia vestir-se apropriadamente, ser saudável, ter moral elevado, seguir vida pacata, ser bondoso, filantropo e saber calar-se, para que os doentes aceitassem serem examinados. Seu rosto não devia ser sóbrio, nem muito risonho. Deviam ainda ser verdadeiros cientistas, perfeitos em seus diagnósticos, na terapia, e na prevenção de doenças, acompanhando o tratamento de seus pacientes e alívio dos sintomas. Todas essas qualidades, e ainda a crença de que

a vida é sagrada e o médico tem a obrigação moral de protegê-la em quaisquer circunstâncias, fazem parte do juramento que faziam os médicos de então, e que até hoje é feito pelos estudantes de medicina por todo o mundo quando se formam, e que serve como uma orientação ética para os médicos. (Dimitrios N. Zikas, *Grécia;* New Grolier Multimedia Encyclopedia).

(38) O triunfo de Alcibíades, vindo de vitórias e conquistas em Cízico e Bizâncio, seria efêmero: logo em seguida a esse retorno vitorioso à Atenas, não foi tão bem sucedido em Andros, uma das ilhas Cíclades, e seu lugar-tenente Antíoco também era vencido por Lisandro, o general espartano. Não sendo reeleito estratego, Alcibíades preferiu o autoexílio na Trácia, em 406 a.C., onde, dois anos depois, acabou sendo assassinado por ordens dos Trinta – o conselho formado por aristocratas estabelecido em Atenas pelos espartanos, vitoriosos na guerra. (Jardé, A. *ob. cit.*).

(39) Havia dois tipos de causas: a pública – *graphé,* e a privada, – *díke.* Todo atentado grave contra a pessoa era considerado um atentado contra o Estado, muitas vezes coincidindo com o que hoje consideramos causa criminal. Mas não há que se comparar com o Direito atual, pois uma causa só era considerada *graphé* ou *díke* depois de analisada em si mesma, considerando a natureza do delito e do processo. O magistrado – ou a bulé, conforme o caso – estudava a causa e a definia como *graphé* ou *díke.* Qualquer cidadão podia tornar-se um acusador através de uma *graphé,* mas se assumisse esse papel do ministério público – promotor – não podia abandonar o pleito, e se não obtivesse pelo menos um quinto dos votos favoráveis, era condenado a uma multa e perdia o direito de voltar a intentar qualquer outra *graphé.* Já na *díke,* os próprios interessados ou seus representantes legais reclamavam a reparação de um dano pessoal, e o acusador tinha sempre o direito de desistir da causa; se a perdesse, conservava

o direito de pleitear outras *díkai*. A multa era reclamada a título de reparação de perdas e danos, mas o Estado não tinha competência para intervir acerca desse ressarcimento. As próprias partes se encarregavam da execução da sentença. (Jardé, A. *ob. cit.*).

(40) Tendo arruinado suas finanças, exaurido suas forças, subestimado o poder de comando de Esparta, e minado a confiança de seus aliados no Peloponeso, Atenas foi finalmente tomada por Lisandro, general espartano, em 404 a.C., após terem sido vencidos na batalha de Egos-Pótamos, na Trácia. Foram então forçados a entregar o resto de sua frota aos espartanos, demolir os Grandes Muros, abandonar suas possessões fora da Ática, e aceitar um governo de aristocratas. Assim terminou a guerra que durou 27 anos. A democracia, no entanto, logo voltaria a ser restabelecida por Trasíbulo, em 403. Seguem-se 40 anos de hostilidades entre Atenas, Esparta, Tebas, e ainda os persas, quando finalmente os Estados gregos, esgotados após tantos anos de guerra, sem meios de resistir, sucumbem ao poderio que os reis da Macedônia já vinham há tempos consolidando ao norte da península, dando início à era que ficou conhecida como Helenística, primeiramente com Felipe, e em seguida com seu filho Alexandre, o Grande. (Jardé, A. *ob. cit.*).

OBRAS CONSULTADAS

"A Grécia Antiga e a Vida Grega"

JARDÉ, Auguste. Editora Pedagógica e Universitária Ltda., da Universidade de São Paulo, 1977. Edição em português autorizada pela Librairie Delagrave, Paris.

"O Homem Grego"

VERNANT, Jean-Pierre. Editorial Presença, Lisboa, 1993.

"Athina"

Editions C. Gouvoussis, Atenas, Grécia, 1980.

"A Cidade Antiga"

FUSTEL DE COULANGES, N. D. Livraria Martins Fontes Editora Ltda., 1981.

"Amor, Sexo e Casamento na Grécia Antiga"

VRISSIMTZIS, Nikos. Odysseus Editora Ltda., São Paulo, 2002.

"Alcibíades – ou: Os Perigos da Ambição"

ROMILLY, Jacqueline. Academia Francesa, Ediouro Publicações S.A., 1995.

"A Democracia Ateniense Conforme Platão"

ZIKAS, Dimitrios N. "Cultura Grega" Editora e Distribuidora Cyros Ltda., Curitiba-PR, 1995.

"Os Gregos"

CROSHER, Judith. Editora Melhoramentos, São Paulo, 1975.

"História da Alimentação"

FLANDRIN, Jean-Louis – Montanari, Massimo. Editora Estação Liberdade Ltda., 1996.

"As Grandes Guerras da História" (original inglês: *"Strategy"*)

LIDDELL HART, B. H. Instituição Brasileira de Difusão Cultural S.A.

"100 Discursos Históricos"

FIGUEIREDO, Carlos. Editora Leitura Ltda., Belo Horizonte MG, Brasil, 2002.

"Encyclopedia Britannica"

"Greek and Roman Mythology" –

FIELD, D. M. The Hamlyn Publishing Group Limited

"Isto É Grego Para Mim!" (original em inglês: **"It's Greek To Me!"**)

MACRONE, Michael. Rotterdan Editores Ltda. São Paulo 1994

The New Grolier Multimedia Encyclopedia

Video:

"The Western Tradition Chapters 5,6 and 7"

Prof. Eugene Weber, UCLA USA, veiculado pela TV Câmara, Brasil, 2002.

Web sites:

<http://www.usd.edu/-clehmannlcourses/thuc.htm>

Discurso funerário de Pericles para os soldados mortos no primeiro ano da Guerra do Peloponeso – por Tucídides (471 a.C.) em *"A História da Guerra do Peloponeso"*, vertido para o Inglês por Richard Crawley.

<http://www.histoire.org/antiquite/persos/pericles/pericles.html>

<http://agora.qc.ca/reftext.nsf/Documents/Pericles—Vie_de_Pericles_par_Plutarque>

L'Encyclopédie de L'Agora: Vie de Périclès

<http://www.historylink101.com/ancient_greece/>

<http://www.perseus.tufts.edu/Olympics/index.html>

última revisão: 29 de janeiro de 2002

<http://classics.rnit.edu/Plutarch/phocion.html>

<http://www.yale.edu/lawweb/avalon/medieval/athemain>
Athenian Constitution by Aristotle translated by Sir Frederic G. Kenyon *The Avalon Project at the Yale Law School*

Cindy Stockler
OPERAÇÃO
CAIPIROSKA
Letrasdo
Pensamento

Cindy Stockler
Alma Mater
Volume 1
A Chegada
Letras do Pensamento

LETRAS Jurídicas

Letrasdo Pensamento

QUEM SOMOS

As **Editoras LETRAS JURÍDICAS** e **LETRAS DO PENSAMENTO**, com 24 anos no mercado Editorial e Livreiro do país, são especializadas em publicações jurídicas e literatura de interesse geral, destinadas aos acadêmicos, aos profissionais da área do Direito e ao público em geral. Nossas publicações são atualizadas e abordam temas atuais, polêmicos e do cotidiano, sobre as mais diversas áreas do conhecimento.

As **Editoras LETRAS JURÍDICAS** e **LETRAS DO PENSAMENTO** recebem e analisam, mediante supervisão de seu Conselho Editorial, artigos, dissertações, monografias e teses jurídicas de profissionais dos Cursos de Graduação, de Pós-Graduação, de Mestrado e de Doutorado, na área do Direito e nas demais áreas técnicas e universitárias, além de obras na área de literatura e de interesse geral.

Na qualidade de Editora Jurídica e de Interesse Geral, mantemos uma relação em nível nacional com os principais Distribuidores e Livreiros do país, para divulgarmos e distribuirmos as nossas publicações em todo o território nacional. Temos ainda relacionamento direto com as principais Instituições de Ensino, Bibliotecas, Órgãos Públicos, Cursos Especializados de Direito e todos os segmentos do mercado.

Participamos também de **Feiras Nacionais e Internacionais**.

NOVIDADE!!! O(a) Autor(a) da LJ/LP terá uma página exclusiva para inserir sua biografia, fotos, vídeos e artigos de sua área e textos em geral, para interagir com o leitor e ganhar maior visibilidade no mercado.

Na qualidade de editora prestadora de serviços, oferecemos os seguintes serviços editoriais:

- Análise e avaliação de originais para publicação;
- Redação, revisão, edição e preparação de texto;
- Assessoria técnica editorial;
- Cadastro do ISBN – CBL e SNEL;
- Ficha catalográfica – CBL e SNEL;
- Design e montagem de arte de capa;
- Digitação e diagramação de textos;
- Direitos Autorais: consultoria e contratos;
- Elaboração de sumários, índices e índice remissivo;
- Fotografia e escaneamento de material fotográfico;
- Gráfica: pré-impressão, projetos e orçamentos;
- Ilustração: projeto e arte final;
- Audio-Books;
- Livro Digital: formatos E-book e Epub;
- Organização de lançamentos, eventos, palestras e workshops;
- Pesquisa Editorial CBL e SNEL;
- Peças Publicitárias para divulgação: banner, cartaz, convite de lançamento, folheto, marcador de página e material de apoio em geral.

Nesse período, as Editoras exerceram todas as atividades ligadas ao setor Editorial/Livreiro do país. É o marco inicial da profissionalização e de sua missão, visando exclusivamente ao cliente como fim maior de seus objetivos e resultados.

"NOSSAS MARCAS MOSTRAM AS LETRAS DO FUTURO"
O EDITOR

As Editoras reproduzem com exclusividade todas as publicações anunciadas para empresas, entidades e/ou órgãos públicos. Entre em contato para maiores informações.
Nossos sites: *www.letrasjuridicas.com.br* e *www.letrasdopensamento.com.br*
E-mails: *comercial@letrasjuridicas.com.br* e *comercial@letrasdopensamento.com.br*
Telefone/fax: (11) 3107-6501 – 99352-5354